KB148197

포스트 코로나,
신중년의 100세 시대를 사는법

# 중년이요?
# 그냥 버티는 중입니다

# 중년이요? 그냥 버티는 중입니다

| | |
|---|---|
| **초판인쇄** | 2020년 07월 16일 |
| **초판발행** | 2020년 07월 23일 |

| | |
|---|---|
| **지은이** | 이진서 |
| **발행인** | 조현수 |
| **펴낸곳** | 도서출판 더로드 |
| **마케팅** | 최관호 |
| **IT 마케팅** | 조용재 |
| **디자인 디렉터** | 오종국 Design CREO |

| | |
|---|---|
| **ADD** | 경기도 고양시 일산동구 백석2동 1301-2 |
| | 넥스빌오피스텔 704호 |
| **전화** | 031-925-5366~7 |
| **팩스** | 031-925-5368 |
| **이메일** | provence70@naver.com |
| **등록번호** | 제2015-000135호 |
| **등록** | 2015년 06월 18일 |
| **ISBN** | 979-11-6338-093-1-03810 |

## 정가 17,000원

포스트 코로나,
신중년의 100세 시대를 사는법

중년이요?
그냥 버티는 중입니다

이진서 지음

"우리 중년의 삶을 각자의 인생 중 가장 행복했던
시기로 기억 되기를 간절히 바란다"

바쁜 현대인들을 위해, 아니면 그리 바쁘지 않지만, 책 안 사고 안 읽는 사람을 위해 한 문장으로 이 책 내용을 요약한다.

'우리 중년이 일할 수 있을 때까지 일하면서 잘 먹고 잘사는 법에 관한 인문학적 힌트를 주는 책.'

이런 주제를 담은 책은 서점가에 넘쳐난다. 소위 잘 먹고 잘사는 법에 관한 방법론들, 이젠 지겹고 식상하다. 굳이 나까지 이런 주제에 밥숟가락을 하나 더 얹을 필요가 있을까 나도 잠시 고민했다. 남이 하면 불륜이지만, 그래도 내가 하면 로맨스라고 굳이 출간의 변을 이렇게 궁색한 비유로 대신한다. 어차피 잘 팔리지도 않을 책이란 것을 나도 잘 안다. 소설집을 포함하여 나는 이미 두 권의 책을 출간했다. 한 번은 출판사가 내 글발(정말?)에 속아서, 또 한 번은 운 좋게 어느 공공기관에서 주최한 출판 공모전에 당선하여 출간할 수 있었다. 물론 그 책들은 잘 팔리지 않은 것 같다. 남들은 개인이 책 출간하는 행위가 수익 창출뿐 아니라 자기 브랜딩 어쩌고저쩌고하는데 그건 일정 부수 이상 팔린 경우에만 해당한다. 출간하자마자 서점가 평대에 바로 눕지 못하고 곧바로 등짝을 보이며 서가에 꽂혀버리는 경우라면, 개인으로서 출간의 의미는 그저 효율이 매우 낮은 '허튼짓'이라고까지 나는 평가절하하고 싶다. 힘들여 책을 쓰고 출간했는데 원하는 만큼 독자의 반응이 없다면, 그것은 그 자체로 비효율의 극치다. 이미 두 권의 졸저를 출간한 경험자의 말이니 신뢰할 만하다.

대부분 사람은 나에게 관심이 없다. 나 역시 타인의 관심에 목을 매는 '관종(관심종자)'도 아니다. 그럼에도 내가 또 이 짓거리를 하는 이유가 있다. 하느님 부처님이 내게 주문한 미션이랄까. 나는 종교가 없지만, 종교처럼 받드는 신앙이 하나 있다. 부끄럽지만, 그것은 바로 사주 명리학이다. 사주 명리학을 내가 왜 종교처럼 신봉하는지 이유는 각설하고, 나는 그것을 공부하면서 몇 가지

깨달음을 얻었다. 그건 바로 욕심을 버리는 것, 덕을 쌓는 것 그리고 호운(好運)이든 불운(不運)이든 다가오는 운(運)을 받아들이고 준비하자는 것이다. 죽을 때가 다 된 사람의 자기 회한적인 이야기 같아 고리타분하다. 하지만, 중년이 되고 나이를 먹어갈수록 이 세 가지 삶의 원리가 점점 더 나의 삶 속에 깊숙이 자리를 잡아가고 있음을 나는 느낀다. 내가 책을 쓰는 이유는 그중 '덕을 쌓는 행위'라고 보면 좋을 것 같다.

20대에서 40대 초중반까지 나의 직업은 오로지 전자제품 유통업체에서 일하는 영업사원이었다. 전속 대리점과 전국의 도소매상을 돌아다니며 거래처들로부터 매출을 받아내는 것이 나의 일이었다. 하지만, 나는 그 일이 나의 천직이 아니란 것을 너무 일찍 알아버렸다. 무언가 다른 일을 찾아 직장에서 매번 탈출을 시도했지만, 대부분의 사람이 그렇듯, 먹고살아야 하는 현실의 벽 앞에서 나는 언제나 굴복하였다. 그즈음부터 사주 명리학에 심취하면서 내가 상담 업무에 적성이 있음을 알게 되었다. 우여곡절을 거쳐 한때 필자는 서울고용노동청 중장년일자리희망센터라는 공공기관에서 계약직 신분으로 중년들 재취업 알선 상담을 하거나 관련 강의도 했었다.

핑계 없는 무덤이 없듯이, 서울고용청 중장년일자리센터를 찾는 우리 중년의 인생 사연도 우리 인구수만큼 다양했다. 각자 저마다의 사연이 있게 마련이다. 같은 중년으로서 나는 그들에게 깊은 연민을 느낀다. 계약직 고용 신분으로 언제 직장에서 잘릴지 모르는 나 역시 그들과 처지가 다르지 않았기 때문이다. 나는 이런 중년과 진로 상담을 하면서 알게 된 놀라운 사실이 하나 있다. 그것은 가족을 위해 정말 열심히 살아오신 우리 베이비부머들이 정작 자신의 미래와 진로에 관해서는 어찌할 바를 스스로 정하지 못한다는 사실이다. 가령,

상담자(나) : "어떤 일을 하실 줄 아세요? 앞으로 뭘 하고 싶으세요?"
내담자(구직자) : "글쎄요, 내가 뭘 할 수 있을까요? 내가 할 수 있는 일을 추천 좀 해 주세요."

이런 식이다. 내 앞에 앉은 중년 구직자가 뭘 할 수 있는지 본인조차 모르는데 과연 내가 어떻게 그것을 알 수 있을까? 자신이 무엇을 잘할 수 있는지 앞으로 어떤 일을 하면 좋은지 본인의 진로

에 관해서 내가 알 리 만무하지만, 상대에게 한 가지 명확하게 짚어줄 수 있는 부분은 있다. 남아있는 본인 삶의 진로 설정은 본인이 스스로 해야 한다는 것, 그 방향성을 정했다면 그때부터는 나 같은 상담자가 개입하여 무언가 실질적인 방법론에 관해 도움을 줄 수 있다. 내가 못하면 그 방법을 잘 알고 있는 분야의 여러 전문기관이나 관련한 컨설턴트를 소개해 줄 수도 있다.

그래서 내가 할 수 있는 일은 우선, 상담실을 방문하는 모든 중년에게 본인의 욕망에 집중하게 하고 자신이 가진 역량을 객관화하여 그들 스스로 진로를 설정할 수 있게 도움을 주는 것이다. 모든 중년은 본인 스스로 진로를 설정할 능력을 갖추고 있다. 단지 밖으로 끄집어내지 못할 뿐이다. 이런 나의 미션을 서울고용청 중장년 상담실을 방문하는 소수의 중년에게만 실행했던 것이 못내 아쉬웠다. 그 방법론에 관해 나는 틈틈이 글로써 기록을 남기던 중, 좋은 기회가 온다면 더 많은 우리 중년이 접할 수 있도록 출간이라는 이 '허튼짓'을 딱 한 번만 더 해보기로 마음먹었다. 많은 중년이 이 책을 접하여 자신의 진로 문제에 관해 코딱지만큼의 아이디어라도 얻고 그것을 실행하여 그들 본인의 진로가 좀 더 명확해진다면 내가 더 바랄 게 있을까.

이즈음에서 갑자기 이런 질문을 나에게 던진다.

"그럼 너는? 네 진로는 명확해?"

중도 제 머리는 스스로 못 깎는 법이다. 내 진로도 명확할 리 없다. 그저 고용 계약이 한 해 두 해 연장이 되기를 기대하며 연말마다 가슴을 졸인다. 이 책이 세상에 나올 때쯤 아마 나는 일자리를 찾아 어딘가를 헤매고 있을지 모른다. 왠지 그럴 것 같은 불길한 느낌이다.

힘든 사람 사정은 같은 고통을 겪고 있는 사람이 더 잘 아는 법이다. 나는 약 이십 년간 영업사원을 해가며 만났던 많은 사람의 삶의 모습을 관찰해 왔다. 각 개인이 어떤 과정을 거쳐 부자가 되거나 인생의 나락으로 떨어지는지, 혹은 행복과 불행의 경계를 오가는 사람들의 행동 패턴을 나름대로 관찰해 왔다. 또한 오랜 기간 사주 명리학을 공부하며 사람 사는 원리를 깨우치고자 노력하기도 했다. 여기에 개인의 진로 문제 상담 현장에서 겪어 온 나의 업력이 더해져 말로 표현하기 힘든 '살아가는 노하우'를 의도치 않게 가지게 되었다. 그런 경험치가 쌓이다 보니 내가 가진 그런

'촉'은 가일층 객관성을 가지게 되었고 진로 컨설팅 분야에서 밥 벌어먹고 살 수 있을 만큼 주위로부터 인정도 받게 되었다.

나는 확신한다. 우리 인생에서 가장 좋은 화양연화(花樣年華)의 시기는 바로 지금 중년이라고. 100세 시대를 사계절로 논한다면, 우리 중년은 겨우 초가을이다. 사람마다 계절에 관한 호불호는 분명히 있지만, 초가을은 말(馬)도 살이 찌는 계절이고 수확의 계절이다. 물리적 환경을 따져도 인간이 살아가기에 가장 이상적인 계절이기도 하다. 인생을 하루 중 시간으로 말한다면, 우리 중년은 이제 막 점심시간을 지난 즈음이다. 햇살이 머리 위에 내리쬐는 초가을 한낮의 따사로운 기운을 생각해 보자. 반면 이 좋은 시절에 우리 중년 중 일부는 직장에서 밀려났다는 이유만으로 낙담하거나 자신감을 잃는다. 이제 겨우 초가을 한낮인데 말이다. 가을은 수확의 계절이니만큼 우리는 낙담할 시간이 없다. 낫을 갈고 수확한 과실을 담아낼 바구니도 준비해야 하는 시기다. 사실이 이런데 상담실을 찾는 우리 중년의 모습은 막상 그렇지가 않았다.

나는 이 책을 통해 우리 중년에게 중년의 긍정적 의미와 살아가는 방법론을 '생애경력설계'라는 방법론에 근거하여 되새기고 싶다. 살아온 날에 대해 핑계는 있을지언정, 앞으로 살아갈 그만큼의 날들이 과거의 핑계에 의해 발목 잡히지 않았으면 좋겠다. 먼저 자신의 욕구에 집중하자. 본인이 그간 쌓아 올려왔던 '먹고사는 역량'을 객관화하자. 그리고 그것을 바탕으로 그것에 맞게 자신만의 미래를 설계하면 된다. 나는 이제 오십 년을 겨우 살았지만, 100세 시대가 도래한 만큼 앞으로 오십 년을 더 살아야 한다. 겉으로는 '어휴, 끔찍해'라고 말하지만, 나의 속내는 다르다. 그간 고생했으니 이제부터 수확의 기쁨을 맞이하겠다고 생각하면 즐겁다. 몸에 노화가 오고 있지만, 그것을 내 식구로 인정하면 그런대로 받아들일 수 있다. 인정하고 수용하며 대처하면 뭐 그런대로 견딜 만하다. 우리 중년의 삶을 각자의 인생 중 가장 행복했던 시기로 우리 모두 기억할 수 있기를 나는 간절히 바란다.

2020년 여름

저자 이 진 서

# Contents | 차례

프롤로그 _ 4    에필로그 _ 284    참고자료 _ 288

PART
01 | 제 1 장
그래도 아직까진 잘 살아왔다

01 중년, 생각만큼 나쁘지 않다                              16

02 나이 오십은 되어야 이해하는 이야기들                    26

03 삶은 비극 or 희극? 아니면 그냥 삶은 달걀?                35

04 중년, 덜어내기의 기술                                    38

05 중년이란 주제에 후회가 빠지면 섭섭하지                   41

PART
02 | 제 2 장
100세 시대, 생애경력설계가 뭔데? 먹는 거냐?

**2장을 시작하며 _ 50**

01 호모 헌드레드(Homo Hundred)                             52

02 오래 살아온 것 같지만, 이제 겨우 인생 반환점?            58

03 두 남자 이야기                                          62

04 생애경력설계가 뭔데? 먹는 거냐?                         68

05 중년의 존엄?_영화 〈나, 다니엘 블레이크(I, Daniel Blake)〉  76

PART
03 │ 제 3 장
코로나 사태 이후 중장년 고용 시장의 현실

01 코로나19 사태 이후의 직업 세계 조망     82

02 역지사지(易地思之), 중년 재취업 시장에서 나는 아직 쓸만한가?     92

03 중년 채용 시장의 현실과 법칙들     101

04 통계로 보는 중장년 은퇴 전후 생활 만족도     109

05 유쾌, 상쾌, 통쾌한 인생 역전을 꿈꾸며_추억 소환 중년 영화 〈스팅(Sting)〉 114

06 누군가 짜 놓은 설계에 빠지고 있는 것 같은 중년의 삶     120

PART
04 │ 제 4 장
나의 일을 찾는 다양한 아이디어

4장을 시작하며 _ 130

01 직장(직업) 생활의 주기     131

02 내 일(my job)을 찾기 위해 좀 다른 시각을 가져보기     137

03 직업 확장 아이디어     147

04 한 번에 되는 일은 없다     153

PART
05 **제 5 장**
중장년이 꼭 알아야 할 직업정보 탐색법
**5장을 시작하며 _ 165**

01 인적 네트워크 확장하기   172

02 중장년이라면 꼭 알아야 할 인터넷 사이트 소개   183

PART
06 **제 6 장**
징글징글하지만 위대한 단어, '먹고산다는 것'
**6장을 시작하며 _ 210**

01 우리 중년 동지들, 안녕들 하신 거죠?   213

02 징글징글한, 하지만 위대한 단어, '먹고산다는 것'   220

03 그럼에도 감당해야 하는 중년 가장의 무게_영화 〈이웃집 남자〉   225

04 원하는 것을 얻기 위해 우리가 내어놓아야 할 것들   234

PART
07 **제 7 장**
선택이 있을 뿐 인생에 정답은 없다
**7장을 시작하며 _ 240**

01 나는 왜 항상 운이 나쁜 것일까?   245

02 고스톱과 인생살이의 공통점 : 앞패보다 뒷패가 좋아야...   249

03 사주 명리로 풀어보는 중년 삶의 긍정적 원리   254

04 중년에 하지 말아야 할 것들_꿈꾸는 것과 계획하는 것   262

05 끝까지 버티는 놈이 결국 이긴다_영화 〈록키(Rocky)〉   271

06 승리가 목적이 아닌, 끝까지 버티는 자가 주는 감동적 스토리   276

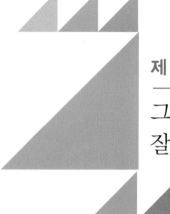

제 1 장

그래도 아직까진
잘 살아왔다

PART
01

# 01
—

중년, 생각만큼
나쁘지 않다

▲▲▲

　　　　　매일 하루 한 잔 이상 마시는 커피 때문일지
도 모른다.

　나는 그것 때문이라고 굳게 믿고 싶다. 언제부터인가 자다가
눈을 뜨면 여지없이 새벽 세 시 반쯤이다. 창밖은 아직 칠흑 같은
어둠이지만, 실눈을 뜬 채 침대 옆 디지털시계 창에 비친 시간을
확인한다. 시간을 알리는 숫자는 언제나 3자다. 이후 동이 틀 때
까지 더 잠이 오지 않는다. 침대에 누운 채 그저 디지털시계 숫자
만 바라보며 아침을 맞이한다. 나이가 들면 아침잠이 없어진다는
말이 설마 이제 갓 오십이 된 내게도 적용되나 싶어 심히 우려스
럽다. 커피를 안 마셔볼까도 생각했었다. 하지만, 그건 참 '거시
기' 하다. 이제 좀 커피의 쓰고 쌉쌀한 그 특유의 맛을 알 나이가
되었다. 진하고 향 좋은 아메리카노나 에스프레소 한잔 마시는 낙

이라도 없으면 나는 정말 하루를 버티기 힘들다. 아니, 커피를 끊었음에도 새벽 그 시각에 내가 눈을 뜰 것만 같은 남모를 두려움도 있다. 그때부터는 아침잠이 없어진 것이 커피 탓이 아니었음을 나는 스스로 인정해야만 한다. 그건 몹시 난감한 일이다. 상황을 맞이한 후 피하는 도피(逃避)가 아니라, 불편한 상황을 아예 마주하지 않으려는 나의 행위, 이것이 도피와 다른 용어인 회피(回避)라고 누가 그랬던가. 내가 커피를 마시는 건 중년이 되기를 회피하고자 하는 나의 몸부림이다.

회피하고자 한들 올 것이 안 오는 건 아니었다.

아침에 일어날 때마다 예전에는 생각하지도 못했던 내 몸의 변화를 나는 감지한다. 그것은 아침에 일어나도 내 '아랫도리'가 예전처럼 빳빳하지 않다는 점이다. 한창 시절엔 아침에 일어나면 소변이 마려워서든 정력이 왕성해서든 항상 팬티에 삼각 텐트를 치고도 남을 만큼 발기찬(?) 아침을 맞이하곤 했다. 그랬던 내가 어느 때부터 고개 숙인 남자가 되어 버렸다. 게다가 요즘은 소변을 본 후 잔뇨(殘尿)까지 생긴다. 더 나이가 들면 잔뇨로 찌든 팬티를 입고 지린내를 풍기며 다녀야 할지 모른다. 얼마 전 나는 동네에 있는 조그만 화장품 가게에 가서 몇만 원짜리 향수를 한 병 샀다. '지미추(Jimmy Choo)~' 뭐라더라. 뒤에 뭐가 붙던데. 이름도 너무 어렵다. 이 나이에 내 돈으로 처음 사보는 향수다. 중년 남자가 향수를 뿌려 몸에서 좋은 냄새가 나면 좋으련만, 나는 그냥 서글퍼진다.

그럼에도 불구하고 나는 이 상황을 좀 긍정적으로 생각해 보고 싶다.

커피 탓인지 아닌지 알 수 없지만, 아침에 일찍 일어나면 좋은 것이다. 뭐 아랫도리가 빳빳하지 않은들 '실전'에 임하지 않으면 뭐 그리 꿀릴 것도 없다. 잔뇨가 있어도 신경은 쓰이겠지만, 뭐 상관없다. 좀 더 부지런히 팬티를 갈아입거나, 그게 귀찮으면 성인용 기저귀라도 사서 차고 다니면 그만이다. 바지가 사타구니에 좀 끼어서 불편하겠지만, 기저귀가 남들 눈에 띄도록 바지 밖으로 튀어나오지 않으면 상관없다.

그럼에도 불구하고, 중년의 한가운데에서 나는 그것들을 뛰어넘는 복병을 만났다.

그놈은 바로 노안과 백내장이다. 내게도 어김없이 반갑지 않은 '그분'이 오신 것이다. 정보를 받아들이는 창이 눈이기 때문에 노안이나 백내장은 정말 삶의 질을 많이 바꾸어 놓는다. 내가 컴퓨터 화면이나 책을 보기 위해서 돋보기안경을 써야 한다는 사실을 인정하기까지 정말 오랜 시간이 걸렸다. 사실 아직도 무턱대고 돋보기를 쓰지 않는다. 돋보기를 쓰고 컴퓨터 화면이나 책을 보면 되련만, 그 행위는 칠판 글씨가 잘 안 보여서 근시 교정용 안경을 쓰는 어린 학생의 행위와 확연히 다르다. 어쩌다 쓰는 돋보기안경은 일반인들이 항상 써야 하는 근시 교정용 안경과 안경 자체의 물리적 성질의 차이 말고도 말로 설명하기 힘든 서글픈 그 무엇인가가 있다. 그러니 노안을 맞이한 나는 점점 책 보기를 멀리하게 된다. 행여 어디 가서 포장한 물건을 살 때도 포장지에 깨알같이 표시된 제품 성분이나 원산지 따위의 세부 매뉴얼은 아예 쳐다보지도 않는다. 쓰고 있는 스마트폰 글자 크기도 가장 크게 설정해 놓았음에도 길에서 흔히 볼 수 있는 '스몸비(스마트폰 좀비)'처럼 나는 그것에 오래도록 얼굴을 파묻고 있지 않는다. 자발적이든 비자발적이든, 시력 관련 문제 때문에 정보 습득력이 시나브로 저하된다. 이런 삶의 패턴을 반복하면서 자연스레 인간관계의 폭도 좁아진다. 바야흐로 뒷방 늙은이로 외로이 늙어가는 절차를 밟아야 하는 처지가 되어가고 있다.

그래, 나도 이제 중년이다.

중년이란 단어의 '중' 자는 가운데 중(中) 자이니 이제껏 살아온 시간만큼 앞으로 살아야 할 시간도 많이 남아있다는 말이다. 인생

시계로 말하면, 점심시간을 막 지나고 있는 것이며, 마라톤이라면 가운데 '중(中)' 자처럼 이제 막 반환점을 돈 것이다. 하지만, 아직 반밖에 가지 않았는데 이제는 딱히 어디서 나를 부르는 곳도 없다. 아이는 대책 없이 커 가고 있다. 아내는 갱년기를 맞이하고 있는지 날이 갈수록 더 예민해진다. 남성과 달리 여성들이야 중년에 폐경기까지 겹치니 그 애잔함이야 남성들보다 여성들이 훨씬 더 하지 않을까. 이런 가운데 통장 잔액은 좀처럼 늘지 않는다. 목적지가 아직 한참 남았는데 차 기름 잔량을 알리는 바늘은 거의 바닥으로 향하고 있다. 이제 기름이 없음을 알리는 계기판의 누런색 경고등이 곧 깜박일 것 같다. 배도 고프다. 차량 내비게이터는 하필 고장이 났다. 어느덧 해는 뉘엿뉘엿 서산으로 지고 있다. 나는 차에서 내려 말보로(Marlboro) 담배를 한 대 문다. 말보로 담뱃갑 특유의 빨간색과 흰색이 어우러진 포장지가 눈에 들어온다. 담뱃값 뒷면에는 이런 카피가 있다. '더 멋진 인생을 위해'. 그간 달려온 길을 돌아보며 라이터에 불을 지피려 할 때 중학생 아들이 차에서 내려 불안한 듯 내게 묻는다.

"아빠, 우리 이제 어디로 가?"

아들의 이 물음은 코맥 매카시(Cormac McCarthy)의 디스토피아

(dystopia) 소설 〈더 로드(The Road)〉에서 묘사한 상황과 비슷하다. (하필 이 책 출판사 이름도 '더 로드'다. 이런 우연이 있나?) 모두가 죽고 이미 폐허가 된 지구의 한 도시에서 극적으로 살아남은 부자(父子)가 있다. 딱히 갈 곳도 없는 아버지에게 아들은 앞으로 나아갈 길을 묻는다. 그 음울한 분위기를 애써 지우려 나는 아들에게 괜히 더 퉁명스럽게 대답한다.

"나도 몰라 이놈아."

중년이란 내게 이런 것이다.

나를 불러주는 곳도, 딱히 내가 갈 곳도 없다. 언젠가 베스트셀러가 되었던 김난도 님의 책 〈아프니까 청춘이다〉의 제목을 빌자면 '갈 곳 없는 중년이다'의 신세가 되어 버렸다. 불러주는 곳도 갈 곳도 없는데, 코로나 사태 때문에 비대면 시대니 뭐니 하며 안 그래도 힘든 우리 중년을 더 힘들게 한다. 이제 겨우 인생에서 반환점을 돌았지만, 몇 년 새 정말 나는 정신적으로 신체적으로 더 많이 늙은 것 같다. 우리 인생을 10라운드 권투 경기라고 비유해 보자. 나는 이제 겨우 5라운드를 넘겼지만, 라운드 마지막 10초를 남기고 상대에게 집중적으로 두들겨 맞은 꼴이다. 5라운드라는 경기 중반을 넘어서는 그 순간이 나는 유독 더 힘들었던 것 같다.

어쨌든, 이제 경기 전반전 종료를 알리는 공이 울렸다. 이제 한숨을 돌리고 링 코너에 앉아 좀 쉬면서 다음 라운드를 위해 새로 작전을 짜야할 시간이다. 하지만, 막상 6라운드가 시작되어도 내게 딱히 또렷한 묘안이 있는 것은 아니다. 상대에게 두들겨 맞더라도 중간에 KO패 당하지 않고 10라운드 끝까지 우선 버티고자 하는 영화 〈록키(Rocky)〉의 주인공 '실베스타 스탤론(Sylvester Stallone)' 이 지녔던 그 간절함만이 내게 있을 뿐이다.

인생을 권투 경기로 비유하여 5라운드까지 치른 선수라면 그는 이미 중년이다.

5라운드를 거치는 동안 나처럼 흠씬 두들겨 맞은 선수든, 아니면 신나게 때린 선수든 힘들기는 마찬가지다. 경기의 딱 중간 지점인 5라운드까지 두들겨 맞았지만, 아직 내가 살아있는 걸 보니, 그래도 치명타는 요령 있게 잘 피했다. 그 버팀의 내공을 바탕으로 후반기 반격의 기회를 나는 엿볼 수 있다. 때린 선수도 결정타를 상대에게 날리지 못해 경기에 아직 종지부를 찍지 못했다. 그런 상대도 불안하긴 마찬가지다. 불씨를 살려 두었기 때문에 언제든 반격을 당할 수 있음을 상대도 경계한다. 흠씬 맞은 나나 신나게 때린 상대나 6라운드 이후의 상황은 아무도 예측할 수 없다.

달리 생각하면 중년이 그래도 생각만큼 나쁘지만은 않다.

링에 올라 실컷 두들겨 맞으면서 우리 중년은 나름의 내성이나 맷집이 생겼다. 학생 때나 청년기 때처럼 무언가 미숙했던 시절에 비하면, 중년은 돌발 상황에서 그들처럼 쉽게 당황하지 않는다. 그리 불안할 것도 없다. 상대가 안으로 파고들면 나는 밖으로 한 발 빠지며 상대에게 카운터펀치를 날릴 기회를 노려볼 수 있다. 마음의 여유도 있다. 그전엔 잘 보이지 않았던 상대의 움직임 (footwork)이 보이기 시작하는 시기가 바로 이 시기다.

나 말고도 여러 사람이 중년에 대한 소회나 분석을 많이 하고 있다.

중년이라는 제2의 사춘기에 관하여 호르몬 이상이나 신체적 변화라는 관점에서 의사가 바라보는 관점도 있고, 정신분석가나 심리학자가 바라보는 시선도 많다. 나 같은 일반인이 바라보는 중년은 왜 또 없겠는가. 더구나 남성 중년과 여성 중년은 또 다르다. 특정 성(gender)의 관점으로 중년을 조망한 내용도 수없이 많다. 이렇듯 중년에 이른 모든 개인이 각자의 신체적 정신적 상황적 여건에 따라 맞이하는 중년의 모습은 각기 다르다.

하지만, 그 다름 가운데 공통점이 하나 있다.

그것은 바로 중년임을 누구나 스스로 인정해야 한다는 간단한 사실이다. 시나브로 내 몸에 들어온 노화라는 녀석을 적이 아닌, 그저 내 식구로 이제는 인정해야만 한다. 밤들도록 노니다가 집에 들어와 보니 신발장에 아내의 것 외 다른 남정네의 신발 한 켤레를 발견한 처용의 마음이 이랬을까. 내가 노안이 온 것을 나 스스로 인정하기 힘들면 돋보기안경 자체를 거부하게 된다. 그러면 정보 습득력이 떨어지고 결국 나만 손해다. 중년을 내 식구로 인정하게 되면, 마음가짐이 달라진다. 내 자식이라면 그가 무엇을 잘못해도 좋은 쪽으로 생각하고 감싸는 것이 부모 마음이다. 콧등에 걸쳐 돋보기안경을 쓰면 무언가 안정적인 중년의 인상을 심어줄 수도 있다. 머리에 난 흰머리도 멋스럽게 관리하면 조지 클루니(George Clooney)나 안성기 정도의 비주얼까지는 아니더라도 타인에게 온화하고 푸근한 인상을 남길 수도 있다. 내가 점차 경제적 능력을 잃어가면서 배우자와 경제적 책임을 자연스럽게 분담하며 먹고사는 것에 대한 혼자만의 부담에서도 벗어날 수도 있는 시기가 중년이다. 어떤 이는 나이 들면서 자존감이 강해져 뻔뻔해지기도 한다. 남의 눈치를 잘 안 보게 되면서 좀 더 마음 편하게 자기 위주로 살 수도 있다. 물론 아재나 꼰대라는 소리는 좀 듣겠지만.

　　어느 철학자의 주문대로 모든 것이 생각하기 나름이라면 조금

무책임하게 들린다.

하지만, 달리 도리가 없다. 의학이 혁신적으로 발달하여 인간이 약 이백 년까지 살 수 있다고 한들, 백 살이 넘으면 또 중년 이야기를 꺼내 들어야 한다. 중년이란 바퀴벌레처럼 지구상에서 사라지는 존재가 아니니 생각하기 나름이라는 편의적 주문이 아주 유용하게 들린다. 많은 사람이 중년을 그 나름대로 분석해 봤지만, 어차피 중년은 극복의 문제가 아닌 '인정(認定)'의 문제다. 딱히 대안이 없다. 그래서 더 안타깝다. 어쩌겠는가, 16세기 말 몽테뉴의 〈수상록〉에조차 나이가 드는 것에 대한 회한을 자연의 이치일 뿐이라고 담담하게 말하고 있다. 뭐 어쩌겠는가, 다 인정하고 그 안에서 긍정적인 측면을 찾는 수밖에.

# 02

## 나이 오십은 되어야
## 이해하는 이야기들

◀◀◀

　　**나이 오십이다.** 내 나이가 오십이라니 도저히 믿기지 않는다. 그러고 보니 나도 한때 어렸을 적이 있었다. 1980년대 초반으로 한번 돌아가 보자. 나는 당시 초등학교 저학년이었다. 그땐 전혀 몰랐지만, 지금 생각해보면 1980년대 초반은 역사적으로 그리고 정치적으로 정말 엄청난 격동의 시기였다. 텔레비전을 틀 때마다 나오는 대머리 대통령이 이 나라에 무슨 큰일을 저질렀는지 당시에 나는 전혀 알 수 없었다. 나는 수요일마다 오싹한 음악과 함께 시작하는 〈전설의 고향〉을 보면서 한여름 더위를 잊었고, 조용필과 윤시내의 노래를 들으면서 올해 말 10대 가수는 꼭 조용필이어야만 해, 아니면 윤시내가 더 나았어 따위에만 관심이 있었다. 그런 남녀 가수의 양대 산맥이었던 조용필과 윤시내 사이에서 나의 눈과 귀를 유독 사로잡았던 신인 여가수가 혜성같이 나타났다. 그 이름은 바로 민해경이다. 그녀는 왕방울만한 큰 눈과 어린 나이에 걸맞지 않은 도발적인 목소리를 가진 신인 여가수였다. 당시 그녀가 불렀던 노래 제목은 바로 〈서기 이천년〉. 이 곡이 데뷔곡은 아닌 것으로 기억한다. 어쨌거나, 그 노래 가사 중 이 부분이 압권이다.

"그날이 오면은, 싸바, 쏴바, 우리는 행복해요~. 다가오는 서기 이천 년은 우리들이 기다리는 해. 싸바, 쏴바."

지금 누구든 이 노래를 다시 듣는다면 촌티가 나서 손발이 오그라들겠지만, 당시 신인 여가수 민해경이 부르는 이 노래는 상당히 매력적이었다. 또한 '싸바, 쏴바'라는 특유의 추임새 때문에 더 도발적이었다. 수십 년이 지나서 룰라 김지현이 〈날개 잃은 천사〉라는 곡에서 손바닥으로 자신의 엉덩이를 때리며 민해경 선배를 그리듯 '싸바, 쏴바'를 다시 외쳤다. 도대체 뭘 쏘라는 건지. 상상은 가지만, 표현은 따로 하지 않으련다.

당시 초등학생인 내가 라디오에서 흘러나오는 민해경의 이 노래를 들으면서 진짜 서기 이천 년이 오기는 오는 걸까 하며 한참 부질없는 상상에 빠지곤 했다. 당시 시점으로 서기 이천 년이면 자그마치 이십 년 후다. 당시 SF영화에서 미래를 설정할 때 '서기 이천 년'이란 설정이 유행이었다. 서기 이천 년은 정말 먼 미래였다. 그때면 나는 결혼 적령기가 된다. 그 당시 나는 내 아내는 과연 어떤 여자일까를 상상했고, 서기 이천 년이 오기 전에 내 아내의 모습을 지금 미리 좀 볼 수 있으면 참 좋겠다는 쓸데없는 망상을 하곤 했다. 그래서 지금 침대 옆에 등을 돌리고 누워있는 아내에게 그 당시 자기는 어디서 뭘 하고 있었는지 내가 물었던 적이 있었다. 아내는 답변하기 귀찮은 듯 짜증을 내면서 자신은 당시 부산진구 전포동 골짜기의 한 놀이터 모래더미에서 코를 찔찔 흘리며 흙장난에 한참 빠져있었다고 내게 말했다. 안 들으니만 못했다. 언제나 상상은 상상 그 자체만으로 충분한 것이다.

지금쯤 민해경 누님은 어디서 뭘 하고 계실까. 나보다 한 열 살 정도 많으니 누님도 환갑을 맞았을 게다. 왕방울만한 커다란 눈알을 부라리며 누구라도 잡아먹을 듯 '싸바, 싸바'를 힘차게 외치던 그녀가 살짝 그립다. 영화 〈첨밀밀〉에서 중년의 남자 배우 윌리엄 홀든(William Holden)을 그리며 평생 그와의 추억에 젖어 살아가는 남주인공 여명의 고모와 내 신세가 이제 비슷해지는 것 같아 왠지 처량하다. 하지만, 민해경의 팬 입장에서 그녀가 TV 화면에는 다시 안 나왔으면 좋겠다. 이런 내 마음은 마치 피천득의 수필 〈인연〉

에 나왔던 유명한 독백, '우리는 다시 만나지 않았어야 했다.' 의 심상과 비슷하다. 코흘리개 시절, 미래 내 아내의 모습을 미리 상상해 본 것이 부질없듯이, 그 시절 가수 민해경의 도발적인 모습을 나 혼자 추억하는 것으로 이제 족하다. (민해경 누님께서 나이 들어서 추하게 변해있을 것이라는 뜻이 아님을 밝힙니다. 누님께서 오해 없으시길. 누님, 영원히 사랑합니다.)

수구초심(首丘初心)이 적절한 표현일까. 이처럼 옛것을 즐겨 말하게 되니 죽을 때는 아니라도 나도 이제 나이가 들었다는 증거다. 새로운 자극이나 정보를 받아들이기보다 기존에 내가 가지고 있던 것들을 조합하여 잘 쓰는 것이 더 편하다는 사실을 어느덧 내가 경험하게 되면서, 이른바 '꼰대'가 되어가는 나를 발견한다. 나는 온고지신이라 말하지만, 주변에선 이런 나를 꼰대 혹은 또라이라고 칭한다. 아무려면 어때? 어차피 이 책은 우리 꼰대들, 혹은 곧 꼰대나 아재가 될 이들을 위한 책이다. 이 책을 보면서 민해경급 연배에 계신 선배분이 내게 이런 충고를 할지 모른다.

"짜식, 아직 어린것이. 십 년만 더 살아봐라."

새로운 자극이나 정보라기보다 역시 기존의 것을 조합하여 만든 재미난 글이 있어 여기에 옮겨 적는다. 인터넷 공간 어디에서 본 글이다. 약 오십 년 이상을 살아왔다면 내 삶의 창고 어딘가에 처박혀 있을 그런 익숙한 말들이다. 아래 항목 열여덟 가지가 나를 미소 짓게 했다. 역시 공감하는 항목이 많다. 한두 가지를 제외하고 나는 거의 모든 항목에 격하게 공감했다. 중년이 되신 분들은 아래 항목 중 몇 가지에 공감하는지, 아니 몇 가지에 공감하지 않으신지 한번 세어 보면 재미있을 것 같다. 만일 공감하지 않는 항목이 세 가지 이상이라면 그분은 아직 중년이 아니라고 나는 단정한다.

## 인터넷에 돌고 도는 유익한 이야기

1. 인생은 운칠기삼. 운이 70%, 의지와 기술 또는 실력이 30%.
2. 인생에서 제일 안 좋은 것이 젊었을 때 성공하는 것, 중년에 아내(남편)가 먼저 세상을 떠나는 것, 늙었을 때 가난한 것이다.
3. 잘난 사람보다 약간 무능한 사람이 회사를 더 오래 다닌다.
4. 동창 모임에 가보면 학교 다닐 땐 별 볼 일 없었던 이들이 성공한 경우가 많다.
5. 인생의 가장 큰 실수는 사람들 관계에서 영양가를 따지는 것이다.

6. 무엇이든 20년은 해야 겨우 전문가 소리를 듣는다.

7. 만나는 사람마다 명함을 뿌리지만, 보는 사람은 거의 없다.

8. 업계를 떠나면 그쪽 인맥은 거의 남지 않는다.

9. 월급은 내가 회사에 공헌해서 받는 것이 아니라 내 인생의 기회 손실에 대한 비용으로 받는 것이다.

10. 남자는 40대 초반에 '자뻑'이 가장 심하고 40대 후반부터 급속하게 비겁해진다.

11. 다음의 5가지는 절대 돌아오지 않는다. 입 밖에 낸 말, 쏴버린 화살, 흘러간 세월, 놓쳐버린 기회, 돌아가신 부모님.

12. 결국 남는 건 배우자와 자식과 사진이다.

13. 재능보다 중요한 건 배짱과 끈기다.

14. 사람들의 추억이나 기억은 매우 부정확하다.

15. 회사는 기억력이 없다.

16. 행복해지려면 두 가지를 해야 한다. 하나는 다른 사람에 대한 기대를 낮추는 것이다. 나머지는 자신의 엉뚱하고 무모한 꿈으로부터 떠나는 것이다.

17. 인생은 당신이 누구를 만나느냐에 달려 있다. 그러나 누구를 만나느냐는 대부분 '운'에 달려 있다.

18. 삶은 생각할수록 비극이지만, 그래도 즐겁게 살려고 마음을 먹으면 즐거운 게 꽤 많다.

〈출처 : 원 출처를 찾을 수 없음. 인터넷에 돌고 도는 내용〉

개인적으로 나는 1번, 17번 그리고 18번에 많은 공감이 간다.

위 항목 중 공감도가 높은 항목으로 유추해 보면 그 사람의 가치관을 우리는 대략 짐작할 수 있다. 내가 고른 1번, 17번은 서로 유사한 항목이다. 내가 이 두 항목을 고른 이유는 삶에 대한 불확실성을 말하고 싶어서다. 성공하고자 한다면 노력보다 재능이나 운의 중요함을 말하고 싶다. 노력은 필수조건이긴 하지만 성공을 위한 충분조건은 분명히 아닌 것 같다. 성공을 원한다면 노력만으로는 아무래도 많이 부족하다. 재능이 바탕인 된 상태에서 기본적인 노력을 얹는다. 그 위에 운이라는 드레싱(Dressing)을 더해야 진정 맛있는 성공을 논할 수 있다. 이 단순한 진리를 나는 나이 오십에 가깝도록 제대로 이해하지 못했다. 자신의 재능을 조기에 발견하기도 어렵고, 불굴의 의지로 노력을 하는 것도 그리 쉽지 않다. 여기에 운까지 닿아야 성공한다니, 그래서 세상에는 성공한 사람이 그리 많지 않은 것 같다. 진정한 성공의 의미가 뭔지 아직 잘 모르겠지만.

요즘은 운도 실력이라고 말하기도 한다. 하늘은 스스로 돕는 자를 돕는다는 말이 바로 이 말과 일맥상통한다. 운을 불러들이는 법 등의 현실적인 내용을 담은 서적도 시중에 널려있다. 좀 더 다른 시각으로 말한다면, '운=실력'이라기보다 '운을 오랫동안 내게 머물게 하는 능력'이 곧 진정한 실력이라고 말할 수 있겠다. 운을 오랫동안 내게 머물게 하려면 오랜 기간 준비를 거쳐 얻은 기본 실력이 바탕이 되어야 하는 건 기본이다. 그렇지 않으면 내게 온 운을 오래 유지하기 힘들다. 초보 낚시꾼이 어쩌다 바다 갯바위에서 감성돔 한 마리야 잡을 수 있겠지만, '초심자의 행운 (beginner's luck)'이란 말이 있듯이 그 행운은 딱 거기까지다. 그것을 기회로 여러 마리의 감성돔을 내 주변에 더 오래 머물게 하고 연타로 여러 마리 잡을 수 있는 능력이야말로 실력이고, 그런 실력은 바다낚시 초보자가 결코 쉽게 얻을 수 없다. 이제 막 고스톱 규칙을 배워 판에 들어온 화투 초심자가 우연히 돈을 따는 이치와 마찬가지다. 돈을 딴 고스톱 초보자가 자신의 실력을 제대로 파악하지 못하고 경솔하게 큰 판에 끼어들어 패가망신하는 경우를 우리는 많이 보아왔다. 꾼들은 이들을 '호구'라 부른다.

어쨌든 사람의 일이란 치밀한 노력만으로 되는 것은 아니다. 그렇다고 자신을 너무 자책하지 말자. 바람 부는 대로 파도치는 대로, 일엽편주에 몸을 맡기고 하늘과 바다를 그저 즐기면 된다. 어차피 내 뜻대로 되지도 않는다. 내가 본격적으로 노를 저어야 할 때는 살랑살랑 동남풍이 불 때다. 힘을 비축해 놓고 동남풍이 불 때에 맞춰 내게 남은 힘을 불사르면 된다. 어차피 그렇게 될 일이라면, 노력해도 안 된다고 중간에 스트레스라도 받지 않으면 좋지 아니한가. 어차피 해결될 일은 걱정할 필요가 없고, 해결되지 않을 일이었다면 걱정만 아무리 해 본들 소용이 없다.

중년이 괜찮은 건 바로 이런 점 때문이다. 무언가 잘 안 돼도, 설령 잘하지 못해도 내 탓을 하지 않아도 된다. 내 탓을 하는 순간부터 우리는 우울증의 동굴 초입에 이미 다가선 것이다. 내가 돈을 많이 못 벌면 단지 운이 안 좋아서 그런 것이다. 내 아이가 공부를 잘 못하면 그건 내 아이의 특성을 잘 이해 못 하는 나라의 교육 정책 탓이다. 남해로 멀리 출조를 나가서 설령 빈 바구니로 집에 돌아와도 내 실력이 부족해 물고기를 못 잡은 것은 아니라며 자신을 위로한다. 안 좋았던 날씨와 맞지 않았던 물때 탓으로 돌리면 내 마음이 한결 가벼워지고 다음엔 대물을 잡을 수 있을 것이라는 긍정적인 희망도 생긴다. 낚시 업계가 바로 이런 이유로 매년 성장하는 것이다. 이런 긍정의 에너지가 모여서 중년이 살아가는 동력을 만든다.

# 03

삶은 비극 or 희극?
아니면 그냥 삶은 달걀?

▲▲▲

위 18번 항목도 되새김질해 볼 만하다. 삶은
비극일까 아니면 희극일까, 이도 저도 아닌 삶은 달걀일까. (삶은
달걀, '아재 개그' 죄송합니다.)

이 책을 읽는 모든 분의 삶이 희극이길 나는 진정 바란다. 혹시
지금까지의 삶이 비극이었다면, 아직 극이 끝나지 않았음을 주지
하자. 우리에게 '인생 한 방'이 아직 남아있다. 내 인생 전성기는
아직 오지 않았음을 기억하기로 하자. 행여 지금의 삶이 비극인데
이런 희망조차 없다면, 그 자체로 더 비극이다. 이런 관점에서 본
다면 위 18번 항목은 진정 곱씹을수록 명언이다.

중년을 보내고 있는 사내로서 삶을 한번 반추해 본다면, 석가
모니의 말씀대로 우리 중생의 삶은 인간으로 윤회(輪廻)하는 것 자

체가 고행이고 비극이다. 애초에 고행이나 비극이 없는 삶이라면 윤회하여 인간으로 태어날 것이 아니라 불생불멸의 니르바나(Nirvana)의 세계로 가야 한다. 현생의 삶이 누구에게나 힘든 건 먹고사는 문제가 중간에 개입하기 때문이다. 밥을 안 먹어도, 돈을 안 벌어도 인간이 얼마든지 잘살아갈 수 있다면, 살아있는 것 자체로 축복이고 희극이다. 하지만, 그놈의 먹고사는 문제, 즉 돈 문제가 개입하면서 삶이 비루해지고 개인 간 상대적인 빈부 격차가 생긴다. 어느 지역 몇 평대 아파트에 사느냐 말 한마디로 소고기에 등급 매기듯, 타인에 의해 우리는 등급이 매겨진다. 정말 비극이 아닐 수 없다.

삶은, 그냥 '삶은 달걀' 처럼 살면 좋지 않을까. 타원처럼 둥글둥글하게, 손으로 돌리면 뱅뱅 잘도 돌아가게, 누군가가 나를 한 대 때리면 안 깨지려 버티지 말고 '아야' 하며 금을 내고 깨지면 그만이다. 그렇게 내 껍질이 깨져도 그 속에 희고 노란 맛있는 알맹이가 나를 기다리고 있다. 스스로 껍질을 깨고 나와야 진정한 생명체인 병아리로 탄생한다지만, 그건 흔한 자기 개발서에서 말하는 말장난이다. 삶은 달걀처럼 그냥 둥글둥글하게 잘살면 된다. 남이 내 껍질을 깨면 굳이 상처받지 말고 '앗싸' 하면서 맛있는 흰자와 노른자를 소금에 찍어 먹으면 그것 또한 나쁘지 않다. 삶

은 달걀을 맛있게 먹는 이런 소소한 즐거움을 단지 희극이라고 말
하기 어려울 뿐이지.

# 04

## 중년, 덜어내기의 기술

▲▲▲

서점가에 중년을 주제로 한 책이 매우 많다. 인간에게 중년이라는 변화의 시기가 각 개인에게 아주 극적이고 다양해서 누구라도 그것에 대해 할 말이 많으리라 짐작한다. 서점가에 사춘기나 노년기에 관해 쓴 책 보다 중년기를 주제로 한 책이 월등히 많은 것을 보면 중년이란 시기의 특수함을 우리는 짐작할 수 있다. 나 역시 지금 중년을 주제로 책을 쓰고 있지만, 쓰기 전에 많이 망설였다. 내가 쓰는 이 책이 중년을 주제로 한 책 중 평범한 '그중 하나(One of them)'로 남을 것인가, 아니면 게 중 나만의 차별성을 지니고 새로운 틈새에 자리매김할 것인가에 대해 나는 좀 고민을 했었다. 고민 끝에 내가 이 책을 쓰고자 마음먹었던 결정적 화두는 '덜어내기'였다.

사진을 한번 예로 들어보자. 사진을 조금이라도 아는 사람은 잘 안다. 초보자가 찍은 사진과 전문가가 찍은 사진의 차이를. 한눈에 보면 느낌이 오게 마련이다. 요즘 카메라 성능이 워낙 훌륭해서 초점이니 심도니 노출이니 등등의 기술적으로는 초보자와 전문가의 사진에 대해 별 차이를 못 느낄지 모른다. 사진 고수와 하수를 구분하는 중요한 지점은 사진에서 말하고자 하는 바가 분명한가 아닌가에 달려있다. 주제 의식 말이다. 선명하고 맑게 잘 찍긴 했는데 일반 대중이 보기에 찍은 사람이 뭘 찍으려 했는지 의도가 분명치 않으면 대체로 하수의 작품이다. 조그만 프레임에 이것저것 잔뜩 욕심을 내어 많은 피사체를 구겨 넣은 사진들 말이다. 사진은 '뺄셈의 기술'이라고 하지 않았던가.

반면, 초점도 안 맞고 구도도 엉성한데 느낌이 확 오는 사진들이 있다. 어느 사진 고수는 절대로 시커멓고 무거운 DSLR 카메라를 들고 다니지 않는다고 한다. 흔히 말하는 스마트폰 반 정도 크기의 '똑딱이' 카메라를 들고 다니며 순간순간을 재빨리, 그리고 자연스럽게 장면을 잡아낸다. 하수들이 높은 사양의 카메라나 고가의 장비로 자신의 실력을 분칠하려 하는 반면, 고수는 거기에 연연하지 않고 순간의 빛을 놓치지 않으려 작고 가벼운 스냅 카메라를 들고 다닌다. 고수는 기술적 요소보다 순간의 타이밍을 중시하기 때문이다. 그 순간의 타이밍이란 곧 사진가가 의도하는 주제의식에 깊이 연관한다.

중년에 이른 모든 선후배님이 느끼는 중년만의 공통점이 있다. 심지어 너무 많다. 중년에 관하여 할 이야기가 아주 많아 자칫 이것저것 지면에 다 담으려 한다. 주제를 부각하기 위해 피사체를 적당히 제거해야 하는 사진처럼, 나 역시 중년에 관해 쓰고자 하는 소재에 대한 욕심을 매우 많이 걷어냈다. 이 책은 주로 우리 중년이 먹고사는 문제에 관한 방법론이 주재료다. 거기에 양념으로 몇 가지를 준비했다. 그중 하나가 '후회'다.

# 05

## 중년이란 주제에 후회가
## 빠지면 섭섭하지

◀◀◀

'회한(悔恨)'이라는 단어를 쓰기엔 좀 어색하다. 그 단어는 내가 좀 더 나이가 들어 죽을 때가 되어야만 쓸 수 있을 것 같다. '아쉬움'이란 말을 쓰기도 좀 머쓱하다. 아쉬움이란 단어 그 이면에는 어느 정도 성공했다는 느낌이 담겨있는 것 같다. 반면, 중년을 이야기하면서 '후회'란 단어의 어감은 명확하다. 후회란 단어의 느낌은 순전히 나의 불찰이나 잘못처럼 개인의 의지대로 하지 못했거나 안 한 것에 대한 책임이 본인 자신에게 있는 것 같은 어감이다. 중년의 나이에 이르렀지만, 남 앞에 내어 놓을 만한 변변한 성취가 없다면 후회란 단어가 아주 적절할 것 같다. 중년의 나이에 이르렀음에도 후회란 단어에서 벗어날 수 있는 이는 이 나라에서 그리 많지 않으리라 판단한다. 생각할수록 우리말 의미의 확장성은 참 오묘하다.

류시화 님의 시집 〈지금 알고 있는 걸 그때도 알았더라면〉, 이 시집 제목이 매우 근사하다. 생각할수록 멋진 제목이다. 후회라는 주제를 말하기에 이보다 더 많은 것을 포함하는 문장은 별로 없는 것 같다. 그렇다면, 위 제목처럼 지금은 알고 있는데 그때 몰랐던 것은 과연 무엇일까. 좀 더 구체적으로 '그때'가 언제인지 언급해 보자. 사십 대 후반에서 오십 대 초반, 즉 지금 중년의 나이에서 삼십 년을 덜어내 보자. 그럼 십 대 후반에서 이십 대 초반이 된다. 너무 덜어냈나? 그러면 아직 결혼하지 않은 삼십 대 초반까지도 포함해 보자. 아직 미혼인 삼십 대 초반, 특히 그 부류의 남자들은 아직 철이 좀 덜 들어있다고 생각해도 무방하다. 내가 생각하는 '지금'과 '그때'의 시간 차이는 이렇게 약 이십에서 삼십 년이면 적당할 것 같다.

이삼십 년이면 실로 엄청난 시간이다. 강산이 두어 번 변하고도 남을 시간이다. 삼십 년 전이면 내가 양재천에서 흰색 쌍방울 면 팬티만 걸친 채 멱을 감으며 개구리와 송사리를 잡고 있었던 시절이다. 도곡동에서 양재천으로 넘어가는 길 양변에 당근이나 미나리를 심어 놓은 비닐하우스가 점령하고 있던 바로 그 시절이다. 삼십 년이란 이처럼 허허벌판에 마천루 같은 아파트가 들어서고 땅 밑으로는 거미줄보다 더 복잡한 지하철이 다니는 긴 시간이다. 하지만, 그 긴 시간 동안 각 개인의 변화는 그렇게 눈에 띄지 않는다. 대학 입학 후 첫 여름방학을 보내고 2학기 첫 강의에 출석한 여대생의 극적인 외모 변화를 제외하면, 십 년 이십 년이 지나도 개인의 외형적 변화는 대체로 고만고만하다. 머리가 조금 벗어지거나 안경 도수가 좀 증가한 정도, 또는 눈꼬리와 입 주변에 주름이 조금 늘었다는 것을 확인할 수 있을 뿐이다.

그에 비해 중년이 된 후 개인의 내적 변화는 그 전과 비교해 보면 엄청난 차이를 보인다. 중년의 내적 변화의 핵심은 아마도 통찰력이라고 나는 생각한다. 통찰력이란 무엇일까. 뭐라고 말로 설명하기 참 어려운 단어다. 영어로 'insight'인데, 단어대로 안(in)으로 시야(sight)가 형성하는 능력이라고 할까. 쉬운 말로 사물이나 사건의 본질을 꿰뚫어 볼 수 있는 '투시안'이라고 해도 될 것 같다. 이런 능력은 고스톱 판에서 시간을 보내며 따낼 수 있는 건 절대 아니다.

중년이 되기까지 먹고사는 문제와 연관하여 긴 시간을 보내는 동안 우리는 많은 것을 경험한다. 세상에는 나보다 훨씬 더 강하고 단단한 놈이 많다는 것을 적지 않은 수업료를 낸 후에야 우리는 비로소 깨닫게 된다. '열심히 살지만 왜 내 삶이 나아지지 않지?'라는 근본적 명제에 접하면서 우리는 좌절한다. 우리는 나름의 해결책을 찾아보기 위해 그전에는 보지도 않던 책을 보게 되거나 나보다 똑똑한 현인을 만나며 삶에서 일어나는 아이러니한 현상에 관하여 나름의 이론적 체계를 구성해 보기도 한다. 그동안 겪었던 쓰라린 경험에 창호지처럼 얇디얇은 이런 이론들이 가미되어 우리는 학교에서 배울 수 없는 삶의 원리를 아주 서서히 깨닫게 된다. 이런 과정이 우리 내면에 쌓이면서 비로소 우리는 '아우라(Aura)'를 갖춘 중년이 되는 것이다. 아예 시도조차 못 했던 것에 대한 회한, 또는 뭔가 하긴 했지만, 제대로 못 했던 것에 대한 후회와 반성이 핫바지에 방귀 새어 나가듯 내 옆을 쓱 지나간다. 다시 그것을 되돌릴 수 없다. 그렇게 새어 나간 자리에 아우라와 통찰력이 내게 남는다. '나이가 든다는 것'이란 이런 것인가 싶다. 줄 것을 내어 주고, 받을 것은 받는 것. 하지만 항상 뭔가 손해 본 것 같은 '의문의 1패' 같은 그 알 수 없는 먹먹한 느낌, 이것이 중년의 후회인 것 같다. 라면을 김치 없이 먹거나 순대를 소금(혹은 쌈장)이나 소주 없이 먹을 때처럼 뭔가 허전한 그 채워지지 않는 공허함이랄까.

약 이삼십 년의 세월의 반경 속에서 그때는 몰랐는데 지금은 알고 있는 것은 결국 아우라, 또는 통찰력이다. 좀 더 풀어서 말하자면, '되는 일은 되고 안 되는 일은 안 되는 것', 이 정도가 아우라나 통찰력에 대한 무난한 해석일 것 같다. 막무가내로 덤볐던 그때에 비해 중년이 된 지금은 좀 다르다. 해 보지 않고 또는 접해보지 않고도 대략의 결과를 우리 중년들은 이미 안다. 나쁘게 말하면 소심한 것이요, 좋게 말하면 신중한 것이다. 아우라와 통찰력을 얻은 대신 중년이 되면 어디라도 한두 군데 자기 몸에 이상징후를 느끼게 된다. 그런 자신의 신체적 물리적 한계를 느끼면서 세월을 인정하고 그것과 같이 어울려 사는 방법을 터득하게 된다. 도전이나 반항이 아닌 삶에 대한 완벽한 적응이자 순응이다.

중년은 이렇듯 포기가 빠르지만, 막상 그들이 손대는 일에는 작아도 성과가 있다. 무리한 욕심을 내지 않으니 항상 여유도 있다. 오뉴월 앞마당에 축 늘어져 있는 백구처럼 아랫도리가 더 이상 빳빳해지지 않음을 불현듯 느끼게 된다. 더는 쓸데가 없어진 성적(性的) 에너지—아직 동의 안 하시는 중년들 많겠지만—를 대체할 용처를 우리는 찾게 된다. 그 왕성한 리비도(libido)를 잘 전용하면 특정 분야에서 예술의 경지에 이르기도 하고 삶에서 위대한 업적을 남기기도 한다. 레오나르도 다빈치의 〈모나리자〉 같은 그림이 바로 그의 동성애적 에너지 전용(轉用)에 관한 산물이었다고 한다. 모나리자 얼굴을 가만히 들여다보고 있으면 여자가 아닌 남자

일 수 있다는 생각이 문득 들곤 한다. 이 지점에서 문득 윤오영 님의 〈방망이 깎는 노인〉이란 수필이 생각난다. 자신이 미처 갖지 못한 그 단단한 '방망이'를 동경하며 하루하루 깎아내던 그 어르신의 방망이 품질이야 가히 예술작품이 아니었을까. 저자 윤오영 님께서 이 수필 제목을 〈방망이 깎던 청년〉이라고 지었다면 느낌이 확 달아날 것 같다.

나의 '그때'를 다시 한번 생각해 본다. 그때 나는 왜 그랬을까. 부산 동구 초량동 어느 건물 옆 주차장 안에서 S양에게 나는 그렇게 말하지 않았어야 했다. 벚꽃이 만개한 진해의 한 모텔방 안에서 K양과 나는 왜 손만 잡고 그 긴긴밤을 지새웠을까. 부산어묵을 사 달라던 서울 아가씨 G양이 나를 보러 홀로 부산에 내려왔을 때, 난 왜 그녀에게 어묵만 덜렁 사주고 서울로 보냈을까. 학교 다닐 때 당구장에 다녔던 시간을 조금이라도 쪼개어 공부에 매진했다면, 아마 내 인생은 지금과 많이 다른 모습이었을 것 같다. 생각해보면 모든 것이 다 후회의 연속이다. 하지만, 그런 기회가 지금 내게 다시 온다고 해도 난 그것과 비슷한 선택을 할 수밖에 없을 것 같다. 유구한 세월이 물리적 상황을 변하게 만들기 때문이리라. 이래저래 중년의 삶은 정말 쉽지 않다.

쉬어가는 페이지

## 나이 들면
## 후회하는 37가지

1. 기회가 왔을 때 여행하지 않았던 것

2. 외국어를 배우지 않았던 것

3. 악연을 남겨두는 것

4. 선크림을 바르지 않았던 것

5. 좋아하는 음악가를 만날 기회를 놓친 것

6. 어떤 일을 무서워한 것

7. 운동을 열심히 하지 않았던 것

8. 남성, 여성의 역할에 갇혀서 산 것

9. 끔찍하게 싫은 직업을 그만두지 않은 것

10. 학교에서 더 열심히 공부하지 않은 것

11. 당신이 얼마나 아름다웠는지 모르는 것

12. 사랑한다고 말하지 못한 것

13. 부모님의 충고를 듣지 않은 것

14. 젊은 시절 자신에게만 몰두해 있었던 것

15. 다른 사람이 어떻게 생각하는지 지나치게 신경 쓴 것

16. 자신보다 다른 사람의 꿈을 더 우선시한 것

17. 더 많이 움직이지 못한 것

18. 원한을 품고 사는 것

19. 당신 자신을 옹호하지 않은 것

20. 충분히 봉사하지 않았던 것

21. 치아를 무시한 것

22. 할머니, 할아버지가 돌아가시기 전에 더 잘해주지 못했던 것

23. 너무 열심히 일한 것

24. 멋진 요리 하나를 배우지 않은 것

25. 감사한 순간을 위해 잠깐 멈추지 않았던 것

26. 시작한 것을 끝마치지 못한 것

27. 재미있는 파티 마술 하나를 익히지 못한 것

28. 사회적 기대에 맞추어 당신을 가둔 것

29. 친구들이 자기 길을 가지 못하게 붙잡은 것

30. 아이들과 충분히 놀아주지 못한 것

31. 한 번도 큰 위험에 도전하지 않았던 것 (특히 사랑에 있어서)

32. 사람들을 만나거나 관계를 넓힐 시간을 갖지 않았던 것

33. 너무 많은 걱정을 했던 것

34. 쓸데없는 드라마에 빠져 있었던 것

35. 사랑하는 사람과 충분한 시간을 보내지 않았던 것

36. 많은 사람 앞에서 한 번도 공연해 보지 못한 것

37. 좀 더 빨리 감사해하지 않았던 것

〈출처 : 37 Things You'll Regret When You're Old - Mike Spohr〉

**제 2 장**

100세 시대,
생애경력설계가 뭔데?
먹는 거냐?

PART
02

"인생 점심시간부터 일없는 노인으로 자처하며 시간을
보내기에는 자정까지 남은 시간이 까마득하다"

2019년 한 해 동안 나는 격주 목요일마다 을
지로 2가 서울고용청 내 강의실에서 만 40세 이상 중년을 상대로
온종일 생애경력설계라는 주제로 강의를 했다. 이미 다가온 100
세 시대를 어떻게 살아야 하는지, 중년이 왜 일해야 하는지, 일을
해야 한다면 어떻게 직업을 찾아야 하는지가 강의의 주된 내용이
었다. 수강생 대부분은 나보다 나이가 더 많았다. 연배 높으신 인
생 선배님들 앞에서 강의를 하다 보면 사실 나는 좀 머쓱해진다.
나도 이제 겨우 오십 년 살았을 뿐이다. 내 이야기를 귀담아듣고
자 좁은 강의실에 진지한 모습으로 앉아 계신 인생 선배님들에게
이래라저래라 말하고 있는 내가 그럴 자격이 있는지 항상 계면쩍
었다.

각설하고, 우리가 진짜 100살까지 살 수 있을까? 예전엔 반신

반의했건만, 이제 현실이 되고 있다. 명절 때 시골에 가면 구십을 넘은 어르신을 종종 만날 수 있다. 그분들의 공통점 중 하나는 모두 매우 건강하다는 점이다. 100세 시대 도래는 이제 시간문제인 것 같다. 누구나 그때까지 살게 된다면, 오십 년을 살아온 내 인생 시계는 이제 겨우 한낮을 지나고 있다. 우리가 보통 직장에서 오후 6시에 퇴근을 한다고 치자. 중년의 나이를 인생 시계로 말하면, 오후 6시는 75세다. 75세에 은퇴해야 비로소 인생 퇴근이다. 오후 6시에 퇴근을 해도 막걸리를 반주 삼아 가족과 함께 충분히 많은 시간을 보낼 수 있다. 그렇게 시간을 보내도 100세에 이르는 자정까지는 매우 시간이 많이 남아 있다. 그럼에도 이제 겨우 점심을 먹었을 뿐인데, 아직 해가 중천에 떠 있을 그 긴 오후 시간을 우리는 무엇을 하면서 보내야 할까. 인생 점심시간부터 일없는 노인으로 자처하며 시간을 보내기에는 자정까지 남은 시간이 까마득하다. 돈 많고 건강 염려 없는 중년이 맞이하는 점심 12시라면 더없이 좋겠지만, 그런 좋은 팔자를 타고난 사람은 대한민국에서 단 1%뿐이다.

# 01
___

## 호모 헌드레드(Homo Hundred)

▲▲▲

바야흐로 호모 헌드레드(Homo Hundred)의 시
대다. 인간을 뜻하는 호모와 숫자 100을 말하는 헌드레드를 합친
합성어다. 이 단어가 2009년에 생겼다는데 그때의 느낌은 나와
상관없는 단어였다. 그로부터 약 십 년이 흐른 지금은 이 단어가
그리 어색하지 않다. 인간이 진짜 백 년을 살 수 있을까. 2019년 9
월에 통계청에서 발표한 인구 통계 관련 흥미로운 보고서가 있어
서 소개한다.

보고서 제목은 〈2019년 장래 인구 특별 추계를 반영한 세계와
한국의 인구 현황 및 전망〉인데 보고서 앞부분에 적힌 일러두기
에 이렇게 적혀있다.

'장래 인구 추계는 5년 주기로 작성되어 2021년에 공표 예정이었으

나, 최근 초저출산 상황을 반영하여 2019년 9월에 특별 추계를 공표함.'

전체 인구 조사에 적잖은 세금과 노력이 들어갈 텐데 그럼에도 불구하고 조사 주기가 이르기 전에 특별 조사를 한 모양이다. 인구 구조 변화의 심각성을 고려한 측면이다. 이 조사에서 눈에 띄는 것은 바로 이것이다. 출산율 저하와 고령 인구 증가의 현저한 차이. 2015~2020년 한국의 합계 출산율 1.11명은 세계의 합계 출산율 2.47명에 비해 가장 낮은 수준인 반면, 2015~2020년 한국인의 기대 수명 82.5세는 세계인의 기대 수명 72.3세보다 높은 수준인 것으로 추정한다는 내용이다. 게다가 2015~2020년 한국의 기대 수명 82.5세는 1970~1975년 63.1세에 비해 19.4세나 증가했다고 보고서는 밝히고 있다. 약 45년 전보다 한국인의 기대 수명이 20년가량이나 늘었다는 것이다.

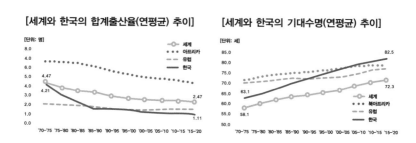

〈출처: 2019년 장래 인구 특별 추계를 반영한 세계와 한국의 인구 현황 및 전망 3page, 통계청〉

통계청 보고서를 참고하든 안 하든, 인간의 기대 수명은 의료 기술 발달이나 보건 위생 환경이 점점 좋아지는 것과 맞물려 점점 더 늘어날 것은 불을 보듯 뻔하다. 참고로 '기대 수명'과 '평균 수명'이란 용어의 정의가 좀 다르다. 두 용어 간 차이는 사람이 태어난 시점부터냐 사망한 시점부터냐의 차이다. 평균 수명은 사후를 기준으로 한다. 가령, 올해 우리나라의 전체 사망자가 50만 명이라면 그 50만 명의 최종 나이를 다 더해서 50만 명으로 나눠준 값이다. 자연사든 사고사든 이른바 사망자에 관하여 태어나서 얼마나 살았는지 확인하는 것이 평균값이다.

이에 반해 기대 수명은 태어난 시점부터 기산하는 예상 수명 수치다. 올해 우리나라에서 태어난 아기가 앞으로 몇 년을 살 수 있을지 예상하는 추정치다. 기대 수명은 의료기술 발달이나 그 나라의 복지제도 또는 깨끗한 물을 마실 수 있는 상하수도 시설 같은 사회 인프라 구축 여부 등의 외부 환경 요인을 많이 고려한다. 호모 헌드레드 시대라는 용어는 기대 수명을 반영하는 용어지만, 머지않아 평균 수명 백 세 시대가 올 것은 이제 시간문제다.

현재 기네스북에 올라가 있는 세계 최장수 기록은 프랑스의 '잔 루이스 칼망(Jeanne Louise Calment)'이라는 분이 기록한(?) 122세 6개월이다. 1875년에 태어나서 1997년에 돌아가셨다. 우리나라 밖으로 굳이 눈을 돌리지 않아도 내 주변 친척 어르신 중에서도 현재 백 살은 아니라도 아흔을 넘으신 분들은 적지 않다. 몇몇 선진국은 잔 루이스 칼망 할머니 같은 초장수 노인을 대상으로 그들의 줄기세포를 연구 중이라고 한다. 초장수 노인들의 줄기세포에서 면역 기술을 돕는 '당 사슬의 염증 제어 기술'을 보면 초장수의 해법을 찾을 수 있다고 한다. 얼마 전 공중파 TV 뉴스 기사를 본 적이 있다. 인간의 유전자와 DNA 구조가 50% 정도 유사한 '예쁜꼬마선충'이라는 기생충이 있는데 연구자들이 이들의 노화 유전자의 발달을 억제해서 그 기생충의 수명을 230%까지 연장했다고 한다. 이런 기술을 인간에게 적용하면 인간의 수명을 무려 200살까지 연장할 수 있다고 한다. 200살까지는 아니더라도 업계(?)에서는 향후 15년 이내에 100세 시대를 넘어서 120세 시대가 멀지 않다고 말한다.

우리 부모님 세대엔 환갑잔치란 것이 있었다. 지금 예순 살이 되었다고 환갑잔치를 하는 모습을 흔히 볼 수 있는가? 지금은 적어도 팔순은 되어야 잔치를 수단 삼아 기념할 만하다. 불과 몇십 년 만의 변화다. 애초부터 냄비 안 찬물에 들어가서 서서히 달구어지는 개구리라서 우리가 긴 시절을 아우르는 변화의 속도를 체감하지 못할 수 있다. 부글부글 끓고 있는 냄비 속으로 곧바로 들어간다면 화들짝 놀라지 않겠는가. 통계청 보고서가 아니라도 이제 100세 시대는 정말 현실이 돼버렸다. 어느 유명인사가 강단에 나와서 우리가 상상하기 힘든 최첨단 미래 기술이 도입되어 조만간 어떤 시대가 온다는 말 따위는 내겐 그저 흘려보내는 뉴스 기삿거리일 뿐이다. 하지만, 인구 구조 변화와 그에 수반하는 초고령화 사회는 어느 보고서든 누구의 입을 통해서든 내게 정말 많이 와닿는다. 내가 생각해도 의학 기술의 발달 속도와 명확히 숫자로 나타나는 출산율 저하가 그런 우려를 뒷받침한다. 이제 우리에게 남은 건 극복이 아닌 인정과 적응뿐이다. 4차 산업혁명, 인공지능 AI, 코로나, 호모 헌드레드... 이 모든 단어가 더는 개별적으로 존재하는 단어가 아니다. 기술 발달과 시대 변화 때문에 이런 것들이 자연스레 우리의 삶 속에 깊숙이 자리하고 있다.

시간을 되돌려 삼성전자 이건희 회장의 어록이 생각난다. 1993년 프랑크푸르트 선언이라고 불리는 삼성 임직원 회의에서 그는 유명한 말을 남겼다. '마누라와 자식 빼고 다 바꿔라.' 경영인답게 그는 미래의 다가올 변화에 능동적으로 대처해야 한다고 말했다. 그 당시에도 삼성전자는 굳이 변화하지 않아도 그럭저럭 잘 굴러가던 기업이었던 것 같다. 주마가편(走馬加鞭)이라고 결과적으로 그때 가일층 변화를 추구했던 시도가 지금의 삼성을 초일류 기업으로 발돋움하게 한 원동력이지 않았을까. 기업환경의 변화 속도와 인구구조의 변화 속도는 분명히 다르다. 기업이 환경 변화에 더 민감하게 반응하기 마련이지만, 기업인이 아닌 일반 자연인으로 사는 우리가 미래 환경 변화를 걱정하면서 살아야 하는 처지가 그냥 서글프다. 그냥 별다른 걱정 없이 이대로 살다가 죽으면 안 될까. 때가 되면 죽을 텐데. 때가 되어도, 죽고 싶어도 우리에겐 마땅히 죽을 자유가 없다. 죽을 때가 되어서 병원에 가도 수완 좋은 의사들이 우리를 다시 살려놓는다. 내가 아는 사람 중 이런 사례를 방지하고자 가슴에 심폐 소생 금지라는 뜻의 'No CPR' (cardiopulmonary resuscitation)이란 문신을 하고 다니는 사람도 있다. 무려 30년 전에 이건희 회장이 '바꿔라' 고 이야기했듯이, 그로부터 약 30년이 흐른 지금 우리는 뭘 바꾸고 개선하며 살아야 할까? 마누라와 자식만큼 무게감 있는 것이 있을까. 그냥 적당히 살다가 때가 되면 죽게 내버려 두지, 내 나이 이제 겨우 오십인데, 이것저것 변화를 수용하면서 앞으로 오십 년을 더 살아야 한다니 그냥 앞날이 캄캄하고 답답하다. 남은 오십 년간 도대체 뭐 해서 먹고살라는 말인가?

# 02

오래 살아온 것 같지만,
이제 겨우 인생 반환점?

◢◢◢

1955년부터 1963년 사이에 태어난 사람을
일컬어 베이비부머라고 한다. 그들의 지금 나이는 2020년 기준
약 57~65세다. 이 시기에 태어난 베이비부머는 한국 근대사의 주
역들이다. 그들은 6.25전쟁 이후 태어나서 우리나라 경제 부흥기
의 달콤한 열매 맛을 본 세대이기도 하지만, 피 튀기는 민주화 투
쟁의 정점에 서 있기도 한 세대다. 한창 일할 때 IMF 외환 위기나
리먼 브라더스 사태로 직장에서 밀려나 거리에 나 앉기도 했던 그
들이다. 그런 베이비부머들이 이제 은퇴를 준비 중이다.

은퇴 준비? 글쎄, 은퇴 준비를 제대로 했거나 하고 있는 베이비
부머가 과연 얼마나 될까? 본인의 퇴직 시점을 잘 몰라서 은퇴 준
비를 못 했을까? 절대 그렇지 않다. 은퇴란 갑자기 내게 닥친 교

통사고 같은 것이 아니다. 시간이 지남에 따라 누구에게나 다가오는 예측 가능한 사건임이 명백하다. 은퇴 관련한 많은 자료나 방법론을 담은 강의 혹은 매체의 기사들이 시중에 넘쳐난다. 그 방법을 몰라서 우리가 은퇴 준비를 못 하는 것은 아니다. 알고도 어찌할 바를 모르는 것이 은퇴다. 그 옛날 프로야구 해태 타이거즈의 선동열 선수가 전성기 시절에 던졌던 고속 슬라이더는 타자가 알고도 못 치는 공이었다. 은퇴 준비란 그 시절 선동열 투수를 맞이하여 타석에 선 새파란 신인 타자의 대처 능력? 뭐 그런 막막한 느낌이다.

필자가 말하는 은퇴라는 개념을 독자가 조금 다른 의미로 받아들였으면 좋겠다. 먹고살기 위해 돈을 벌어야 하는 모든 경제 활동에서 벗어나 연금이나 벌어둔 돈으로 남은 생을 보내는 행위가 은퇴가 아니다. 우리가 젊은 시절부터 지속해서 해 오던 경제활동 행위의 장소, 흔히 주된 일자리라 부르는 곳에서 퇴직하여 제2의 인생을 설계하고자 하는 준비 과정이 내가 말하는 일련의 은퇴 준비다. '은퇴=일을 그만하는 것'이 아니라 인생 2막을 위한 준비를 하는 것이 곧 은퇴 준비다. 인생 2막에 일을 하는 것도 포함할 수 있다. 그러니 100세 시대에서 우리가 알고 있던 진짜 은퇴는 약 75세 이후라고 생각하면 된다.

100세 시대의 인생주기를 단 하루의 시간으로 치환해 보자. 칼 세이건(Carl Sagan)의 명저 〈코스모스〉에서 우주 탄생의 역사를 1년 달력으로 대비해서 설명한 부분과 유사하다. 우리가 운 좋게 좋은 직장에 취직하여 저녁 6시에 퇴근을 한다고 치자. 저녁 6시를 인간의 수명 100세로 대비하면 75세다. 반대로 말하면 75세를 하루의 시간으로 말하면 저녁 6시다. 오후 6시에 퇴근해서 가족과 오붓한 저녁 식사를 같이하고, 저녁 식사 후 취침 전까지 즐거운 시간을 보낸다. 인생에서 은퇴란 저녁 6시부터 잠들기 전 자정까지 우리가 하는 활동과 유사하다. 이런 방식으로 60세는 하루의 시간으로 치환하면 약 두 시에서 세 시 사이다. 이 베이비부머는 퇴근(은퇴) 시간까지 약 세 시간 이상이나 남아있다. 세 시에 퇴근(은퇴)한다면 이것은 조퇴다. 조퇴는 직장생활 중에서 일상적이지 않은 사건이다. 조기 은퇴란 것도 물론 있지만, 그것은 나름대로 준비를 잘했거나 금수저를 물고 태어난 일부 중년의 사례일 뿐이다. 대부분의 중년은 야근까지는 몰라도 저녁 6시 퇴근 시간까지 열심히 일해야 하지 않을까. 비단 돈 문제뿐만 아니라 삶에서 일(job)이 주는 또 다른 의미나 가치가 있기 때문이다.

'인생은 육십부터' 란 말이 있었다. 필자의 기억으로 이 말은 아주 오래전 한 제약회사의 TV CF에서 비롯한 말로 기억한다. 나이 육십까지 일하고 은퇴했으니, 이제 이 약 드시고 건강하게 여생

보내시라고 하는 메시지의 광고였던 것 같다. 격세지감(隔世之感)이다. 이젠 이 말은 옛말이 돼버렸다. 100세 시대인 지금은 '인생은 팔십부터'라고 말해야 한다. 평균 수명 80세 시대엔 나이 육십까지 열심히 일하고 남은 이십 년을 은퇴 후 기간으로 즐기라고 했지만, 100세 시대가 곧 도래하니 나이 팔십까지 일해야 하는 것은 당연하다. 나이 육십에 조기 은퇴하면 남은 기간 사십 년을 뭐하면서 보내야 할까.

고용 환경 변화로 자의 반 타의 반 은퇴 시기는 점점 앞당겨지고 있다. 반대로 평균 수명은 길어지면서 주된 일자리에서 퇴직 후 일없이 보내야 할 시간도 점점 더 길어진다. 노동을 통한 소득 보전을 포함하여 남은 삶을 채워나갈 의미 있는 활동이나 가치를 찾아야 할 과제에 우리는 직면해 있다. 지금 한창 은퇴를 하는 우리 베이비부머와 그즈음에 태어난 세대는 단군 이래 우리가 미처 경험해 보지 못했던 가장 긴 노년기를 맞이하는 첫 세대가 된다. 아무도 가지 않았던 길을 등 떠밀려 가야 하기에 두려움과 걱정이 많은 것은 당연하다. 상황이 이러하니 '제2의 인생'이니 '인생 3모작'이니, 듣기에 아직 어색한 단어가 인구에 회자한다. 뭐 어쩌겠는가, 이런 책이라도 읽으면서 나름의 대비책을 강구해 보는 수밖에.

# 03

—

## 두 남자 이야기

◢◢◢

나는 40대 초반에 주된 일자리에서 밀려났다. LG전자㈜를 거쳐 외국계 전자제품 유통업체의 한국 법인인 소니코리아㈜가 나의 주된 일자리였다. 대부분의 공산품 유통 과정이 그렇듯, 전자제품도 온라인 시장으로 중심추가 급격히 기울면서 나처럼 오프라인 판매상을 대상으로 영업을 해왔던 경력은 더는 쓸모가 없어지는 시점이었다. 산업구조의 변경에 의한 비자발적 실업, 이른바 구조적 실업이다. 사실 개인적으로 내가 입사 동기들에 비해서 영업 능력이 많이 부족했던 것도 사실이다. 이미 나이 오십을 넘은 내 입사 동기들 몇몇은 아직도 그 분야에서 현역이다. 나는 당시 회사에서 어떻게든 더 버텨보려 했지만, 내가 처한 상황이 정말 쉽지 않았다. 회사는 그래도 퇴사 예정자에 대한 나름의 배려로 3개월 전에 내게 퇴사 예정을 통보했다. 그 기간에 회사 일은 대충 하더라도, 대신 다른 살길을 모색해 보라는 회사의 고마운 배려였다. 지금 생각해도 그때 회사의 배려가 참 고맙다.

전자제품 영업 환경에서만 직무 경력을 쌓아온 만큼, 나는 그 분야에서는 전문가였지만, 정작 내 살길을 모색해야 하는 구직 시장 혹은 전직(轉職) 시장에서 나는 영락없는 초보자였다. 구직 활동을 하기에 3개월은 그리 짧지 않은 시간임에도 나는 무엇을 준비해야 할지 몰라 속수무책이었다. 퇴사하면 어디서부터 뭘 해야 하는지 도무지 감을 잡지 못하고 인터넷 취업 정보만 뒤지다가 아무런 소득 없이 3개월을 허비했다. 그렇게 퇴사 후 약 1년간 구직 활동에 전념했지만 별 소득은 없었다. 각고의 노력 끝에 동종 업계의 조그만 판매 회사로 연봉을 한참 낮추어 재취업에 성공했지만, 제대로 적응하지 못해 1년 8개월 만에 그만두었다. 무언가 지금 하는 일이 나랑 맞지 않는 것 같았다. 그길로 나는 전자제품 유통업 영업사원을 영원히 그만두기로 마음먹었다. 그렇게 주된 일자리에서 퇴직 후 나는 약 2년 8개월간 허송세월을 한 셈이다. 한창 일해야 할 40대 초중반에 약 3년의 세월은 내게 물심양면으로 손실이 컸던 시기였다. 당시 나는 삶의 의욕이 떨어졌다. 서서히 분노도 치밀었다. 이 답답한 상황에 관해 매일 화가 났지만 마땅한 해결책도 없었다. 무기력이 지속 반복하여 구직이나 전직에 체념하게 되고 점차 상황을 받아들이며 자존감은 바닥을 찍었다. 이러다 우울증이 오면서 한강 다리로 가는구나 싶었다. 실업자 신세에 주머니도 얇아지면서 사람 만나기도 꺼려지고 집에 들어앉아 인터넷만 봤다. 상황을 비관하여 모든 것을 부정적으로 받아들인 시기였던 것 같다.

그로부터 시간이 한참 흐른 뒤, 나는 우연히 어느 중장년 취업지원 기관에서 진행하는 구직활동 관련 강의를 듣게 되었다. 그때 강사의 강의 내용 중 인상 깊었던 것이 있어 여기에 적어본다. 주된 일자리에서 밀려난 후 한동안 새 일을 잡지 못해 모든 것을 부정적으로 받아들였던 나의 상황을 반대로 생각해 보자는 아이디어를 강사는 제안했다. 즉, 위기를 기회로 발상을 전환해 보자는 것이다. 퇴직은 밀려나는 것이 아니라 변화일 뿐이라고, 위기일 수 있지만 동시에 기회일 수도 있다고 강사는 말했다. 졸업은 끝이 아니라 제2의 시작이라는 졸업식 날 교장 선생님의 말씀처럼 공허한 메시지지만, 어디 한 군데 마음 기댈 곳 없었던 내겐 듣고 보니 꽤 위로되는 말이었다. 강사가 말한 발상 전환의 사례는 아래와 같다.

[위기]

- 소득이 줄어들어 생활비를 줄여야 한다.

- 넘치도록 많은 시간을 무엇으로 채워야 할지 모르겠다.
- 아직도 돈을 더 벌어야 할 상황인데, 어디에 취업이 가능할지 모르겠다.
- 집에만 있을 수 없고 어딘가 나갈 곳이 필요한데, 갈 곳이 없다.
- 배우자, 자식들과 친밀한 관계를 맺고 싶지만, 잘 되지 않는다.
- 신체 노화를 온몸으로 느끼기 시작한다.

[기회]

- 시간 제약 없이 내가 하고 싶은 것을 마음대로 할 수 있다.
- 힘든 노동, 상사의 눈치에서 해방되어 자율적으로 내 삶을 주도할 수 있다.
- 어린 시절 하고 싶었던 꿈을 다시 한번 펼쳐볼 수 있다.
- 가족들과 많은 시간을 함께 보낼 수 있는 여유가 생겼다.
- 이제 생업에서 벗어나 평소 관심 있던 것을 배울 수 있다.

퇴직으로 낙담하고 있는 내게 강사는 중장년 퇴직의 정의를 내게 다시금 깨우쳐 주었다. 그가 말한 퇴직의 정의는 대략 이랬다.

'퇴직은 직장이나 사회에서 밀려난 것이 아니라, 새로운 삶을 살게 된 기회가 주어진 것. 퇴직은 새로운 출발이자 하고 싶은 것을 해 볼 기회이기도 함.'

모든 것이 마음먹기에 달렸다(一切唯心造)는 말은 식상하지만, 나이 들면서 이 말이 곱씹을수록 묵직하게 다가왔다. 같은 물이라도 소가 마시면 우유가 되고, 독사가 마시면 맹독이 된다는 말도 있다. 중년에 이르러 퇴직이나 잠시 일을 쉬는 것은 누구에게나 발생할 수 있는 변화지만, 그것이 인생에서 걸림돌이 될지 전환점이 될지는 본인의 마음가짐에 달렸다. 산중 도인이 도 닦는 소리 하고 있다고 누군가 이 말을 깎아내릴 수 있지만, 소가 되든 독사가 되든 상황은 이미 벌어졌다. 혹은 애초부터 예견된 일이었다. 벌어진 상황은 우리가 미연에 방지하거나 통제할 수 없지만, 이후 결과는 우리가 마음을 고쳐먹고 그에 대처하는 방식에 따라 얼마든지 긍정적인 상황으로 변할 수 있다. 산전수전 다 겪은 우리 중년은 이런 사실을 모르는 바가 아니다. 단지 알면서도 부정적인 현실 상황에 관해서 긍정적으로 마음먹기 힘들어서 그럴 뿐이다.

우울증을 겪고 있는 분에게 '힘내시라' 는 위로의 말은 안 하니만 못하다고 한다. 그 말은 두 다리가 없어 휠체어를 타고 계신 분께 한번 일어서서 걸어보시라고 말하는 것과 같은 정도로 무책임한 말이라고 한다. OECD 가입 국가 중 우리나라가 자살률이 제일 높은 이유가 있을 것이며, 그에 힘입어 정신건강 의학과가 날로 번창하는 이유도 사람들이 마음을 고쳐먹기가 쉽지 않아서 그런 것이 아닐까.

어쨌든 지금 우리 중년에게 벌어진 상황을 부정적으로 받아들이든지 걱정을 한다든지 해서 해결될 일은 애초부터 아니었다. 어차피 해결될 일은 걱정할 필요가 없고, 해결되지 않을 일이라면 우리가 걱정을 해 봐야 아무 소용이 없다. 이럴 바에야 차라리 상황을 받아들이고 긍정적으로 생각하고 있는 게 마음이라도 편하다. 살아갈 미래를 막연하게 걱정하는 것보다 앞으로 내가 살고 싶은 미래를 그려보는 것은 어떨까. 어차피 100살까지 살아야 하는데, 지금까지 살아온 날들이 만족스럽지 않았다면, 남아있는 절반의 인생은 지금까지와는 다른 방식으로 살아보는 것은 어떨까? 살면서 무언가 안 풀리면 이른바 판을 바꿔보는 시도가 필요하다. 여행을 가 보든지, 입던 옷을 싹 버리고 평소 안 입는 스타일의 옷을 구매하여 입어 보든지, 헤어스타일도 한번 바꿔 보는 것도 방법이다. 아니면 평소 만나왔던 사람들과 연을 끊고 새로운 사람을 한번 만나보는 것도 좋다. 말은 참 쉽지만, 이런 것 말고는 뭐 달리 대안이 없다. 생각을 긍정적으로 고쳐먹고 작은 것 하나부터 바꿔보는 것이 그나마 돈이 제일 적게 든다. 선택은 우리들의 몫이다.

# 04
―

## 생애경력설계가 뭔데?
## 먹는 거냐?

◀◀◀

언젠가 보험회사에 다녔던 한 친구가 나를 찾
아와 내게 간곡히 부탁했다. 보험 상품 가입은 안 해도 좋으니 보
험 관련 자신의 이야기를 좀 들어달라고. 돈 드는 것도 아닌데 친
구의 이야기 들어주는 것이 뭐 그리 어려우랴, 나는 친구와 찻잔
을 앞에 두고 회사 회의실에서 마주했다. 그는 대뜸 서류 뭉치를
꺼내어 내게 이것저것 캐물으며 기록을 해 나갔다. 그의 질문에
내가 대답한 답변을 토대로 재무설계나 생애 자산관리 같은 것을
해 준다나 어쩐다나. 친구라서 나는 인내심을 가지고 그의 질문에
하나하나 답변을 했다. 연봉이 얼마고, 자녀는 몇 명이고, 집은 전
세인지 자가인지, 몇 살 때쯤 은퇴를 계획하고 있는지 등등. 그리
고 며칠 뒤 그로부터 내게 우편물이 왔다. 제목이 생애 자산관리
인지 생애 자산설계인지 '생애'라는 단어가 들어간 개인 재무설

계 보고서였다. 정확한 금액은 생각이 안 나지만, 이를테면 이런 보고서였다. 당신은 은퇴 후 몇 살까지 살 것이고 월 200여만 원의 생활비가 필요할 거니 은퇴 시점에 가처분 자산이 약 10억 원이 있어야 한다. 그러니 지금 우리 보험 투자 상품 중 '변액 유니버설' 보험 상품에 가입해야 한다는 내용의 다소 황당한 보고서였다. 앞서 언급한 해태 타이거즈 시절 선동열이 던지는 고속 슬라이더를 제대로 치는 방법을 이 보험회사 보고서는 나름의 방식으로 설명을 했지만, 뭔가 좀 현실성이 부족했다. 이런 산술적인 계산이라면 나도 얼마든지 할 수가 있다. 돌이켜보면 나는 그때 '생애설계'란 단어를 보험회사를 통해 처음 접했다.

우리 중년이 남은 인생을 위해 이른바 은퇴 설계를 한다고 치자. 재무를 기준으로 하면 '생애재무설계'가 될 것이고, 경력이나 직업을 재료로 하면 '생애경력설계'가 된다. 생애경력설계라는 소제목을 달았지만, 생애설계는 위의 사례처럼 재무나 일 이외에도 건강, 여가, 관계 등 여러 분야가 있다. 일반적으로 일, 여가, 건강, 재무, 관계를 합하여 생애설계 5대 영역이라 칭하고, 자기계발, 사회참여, 주거 문제를 더하여 생애설계 8대 영역이라고 부르기도 한다. 우리 중년이 필요한 게 일이나 돈뿐만 아니라 건강도 여가도 사람과의 관계도 설계가 필요하다. 핵심은 역시 길어진

노후를 고려하여 '생애~'란 단어가 들어간다는 점이다. 제2의 인생설계를 위해 우리 중년은 다양한 분야에 관심을 가진다. 크게 한번 아파본 중년이라면 남들보다 더 예민하게 건강 문제에 관심을 가질 것이고, 나름대로 경제적 안정을 이룬 중년이라면 삶의 의미를 찾기 위해 남은 시간을 누구와 어떻게 더 잘 보낼 수 있는지를 여가나 사람과의 관계에 집중하기도 한다. 그럼에도 중년에 들어서 가장 민감하고 중요한 문제는 역시 돈 문제다. 드러내어 표현을 안 해서 그렇지 중년이 맞는 대부분의 문제는 돈으로 해결이 가능하기 때문이다.

약 십 년 전부터 고용노동부에서 노사발전재단과 특정 경제단체와 손잡고 '중장년일자리희망센터'라는 무료 사업을 전국에 걸쳐서 운영한다. 만 40세 이상의 중년에게 일자리 알선과 제2의 인생설계를 위한 각종 교육을 지원한다. 나는 고용노동부 민간위탁 사업자로 이 사업을 총괄하면서 격주에 한 번 정도로 '생애경력설계'라는 주제를 가지고 중장년 구직자를 대상으로 하루 6시간 강의를 했다. 고용노동부에서 말하는 '생애경력설계'라는 용어의 정의는 아래와 같다.

'40세 이후의 평생 직업인으로서 행복하고 보람된 삶을 준비하기 위해 국가에서 중장년층을 대상으로 생애설계(일 중심의 경력설계) 교육의 기회를 제공하는 무료 교육 프로그램.'

생애경력설계 강의는 40대에게는 경력 전성 시대, 50대에겐 경력 확장 시대, 60대에겐 경력 공유 시대라는 메시지를 담아 연령대별로 진행하는 중장년일자리희망센터의 주력 프로그램이다. 위 생애경력설계라는 용어에서 핵심 단어는 역시 돈 문제와 연관한 '평생 직업인'이다. 은퇴 준비에 있어서 소위 금수저로 태어난 사람이 아니라면, 평생 직업을 가지는 것만큼 유용한 은퇴 준비란 없을 것 같다. 매년 머리 싸매며 고심해서 몇 %의 투자 수익을 얻는 재무설계도 은퇴 준비의 한 요소이기도 하지만, 그것보다 1년 더 현업에서 일해서 1년 연봉을 더 챙기는 소위 '일(job)테크'가 재테크 못지않게 효율이 더 높은 활동임이 틀림없다. 돈을 떠나서 은퇴 후 일이 주는 안정감, 소속감, 삶의 가치, 자존감 혹은 규칙적인 생활에서 오는 건강 증진까지 일이란 여러 방면에 걸쳐 한 개인에게는 시간 투자 대비 효율이 매우 높은 행위다.

생애경력설계는 40대에서 60대에 이르기까지 지금껏 조직을 위해서 앞만 보고 일하는 것에서 벗어나 연령대별로 중요시하는 가치에 따라 적절한 가이드라인을 제시한다. 예를 들면, 40대는 효과적 과업 수행을 위해 주어진 환경 아래서 최고의 효율을 낼 수 있는 평판, 성과, 인맥 네트워킹 등에 집중한다. 50대를 거쳐 60대는 좀 다르다. 일 중심에서 개인의 삶 중심으로 중심추가 이동한다. 일을 통한 행복한 삶 추구를 위해 일과 삶의 균형을 도모하는 시기다. 자존감 회복과 '워라벨(work&life balance)'이라 부르는 일과 삶의 균형 또는 자아실현이라는 핵심 키워드로 생애경력을 설계해 볼 수 있다. 일과 삶의 비중을 맞추는 것이다. 조직이나 회사를 위해 과거 우리 윗세대들이 했던 방식대로 자신을 희생하는 것이 아니라 일 가운데 자신의 삶을 챙기는 생애설계 방법을 이 프로그램은 강조한다.

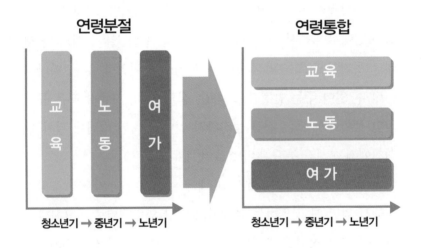

〈출처: 창의적 커리어패스에 관한 기초연구, 한국직업능력개발원, 2009〉

한편 매일경제, 매경닷컴(www.mk.co.kr)에서 정의하는 '생애경력설계'의 정의도 나름대로 의미가 있다. 이렇게 정의하고 있다.

생애설계란 성공적인 삶을 살기 위해 인생 사명을 확립하고 생애 주기마다 사명 완수를 위한 목표를 건강, 재무, 사회적 관계, 직업과 경력, 자원봉사, 학습과 자기 개발, 여가, 주거 등 생활의 주요 분야(8대 분야)별로 설정하고 목표 달성을 위한 실천 행동을 구체적으로 계획하는 것을 의미한다. 즉 자신의 생애 사명에 따른 목표달성을 위하여 종합적이고 장기적인 관점에서 유아기에서 노년기까지 생애 전체를 계획하는 것이다. 계획은 반드시 실천을 전제로 하여야 하며, 재무를 중심으로 하는 생애재무설계나 경력을 중심으로 하는 생애경력설계 등이 있기는 하지만 이는 한 분야에만 국한된 계획이며, 8대 분야의 계획이 체계적으로 반영된 생애설계라야 제대로 된 생애설계라 할 수 있다.

[네이버 지식백과] 생애설계 (매일경제, 매경닷컴)

이미 언급한 고용노동부의 생애경력설계는 일 중심의 설계다. 취업률을 중시하는 고용노동부의 특성상 좀 좁은 의미의 생애경력설계다. 반면, 위의 매일경제에서 밝힌 생애경력설계는 직업과 경력 이외에도 건강, 재무, 사회적 관계, 자원봉사, 학습과 자기 개발, 여가, 주거 등 중년에게 꼭 필요한 8대 분야를 통합하기를 언급한다. 8대 분야의 생애설계법을 이 책에서 언급하는 것은 욕심이다. 여가니 주거니 같은 문제는 필자의 전문 분야도 아니다. 여기서는 직업이나 경력, 즉 고용노동부에서 정의하는 일 중심의 생애경력설계법 위주로 말하고자 한다. 뭐니 뭐니 해도 머니 (money)가 최고 아닌가.

계절이 바뀔 때도 환절기가 있듯이, 우리 삶에도 전환기가 있다. 소년에서 어른이 되기 전 사춘기를 경험하고, 나이 오십이 넘으면 갱년기도 온다. 환절기에 누구나 감기에 잘 걸리듯, 우리도 삶의 전환기에 어찌할 바를 몰라 방황하기도 한다. 무기력하거나 심리적 불안뿐만 아니라 본인의 정체성에 혼란이 올 수도 있다. 이럴 때 판단을 잘못하여 무리한 투자나 창업 등을 하여 돌이킬 수 없는 큰 손해를 보기도 하고 소중한 건강을 잃기도 한다. 한마디로 중년에 맞이하는 삶의 전환기는 누구에게나 변화의 시기다. 우리 중년의 인생 시간을 하루 중 시간으로 비교해 봤지만, 계절로 비유해도 그럴듯하다. 중년은 계절로 말하면 이제 가을에 접어들었다. 나이에 따라서 가을 초입을 마주했거나 아니면 만추(晩秋)를 맞이할 수도 있겠다. 농사로 말하면 가을이란 계절은 노력에 대한 수확을 맛볼 수 있어서 농사를 짓는 사람에게는 1년 중 가장 좋은 시기다. 가을이 되면 우리는 농기구를 정비하고 수확물을 거둬들여 보관할 창고도 비워둔다. 같이 수확의 기쁨을 누릴 수 있는 친구들도 초대한다. 그럼에도 가을을 맞이한 상당수 우리 중년 현실의 삶은 그렇지 못하다. 본인 스스로 나이를 탓하며 주저앉거나 변화한 환경에 적응을 못 하고 자신감을 잃는다. 수확의 기쁨은커녕 대책 없이 혹독한 겨울을 맞이한다.

생애경력설계는 우리 중년에게 다가온 인생의 환절기(전환기)를 슬기롭게 대처하고 긴 겨울을 준비하는 방법을 알려준다. 봄여름에 뿌려놓은 씨앗이 없어서 수확할 것이 없다고 낙담하긴 아직 이르다. 어차피 평균 수명 100세까지 살아야 하기 때문에 우리가 아직 맞이하지 않은 겨울은 우리가 예상하는 것보다 훨씬 더 길 수 있다. 늦긴 해도 지금 시작하는 것이 그나마 차선이다. 지금부터 이 책을 통해 생애경력설계를 어떻게 하는지 차근차근 짚어보기로 하자. 중장년 파이팅.

## 중년의 존엄?_영화 〈나, 다니엘 블레이크(I, Daniel Blake)〉

▶▶▶

영화 제목에 붙은 쉼표가 인상적이다.

〈나, 다니엘 블레이크〉 제목에 붙은 쉼표를 보니 90년대 초 민주화 운동이 한창일 때 봤던 영화 제목이 생각났다. 그건 바로 문성근 주연의 〈그들도, 우리처럼〉. 여기도 역시 제목에 쉼표가 들어간다. 영어 제목이 'They, like us'였다. 영화 포스터에서 이 제목을 보고 나는 '그들은 우리를 좋아한다.'로 해석했더니, 당시 옆에 있던 영문과 친구가 대뜸 킥킥 웃으며 '그들도, 우리처럼'이라고 바로 정정해 주었다. 짧은 제목이지만, 쉼표 하나에 제목이 주는 의미가 확 달라진다. 대중 가수 DJ DOC 김창렬의 노래 제목도 마찬가지다. 〈나, 이런 사람이야〉 대명사 앞에 놓인 쉼표 하나가 '나' 또는 '그들'의 존재감을 드러낸다.

〈나, 다니엘 블레이크〉 이 영화 제목에 쉼표가 들어간 건 나의 존재, 개인으로서 혹은 한 시민으로서 존엄의 표시랄까, 맨 마지막 장면에서 영화의 주인공인 중년의 다니엘 블레이크가 '나는 개가 아니라 인간이라고' 읍소하는 장면이 여운을 길게 남긴다.

〈지금부터 스포일러 주의〉 주인공 다니엘 블레이크는 혼자 사는 나이 지긋한 중년 남자다. 평생 한 가지 일만 우직하게 해 오다 보니 좀 고지식하고 세상 물정에 그리 밝지 못한 인물이다. 그는 베테랑 목수였지만, 최근 심장이 안 좋아져서 잠시 일을 쉬고 있다. 일을 쉬는 동안 그는 우리로 말하면 고용노동부를 찾는다. 실업급여 같은 복지 지원금을 받기 위해서다. 고용노동부를 찾은 첫날부터 그는 그곳에서 일하는 공무원들의 융통성 없는 원칙주의에 기가 눌린다. 사정이 있어서 예약 시간을 불과 몇 분 초과해서 온 두 아이의 엄마를 담당 공무원이 매몰차게 대하는 장면을 직접 목격하고 그가 분개한다. 또는 한 번도 컴퓨터를 사용해 본 적 없는 주인공 다니엘 블레이크에게 구직 급여 신청을 온라인 신청서 양식에 맞춰서 하라고 건조한 말투로 지시하는 담당 공무원에게 그는 야속함을 느낀다. 컴퓨터에 익숙하지 않은 주인공 다니엘 블레이크가 온라인으로 구직 급여를 신청하는 과정에서 담당 공무원과 신청 양식이 다르거나 증빙 서류 미비 등의 문제로 여러 번 마찰을 겪는다. 건강 문제로 일을 쉬고 있는 주인공 다니엘 블레이크에게 구직 급여는 생명줄이나 마찬가지다. 민원인을 대하는 공무원으로서 약간의 서비스 마인드를 가지거나 융통성을 조금 발휘해 주면 쉽게 해결할 수도 있는 일이다. 구직 급여 신청 과정에서 몇 번의 오류가 있으면서 주인공이 온당히 받아야 할 구직 급여 금액이 일부 깎이기도 하고 지급이 지연되기도 한다. 이 부분에서 다니엘 블레이크는 자존심이 많이 상한다. 해당 관공서 공무원들에게 달리 불만을 표시할 길이 없었던 다니엘 블레이크는 자신의 방법으로 관공서의 융통성 없는 일 처리 방식에 격정을 토로한다. 그는 고용노동부 관공서 건물 외벽에 검은색 스프레이로 자신의 요구사항을 크게 적는다(낙서한다). '나는, (쉼표) 다니엘 블레이크라고. 개가 아니라 인간이라고', 그렇게 그는 세상을 향해 자신의 억울함을 토로한다.

비록 공무원은 아니지만, 고용노동부 건물 안에서 중장년 취업 알선이나 교육 등 민간위탁 기관 업무를 맡았던 필자는 이 영화를 보고 느끼는 것이 많았다. 요즘 공무원들은 이 영화에서처럼 그렇게 불친절하거나 융통성이 없지는 않다. 그럼에도 극히 일부의 공무원은 그런 성향을 가진 분도 있는 것 같다.

취업 취약 계층에 계신 중장년들이 고용노동부로부터 관련한 복지 지원금을 받으려면 기관에서 정하는 나름의 요건과 절차가 있다. 일단 지원 조건에 본인이 해당하여 지원금을 신청한다면, 신청 절차가 혹자에게는 간단한 일이지만, 또 혹자에게는 굉장히 부담스러운 절차일 수도 있다. 잘 보이지도 않는 작은 글씨로 쓰인 신청 양식에 어디서부터 글자를 채워 가야 하는지, 그리고 제출해야 할 증빙 서류를 어디서 어떻게 준비해야 하는지 파악하는 것도 만만치 않다. 담당 공무원에게 직접 묻고자 해도 번호표를 뽑고 오랜 시간을 기다리는 것도 감내해야 한다. 그런 과정에서 민원인을 대하는 무심한 어느 공무원의 뼈 있는 말 한마디가 우리 중년의 가슴을 후벼 파기도 한다. 직접 고용노동부의 민원 상담 테이블에 앉았던 경험으로 필자는 그런 경우를 많이 목격한 바 있다. 구직 급여 같은 재원은 세금과 관련한 일이라 공무원이 원리 원칙대로 업무를 할 수밖에 없지만, 민원인을 상대하는 과정에서 서로 오해가 발생하는 장면이 심심치 않게 발생한다. 문제의 원인은 상대에 관한 배려가 부족한 경우가 대부분이다.

국가에서 시행하는 복지는 소득 양극화를 완화하려는 소득 재분배의 과정 중 하나다. 세금을 많이 낸 사람에게 그에 맞는 수준의 복지 혜택을 누리게 하는 자본주의식 선별 복지와 낸 세금과 무관하게 더 많은 사람에게 혜택이 돌아가게 하는 보편 복지 정책은 정부의 선택 사항이다. 우리나라는 보편 복지 제도를 추구하고 있다. 소득 양극화 시대에 그것은 필수라고 생각한다. 노블레스

오블리주(noblesse oblige)처럼 상대적으로 많이 버는 사람이 감당하는 도덕적 의무의 재분배 과정이 복지 정책의 근간을 이룬다. 아무리 재분배를 해도 소득 양극화는 점점 더 심해지는 현대 사회의 역설 속에서 지금 우리에게 필요한 것은 복지 혜택의 사각지대에 있는 분들에 대한 배려가 아닐까 싶다. 소득이 많은 사람도 자신 혼자 잘나서 소득이 많은 것은 분명 아니다. 자신의 부(富)를 위해 저소득 노동자의 노동력이 투입되거나 각종 사회적 인프라를 사용한 비용을 세금으로 지불해야 하는 것은 마땅하다. 공동체 사회이기 때문이다.

그런 가운데 소득 양극화의 바닥에 있는 저소득 노동자가 한 인간으로서 최소한의 존엄을 지킬 수 있도록 가진 자는 상대에 대해 배려를 해야 한다. 국가로부터 복지 시혜를 받더라도 공무원들 앞에 머리를 조아려야 하는, 마치 다니엘 블레이크처럼 서글프지 않을 날을 기대해 본다. 나이가 들어갈수록 내가 가진 돈이 곧 나의 존엄이라는 서글픈 생각이 든다. 100세 시대를 사는 우리 중년에게 필요한 건 역시 일정 시점까지 스스로 밥벌이를 할 수 있는 일이 있어야 함을 다시 한번 느낀다. 이런 측면에서 '생애경력설계'가 의미가 있다. 우리 중년 모두의 건투를 빈다.

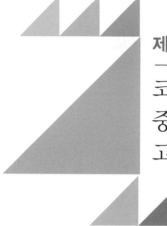

제 3 장

코로나 사태 이후
중장년
고용 시장의 현실

PART
03

# 01

코로나19 사태 이후의
직업 세계 조망

◀◀◀

2020년 2월부터 기승을 부리고 있는 코로나 바이러스 사태는 우리 삶의 형태를 완전히 바꿔놓았다. 각자 느끼는 감도야 다르겠지만, 그간 IMF 외환 위기니 리먼 브라더스 사태니 등등의 경제 위기는 그냥저냥 견딜만했다. IMF가 닥친 1998년에 나는 실직을 했었다. 와신상담 재취업 후 십 년 뒤 다시 덮친 리먼 브라더스 사태 때 필자는 승진 누락도 겪었다. 신입 시절 실직이라서 심기일전 다시 재취업할 시간적 여유가 있었고, 승진 누락이야 일 못하고 직장 상사에게 아부도 잘 못하는 내겐 종종 있는 일이니 그럭저럭 내 탓이려니 인정하고 견딜만했다. 그러는 사이 머리 좋은 나라의 인재들이 어떻게든 이런 경제 위기를 잘 대처해서 다시 원래의 상태로 되돌아오는 경험을 우리는 많이 했다. 즉, 그간의 문제는, 당시는 좀 힘들지언정, 인간의 힘으로 충분히 극복이 가능한 문제였다.

하지만, 이번 코로나바이러스 사태는 이전의 위기와는 차원이 다른 문제다. 누구든 코로나바이러스의 확진자가 될 수 있는 가능성 자체도 공포지만, 코로나의 끝을 알 수 없다는 미래 불안에 관한 공포가 더해지면서 이 문제는 나 하나 혹은 한 나라가 먹고사는 문제를 떠나서 전 지구적 이슈가 되어버렸다. 곧 없어질 것 같으면서도 스멀스멀 다른 경로를 타고 점점 퍼지는 코로나바이러스는 마치 지능을 가진 외계 생명체로 느껴진다. 진행 중인 코로나 사태는 우리에게 다음과 같은 화두를 남겼다.

'비대면(untact) / 뉴 노멀(new normal) 시대의 도래'

누가 만든 단어인지 모르지만, 누구도 인정할 수밖에 없는 말이다. 이 신조어는 향후 우리 직업 세계의 근본적 변화를 암시한다. 코로나 사태가 장기화되면서, 아니 언젠가 코로나가 종식되더라도 지구상에 또 다른 바이러스가 창궐할 것은 누구나 예상할 수 있다. 과거 약 백 년 전, 전 세계 약 오천만 명의 사상자를 냈던 스페인 독감부터 최근 발생한 사스나 지카 바이러스, 신종플루 혹은 메르스 등의 계보(?)가 있었다. 게다가 이제 초연결 시대에 맞게 인터넷 5G와 인공지능 AI를 필두로 디지털 정보 기술 발달은 비대면 생활환경을 한층 앞당긴다. 우리가 물건을 사러 밖에 나가지 않아도 최근 더 진화하는 배송이나 택배 시스템이 이를 충분히 보완한다. 학교에서 오프라인 강의에 익숙했던 학생도 어쩔 수 없이 온라인 강의에 익숙해지면서 오프라인 강단에서 듣던 강의에서는 미처 알지 못했던 질 높은 온라인 강의 콘텐츠를 맛보게 된다. 이런 경험들이 쌓이면서 코로나가 종식하더라도 우리 삶의 양태가 이전의 방식으로 회귀하지 않을 가능성이 농후하다.

바뀐 생활환경에 맞춰 우리 직업의 양태도 엄청난 변화가 불가피하다. 안 그래도 스마트폰을 신체 일부처럼 사용하는 현생 인류, '포노 사피엔스(phono sapiens)'에게 코로나로 인한 비대면 시대의 도래는 직업 환경과 생활 방식 변화에 넉넉한 불쏘시개가 되고 있다. 과거에는 시간이 지나고서야 그때가 제1차 2차 혹은 3차 산업혁명이었다고 말했지만, 코로나로 인한 비대면 시대 도래에 포노 사피엔스를 위시한 디지털 정보 기술 발달로 지금은 누구나 현시점을 4차 산업혁명이라고 주저 없이 말한다. 가장 큰 변화는 뉴 노멀(new normal)이라고 말하듯, 우리가 그동안 익숙했던 삶의 표준이나 규칙이 바뀌고 있다는 점이다.

가령, 축구나 야구 같은 스포츠에서 골이나 점수가 더 많이 나게 하기 위해서 인위적으로 축구 골대의 가로세로 길이를 늘인다든지, 야구공의 크기나 반발력을 높이거나 하는 인위적인 변화가 아니다. 흔히 성공이라고 함은 좋은 대학을 졸업해서 돈 많이 버는 전문 직업을 가지는 것이 우리가 알고 있는 삶의 기준이자 원칙이었다. 능력이 부족하면 직장 상사에게 아부라도 잘하는 것이 기존의 행동강령이었다면, 코로나 이후는 상황이 사뭇 다르게 진행한다. 굳이 대학을 나오지 않아도 모바일 기술을 잘 활용하는 기발한 아이디어가 있다면, 혹은 상사에게 하는 아부보다는 자신의 콘텐츠와 아이디어를 좋아해 주는 지지자가 많다면 그것으로 큰돈을 버는 시대가 되었다. 권력과 돈의 핵심이 기득권층에서 일반 소비자로 바뀌었다. 백만 명의 구독자를 가진 유튜버는 대기업 부장 대우가 부럽지 않다. 우리 생활에서 어느새 인위적인 규칙 변화가 아닌 새로운 규칙(new normal)이 만들어진 것이다.

포스트 코로나 시대에 직업 세계 변화의 모습은 가령 이런 모습이다. 의료 분야나 환경 혹은 비대면 관련 업종 등이 성장할 것이다. 반면, 그동안 일자리 창출에 많은 기여를 해왔던 전통적인 제조업과 내수 진작에 한 역할을 하고 있던 오프라인 기반 소매 및 서비스 업종의 성장세 하락을 예상할 수 있다. 만일 전자인 의료나 비대면 업종이 (+)100% 성장을 하고 후자인 전통 제조업이나 소매 서비스업 등이 (−)70% 역성장을 하면 그래도 나라의 GDP는 (+)30%가 되니 전체적으로는 좋다고 말할 수 있겠다. 전자에서 일자리가 100% 창출되거나 후자에서 일자리가 70% 없어지는 것은 아니다. 단순하게 성장률 수치대로만 일자리가 창출되거나 사라진다면 좋겠다. 하지만 현실은 절대 그렇지 않다.

경제는 성장하고 나라는 선진국이 되어도 그 안에 사는 국민은 일자리를 잃고 점차 가난해진다. 성장의 열매는 GDP 증가 숫자만큼 아랫목까지 골고루 퍼지지 않는다. 나라는 부자가 되지만, 국민이 가난해지는 고용 없는 '공허한 성장'의 대안으로 정부는 전 국민에게 기본 소득을 주어야 할지 말아야 할지를 고민해야 한다.

성장은 하지만 고용은 그에 못 미치는 '공허한 성장'이라는 단어의 뜻 그대로 많은 일자리가 인공지능(AI)으로 대체될 것으로 예상한다. 전면적인 일자리 대체는 아니라도 같은 직업군에서 특정 업무 분야는 인공지능으로 대체될 것으로 필자는 판단한다. 가령, 인공지능이 득세하더라도 의사나 검사, 판사, 변호사가 없어지지는 않겠지만 그들이 하는 업무 중 비교적 단순 반복적 업무는 인공지능이나 기계가 대신할 확률이 높다. 임상 현장에서 좀 더 정확한 판단을 위해 일련의 과거 데이터를 분석하는 일 따위 말이다. 그런 기초 자료를 취합하고 분석하는 일들은 병원이라면 인턴사원이, 법조계라면 기수가 낮은 후배들이 선배들을 위해 해 왔던 일들이었다. 의료계에서 인공지능의 암 판정 정확도는 이미 인간의 그것을 넘어섰다고 한다. 이로써 향후 의료사고나 과잉진료의 가능성은 점차 낮아질 것으로 예상한다. 법조계 역시 마찬가지다. 수십 년간 인간이 기록했던 법원 판례를 인공지능은 단 몇 초 만에 인식하여 인간이 올바른 판결을 할 수 있도록 근거를 제시한다. 증권가 애널리스트도 인공지능으로 자리에 위협을 받기는 마찬가지다. 각종 숫자와 그래프 같은 디지털 정보를 기반으로 향후 증시 예측을 하는 업무 분야에 사람의 지능이 인공지능을 앞설 수 없는 것은 자명하다. 바둑이나 장기 프로기사의 미래는 또 어떨까. 알파고니 스톡피쉬 같은 인공지능 프로그램 앞에서 인간의 기력은 그저 아이들 장난감 수준에 불과하다.

또한 인공지능 자율주행 프로그램으로 무인 운전이 대세가 된다면, 운전대를 잡은 운전기사의 일자리의 미래도 암울하다. 위에서 언급한 의료, 법조, 증권, 운전 등의 서비스를 받는 고객은 실행 오류의 가능성이 있는 인간으로부터 서비스를 받는 것을 극히 꺼리게 될지 모른다. 만일 인공지능으로 교통 사고율이 제로에 가까워진다면, 정부는 마치 음주 운전 규제처럼 인간이 운전대를 잡는 것을 아예 법적으로 금지할 수도 있다.

강의로 먹고사는 프리랜서, 공립학교 교사, 여행·이벤트·공연 업계 종사자, 오프라인 소매점 점주 및 직원 등 수많은 분야에서 고객과 대면을 하는 업계 종사자가 사라지거나 입지가 대폭 줄어들 것으로 예상한다. 지금으로선 상상하기 힘든 시나리오지만, 위에서 언급한 것처럼 코로나 사태에 직면한 우리는 비대면으로 살아가는 노하우를 서서히 습득하며 적응해 가고 있다. 그간 안 해봤던 경험이지만, 막상 비대면 방식으로 생활을 하다 보면 적응이 되어 곧 일상이 비대면인 시대가 도래할 것은 자명하다.

안타깝게도 국가의 GDP는 증가해도 개인의 일자리가 줄면서 부의 추월차선에 올라선 일부 기득권층에게 더 많은 과실이 돌아가는 상황이다. 신자유주의의 폐해처럼 부의 양극화가 더 심해질 것이 당연한 순서다. 고용 안정성의 상징이었던 정규직은 의미가 없어진다. 기업은 필요시마다 그때그때 비정규직 인력을 활용한다. 긱 이코노미(gig economy)라는 신조어가 말하듯, 기업은 플랫폼 인력 시장을 통해 마치 공사장에서 일용직 인부를 골라 쓰는 것처럼 일감이 있을 때에만 임시로 직원을 고용하고 일이 끝나면 자연스레 그 직원과 고용 계약을 해지한다. 일자리 알선 플랫폼 노동 시장에서 일하는 근로자도 개인 능력에 따라 선택받는 자는 계속 불려 다니겠지만, 외면받는 자는 좀처럼 수면 위로 올라오지 못한다. 이처럼 플랫폼 고용 시장에서조차 일감의 양과 보수액의 양극화가 진행된다. 꼰대와 아재의 상징이었던 부장님, 이사님의 시대는 가고 진짜 실력을 갖춘 사람만 살아남는다. 이런 와중에 정작 돈을 버는 사람은 플랫폼 노동 시장에서 자주 불려 다니는 노동자가 아닌, 일자리 알선의 대가로 고액의 수수료를 받아내는 플랫폼의 최상위 기득권자다. 당구장에서 친구들이 모여 온종일 내기 당구를 치면 결국 돈을 따는 사람은 그날 당구를 가장 잘 친 사람이 아닌, 당구장 주인인 것과 마찬가지다.

그렇다면, 코로나 이후 시대를 우리 중년은 어떻게 대처해야 할까. 코딩을 배우고 너도 나도 유튜버가 되어야 하고 디지털 플랫폼을 구축하는 기술적인 능력을 갖춰야 할까. 우리 중년에게 그건 좀 무리한 요구라고 생각한다. 변화는 지금 하는 것에서부터 시작하면 좋겠다.

먼저 자신의 직업에서 업무를 하나하나 세분화해 보자. 그중 인공지능이나 기계가 대체할 수 있는 단순 반복적인 일은 우리도 기계에 외주를 주고, 남는 시간을 활용하여 기계나 인공지능이 대체하기 힘든 나만의 업무 영역을 더욱 전문화할 수밖에 없다. 사람과 인공지능이 이제 동행을 해야 한다면 적군이 아닌 상보적 관계자로서, 맡길 건 맡기고 대신 내가 하는 업무는 좀 더 전문성을 입히는 것이 나름의 해결책이지 않을까 싶다. 예를 들면, 의사는 향후 진단과 수술은 인공지능이나 기계에 맡기고 대신 인간만이

할 수 있는 환자와의 정서적 교감이나 깊이 있는 상담 등의 업무에 시간을 더 쓴다면 인공지능과 상보적 관계를 유지할 수 있다.

이 책이 생애경력설계를 말하는 것인 만큼, 인생 전체적으로 생애설계의 시점에서 본다면, 투자의 대상도 좀 달리 고려해 봐야 한다. 부동산이나 금융 상품 투자를 말하는 것이 아니다. 코로나 시대에 금리가 0%대에 증시도 마뜩잖다면 금융투자보다 여윳돈을 우리 자신의 역량을 높이는 데 투자하는 것이 어떨까. 가령 1% 금리로 1억의 여윳돈을 금융상품으로 굴린다면, 1년에 1백만 원이다. 1년에 백만 원 벌자고 돈을 묵혀두는 것보다 그중 일부는 나의 역량을 높이는 데 투자하여 1년을 더 현업에서 일할 수 있는 역량을 키운다면 백만 원의 금융소득보다 아마 수십 배는 더 많은 1년 연봉의 근로소득을 올릴 수 있다. 재테크를 하지 말라는 말이 아닌 자산의 분배를 말하고자 함이다. 하나의 관점으로 이해해 주시길 바란다.

꼰대처럼 이런 시대적 변화를 인정하기 싫다면, 기계가 영원히 할 수 없을 것 같은 설거지를 하거나 물잔에 물을 따라주는 것처럼 몸을 움직이는 단순 서빙 업무 같은 것을 하면 된다. 두 다리로 걷는 것이나 개와 고양이를 구분하는 것 같은 단순 작업은 인공지능이나 기계가 하기는 매우 난도가 높은 작업이라고 한다니 말이다. 고숙련 업무 경력자는 자신의 노력으로 지금보다 더 높은 임금을 받을 수 있겠고, 단순 업무 종사자는 자신의 자존심만 굽힌다면 인공지능과 기계의 사각지대에서 그럭저럭 입에 풀칠 정도는 할 수 있을 것 같다. 이도 저도 아닌 그 중간에 있는 사무직 종사자 같은 나 같은 사람이 일자리를 잃을 위험이 가장 크다.

## 02

## 역지사지(易地思之), 중년 재취업 시장에서 나는 아직 쓸만한가?

▲▲▲

나는 사십 대 초반에 다니던 회사로부터 명예퇴직을 당했다. 명예퇴직은 본인 스스로 물러나는 행위라 '당했다' 라는 피동형 단어와 어울리지 않는다. 김소월 님의 시 〈진달래꽃〉에 나오는 '사뿐히 즈려밟고 가시옵소서' 같은 역설의 느낌이랄까. '사뿐히' 와 '즈려밟다' 의 조합은 그리 어울리지 않는다. 당시 국어 선생님은 이를 시적 허용이라고 말씀하셨다. 명예퇴직을 당하는 건 그러면 '업계의 허용' 일까? 아무튼 아직 이른 나이에 직장에서 밀려나는 사실이 나는 받아들일 수 없었지만, 어쩔 수 없는 상황이었다. 공기업이라면 근로기준법 같은 것을 울타리 삼아 어떻게든 버텨보겠지만, 일반 사기업에서 버티기란 내 것을 더 많이 잃을 것을 각오해야 한다. 특히 간과 쓸개 같은 내 소중한 뱃속의 장기들까지도.

어쨌든 나는 명예퇴직 후 동종 업계로 재취업을 도모했다. 다니던 회사 사정이 안 좋아서 조기에 명예퇴직을 했지만, 내가 가진 경험과 업력을 필요로 하는 회사가 한두 군데 정도는 반드시 있을 것이라는 믿음이 있었다. 재취업을 도모할 당시 나는 이력서를 업무 목록별로 **빽빽**하게 채우고 자기소개서도 매우 성실히 적었던 것 같다. 어디에 내놓아도 손색없을 이력서와 자기소개서였다. 단지 이력서 첫 장에 기재한 나이가 문제였다. 퇴사 후 나는 몇 달에 걸쳐 수십 또는 수백 군데의 기업에 입사원서를 넣었다. 하지만, 안타깝게도 단 한 군데의 기업에서조차 면접 보러 오라는 회신을 받을 수 없었다.

퇴사 직후 어디에라도 다시 자리를 잡을 수 있을 거라는 그 알량한 자신감은 한 달 두 달 시간이 지나면서 급격히 사그라지기 시작했다. 참 답답할 노릇이었다. 수학 공부를 하면서 해답지 없이 문제만 푸는 것 같았다. 내가 푼 문제가 맞는지 틀리는지, 틀렸으면 어느 부분이 잘못되었는지 알아야 소위 진도라는 것이 나가는데, 당시 나의 재취업 진도는 답지 없이 푸는 문제처럼 시간이 지나도 제자리에 머물렀다. 내가 노력한다고 진척이 있는 것도 아니라서 나는 더욱더 답답했다.

결국 나는 세월의 흐름을 이기지 못하고 진로를 바꾸기로 했다. 전자제품 영업사원 경력으로 사십 대 초중반에 재입사할 수 있는 곳은 없다는 판단을 나 스스로 내렸다. 그 나이라면 부서장급이 될 것이다. 서울이 아닌 지방에서 나이 많은 부서장급이 필요하다면 내가 거주하고 있던 지방에도 지사 사무실이 있는 일정 규모 이상의 기업이라야 했다. 수백 번의 입사 지원 낙방 끝에 냉정하게 나는 판단했다. 지방에 거주하며 사십 대 초중반의 부서장급 직원을 원하는 전자제품 판매 관련 동종 기업은 결코 없다고 나는 결론 내렸다.

역지사지(易地思之)라는 말처럼 채용하려는 기업 인사담당자 입장에서 생각해 보면 어쩌면 당연했다. 내가 한 기업의 인사부 채용담당자라면, 부서장 혹은 임원급이 아니라면 굳이 나이 많은 중년을 채용할 이유가 없을 것 같다. 행여 부서장급이나 임원급 인사를 뽑아야 한다면, 모두가 볼 수 있는 인터넷 공간에 채용 공고를 올리지도 않을 것 같다. 공정성과 투명성을 기해야 하는 공기업이 아니고서는. 일반 사기업이라면 차라리 주변 인맥을 먼저 활용하여 주위로부터 인재 추천을 받고자 할 것이다. 혹은 헤드헌터 등 믿을만한 사람이나 조직을 통해 주요 인재를 선발할 것이 분명하다. 나이 찬 중년 부서장급을 한 명 잘못 선발한다면 회사가 받는 피해가 막대하다. 물건 사고 환불받는 것도 힘든 세상인데 사람 채용을 한 후 무른다는 것은 상상하기 힘든 일이다. 인터넷 채용공고를 통해 괜찮은 중년 부서장급으로 선발되는 것은 로또 맞추는 것과 같다. 잘 뽑지도 않고 뽑더라도 이미 내정자가 있을 가능성이 크다. 한참 시간이 지나 지금 생각해보니, 중장년 부서장급 채용 시장은 거의 인맥을 통해서 알음알음 이루어지는 것이 업계의 관례였다.

중장년 채용시장에서 구직 당사자와 구인 기업 간 관점 차이가 크다. 나도 당시 구직자 신분일 때는 잘 느끼지 못했지만, 취업 알선 관련 업계에서 근무하다 보니 사람을 선발하고자 하는 구인처의 입장도 충분히 이해할 수가 있었다. 먼저, 중장년 구직자는 스스로 자기 인식이 부족할 수 있다. 전 직장에서 누렸던 직위나 직급이 이직 시장에서도 그대로 이어질 것이라고 잘못된 판단을 할 수 있다. 잘 알다시피, 대기업 임원 출신이라도 그 회사에서 퇴사하는 순간 자신의 브랜드 가치는 절반 이하로 떨어지게 마련이다. 소속했던 회사의 후광 덕에 혹은 회사가 내게 쥐여 준 권한 때문에 내가 업계에서 능력을 발휘했을 수 있다. 이른바 명함 덕이었다. 그간 이뤘던 많은 업적이 순수한 나의 능력보다 등에 업고 있던 회사의 배경 때문은 아니었는지 먼저 돌아볼 일이다.

또 다른 오해 한 가지는, 중장년 스스로 시대 상황 변화에 관한 지속적인 적응 노력 여부다. 4차 산업혁명 시대니, AI 인공지능 시대니 하는 단어를 언급하지 않아도 우리는 이미 세상이 급격히 변화 발전하고 있음을 체감하고 있다. 국민 대다수가 손안에 스마트폰을 들고 있는 시대에 살고 있다. 디지털 정보 기술의 발전 속도와 맞물린 세상의 변화 속도가 우리 중년의 인지능력 혹은 변화를 받아들이는 수용 능력을 한참 앞지른다. 이 과정에서 당연히 적응 문제가 생긴다. 더 심해지면 세기말에 우리가 이미 겪었던 인간성 소외 문제가 수면 위로 다시 올라올 수 있다.

세대 갈등도 여기에 한몫을 차지한다. 밀레니얼 세대(Millennial Generation)라 부르는 1990년 이후에 태어난 지금 청년층과 기존 중년층 간의 꼰대 문화 등 세대 갈등도 심해진다. 최저 임금이 점점 올라가고 근로시간은 법으로 엄격히 정해져 있다. 채용하려는 기업 측면에서는 인건비 부담으로 정규직 근로자 고용을 꺼린다. 안 그래도 코로나 사태 이후 비정규직이 일상화된 시대에 우리는 살고 있다. '크몽'이나 '탈랜트 뱅크' 같은 일자리를 연결해 주는 플랫폼 애플리케이션이 급격히 늘어난다. 치킨 프랜차이즈 업체조차도 배달 업무는 스마트폰 애플리케이션 등을 통해 외주 배달 기사를 섭외한다. 행여 정규직 채용 후 여러 변동성에 따른 잠재된 위험 요소를 줄이고자 기업은 직원 채용에 있어서 사람을 선발하는 것이 아닌 '필요한 기능'만 골라 비정규직을 선택한다. 이런 채용 방식을 '긱 이코노미(gig economy)'나 '플랫폼 경제(Platform

Economy'라고 세간에서 좋은 말로 포장하지만(좋은 말엔 항상 영어가 등장해서 유감이다) 결국 이러한 채용 구조가 근로자의 이익을 착취하고 소득의 양극화를 부추기는 작용을 한다. 구직자 측면에서는 코로나 사태 이후 시대 변화에 따른 적응 노력이 필요하다. 그 적응이란 변화에 대한 거부감이 아닌 인정하고 받아들이는 정보 수용 능력에서 시작한다. 일부 우리 중년 구직자는 머리와 가슴을 우선 열어두어야 한다.

역지사지로 기업 측면에서 생각하면 이러한 채용 구조가 당연할 수도 있지만, 그래도 아쉬운 점은 있다. 지속 가능한 성장을 최우선 가치로 삼는 기업의 모토(motto)를 이해 못 하는 것은 아니다. 기업은 대체로 중장년 이상의 고령 인력 채용을 꺼린다. 기업은 그들에게 임금도 많이 주어야 할 것 같고, 기존 인력과 소통 문제도 우려한다. 요즘 많이 바뀌고 있기는 하지만, 국내에는 아직 위아래 서열을 중시하는 수직적 직위나 직급의 위계 구조를 가진 기업들이 대다수다. 그런 기업 측면에서는 나이에 따른 서열이나 직위 직급 책정 등은 여전히 신경 쓰이는 일이다. 하지만, 세상은 급격히 변화하고 있고 기업환경 역시 변하고 있다. 기업들도 더는 중장년 인력에 관한 일반적인 부정적 인식에 고착할 필요가 없다. 낮은 연봉으로도 일할 의사가 있는 중년도 많다. 그중에는 능력이 탁월한 사람도 넘쳐난다. 중장년에 관한 채용 기업의 고정관념 때문에 귀중한 중년 인재가 방치되고 있는 점은 국가적 자원 낭비인 것 같다. 각종 채용 알선 기관들이 이런 일자리와 중년 간 불일치를 해소하고자 많이 노력하고 있다. 중년의 연륜과 업무 노하우는 하룻저녁에 고스톱 판에서 딴 것처럼 쉽게 생기지 않는 법이다. 그런 중년의 노하우와 경륜을 기업에서 큰돈 들이지 않고 잘 활용한다면 그야말로 누이도 좋고 매부도 좋은 일이다.

부산에서 편의점을 여러 곳 운영하는 지인의 고충을 어느 날 나는 들어봤다. 인근에 경쟁 점포가 생겨서 어려움을 겪기도 하고, 요즘은 많이 나아졌지만, 그래도 본사의 갑질 횡포 때문에 간간이 힘들 때도 있다고 한다. 그럼에도 편의점 사장을 힘들게 하는 것은 역시 직원 관련 문제다. 편의점의 판매 직원은 마진 구조상 지점장급 관리자 1명 외 나머지 대다수는 단기 아르바이트생으로 꾸리게 마련이다. 직원들이 입, 퇴사를 반복하는 현실이 가장 힘든 점이라고 지인은 내게 말했다. 많지 않은 급여에, 편의점 업무가 단순한 것 같지만 생각보다 손이 많이 가는 업무 부담도 있어서 직원의 장기근속이 힘들다고 한다. 직원들이 입, 퇴사를 반복하는 과정에서 업무의 질이 잘 유지되지도 않는다. 기업 측면에서 직원들의 잦은 변동은 결국 비용과 연관한다. 이에 지인은 나름의 대안으로 어느 때부터 중년의 직원만 고용한다고 한다. 중년들은 청년층보다 순발력은 좀 떨어질 수 있어도 책임감과 안정감이 있다고 한다. 전날 술 마시고 다음 날 말도 없이 출근도 안 하며 사업주를 당황하게 만드는 행동은 중년들은 하지 않는다고 한다. 무엇보다 중년 직원은 청년층보다 사물을 대하는 자세가 진중해서 그 점이 꽤 마음에 든다고 지인은 말했다. (특정 사례 중 하나일 뿐입니다. 청년층 능력 비하는 절대 아닙니다. 오해 마시길.)

중년 취업 알선 공공기관에서 몇 년간 일하다 보니 업계의 동향에 관해 그 전엔 몰랐던 부분이 많이 눈에 띄었다. 청년층 실업 문제가 사회 문제로 대두된 지 오래지만, 그에 못지않게 중년 재취업 문제도 심각하다. 현저하게 낮아지고 있는 출산율에 반하여 평균 수명은 점점 늘어나면서 누구라도 예상해 볼 수 있는 초고령화로 인구 구조 변화에 따른 사회 문제가 발생한다. 조심스럽게 예측해 본다면, 청년층이 구직 시장에 나오면 기업에서 능력 여부를 떠나서 그들을 서로 모시고(?) 갈 날이 곧 올 것 같다. 경제활동 인구가 점점 줄어드니 청년층 인재야 지옥에서라도 데리고 올 태세다. 대학도 신입생 유치 경쟁이 치열하다. 대학교수가 존경받으며 좋았던 시절도 이제 옛 추억이다.

반면, 중년의 채용 시장은 갈수록 힘들어질 것으로 누구나 예상할 수 있다. 중장년 채용 시장에서는 구인 수요 대비 구직자가 언제나 더 많을 것이니 시장 논리에 의해 당연한 현상이다. 고용노동부는 몇 년 전부터 중장년 채용과 관련하여 중년에 적합한 직무에 그들을 채용하면 기업에 크고 작은 장려금을 지원한다. 이미 채용한 중장년에 대해서도 고용 유지 기간에 따라서 고용률을 유지하고자 여러 가지 장려금을 기업에 지원하는 것으로 알고 있다. 서울시50플러스재단과 심지어 보건복지부에서도 '중장년(시니어) 인턴십'이란 명칭으로 기업이 중장년을 인턴사원으로 채용 시 몇 달에 걸쳐 그들의 급여를 기업에 지원해 주는 제도도 있다. 일단 한번 중년을 고용해서 써 보고 채용 연장 여부를 결정하라고 하는 관계 기관의 지원제도다. 나이 많은 중년이라서 일을 잘 못할 것이라는 기업 관계자의 편견을 제거하려는 정책으로 큰 의미가 있는 것 같다. 이밖에도 둘러보면 여러 관공서에서 중장년 채용 지원 제도가 참 많다. 이를 잘 활용하는 기업도 있지만, 대부분 기업은 이에 큰 관심이 없다. 다양한 지원 제도에도 불구하고 중년에 관한 기업의 편견 때문이다. 역지사지란 소주제로 기업 측면에서 중년 채용 문제를 언급했는데, 기실 따지고 보면, 기업에서 조금만 인식을 달리하고 여러 정부 지원 제도를 잘 활용하면 어쩌면 중년 채용 시장이 좀 더 활성화될 수 있을 것 같다.

# 03
―

## 중년 채용 시장의 현실과 법칙들

◀◀◀

얼마 전 한 취업 포털사이트의 검색창에 '중장년'이라고 적어 봤다. 이 키워드에 같이 뜨는 연관 검색어가 나를 먹먹하게 한다.

'미화원, 청소 도우미, 서빙, 화장품 제조, 조리, 환경미화, 산후조리원, 주방, 공장, 시간제 근무'

중장년이란 키워드에 따라붙는 연관 검색어는 한눈에 봐도 머리보다 몸을 쓰는 일이다. 직업에 귀천은 없다지만, 누가 봐도 낮은 일자리다. 신체 상태야 중년보다 청년이 훨씬 더 좋을 텐데 말이다. 머리를 쓰는 일 혹은 중년의 경륜이 필요한 일 관련 단어는 단 하나도 안 나온다. 실제 중년인 나로서도 좀 섭섭하다. 중년 채용 시장에 관한 우리 사회의 전반적인 인식을 대변하는 사례인 것 같다.

이러한 통념은 아래의 표에 나타난 수치가 잘 보여준다. 아래의 표는 통계청에서 최근에 조사한 고령층 경제활동 인구조사표 5페이지에 등재된 직업별 취업자 분포다. 표에 잘 나타나듯이 각 숫자는 우리의 예상을 크게 벗어나지 않는다. 우리 중년이 직업 현장에서 경험과 연륜을 잘 살릴 수 있는 관리자 및 사무종사자의 취업 비율은 합하여 약 39.1%에 불과했다. 나머지는 위에 열거한 취업 포털사이트에 나온 직종인 단순 노무 종사자와 연관한 직종이 대부분이다.

### 직업별 취업자 분포

(단위: 천명, %, %p)

| | 2018. 5 | | | | 2019. 5 | | | | | | | |
| | 55~79세 취업자 | 구성비 | 55~64세 | 65~79세 | 55~79세 취업자 | 구성비 | 증감 | 55~64세 | 구성비 | 65~79세 | 구성비 | 전체 1) 취업자 |
|---|---|---|---|---|---|---|---|---|---|---|---|---|
| 〈 전　체 〉 | 7,421 | 100.0 | 5,231 | 2,209 | 7,739 | 100.0 | - | 5,350 | 100.0 | 2,389 | 100.0 | 100.0 |
| · 관리자·전문가 | 781 | 10.5 | 670 | 111 | 811 | 10.5 | 0.0 | 677 | 12.7 | 134 | 5.6 | 21.8 |
| · 사무종사자 | 517 | 7.0 | 452 | 65 | 547 | 7.1 | 0.1 | 480 | 9.0 | 67 | 2.8 | 17.3 |
| · 서비스·판매종사자 | 1,640 | 22.1 | 1,280 | 360 | 1,778 | 23.0 | 0.9 | 1,344 | 25.1 | 434 | 18.2 | 22.6 |
| · 농림어업숙련종사자 | 1,051 | 13.7 | 439 | 577 | 1,024 | 13.2 | -0.5 | 451 | 8.4 | 573 | 24.0 | 5.2 |
| · 기능·기계조작종사자 | 1,658 | 22.3 | 1,359 | 300 | 1,699 | 22.0 | -0.3 | 1,363 | 25.5 | 336 | 14.1 | 19.8 |
| · 단순노무종사자 | 1,810 | 24.4 | 1,014 | 796 | 1,880 | 24.3 | -0.1 | 1,035 | 19.3 | 845 | 35.4 | 13.3 |

1) 15세이상 취업자 전체의 직업별 구성임.

(출처 : 2019년 5월 고령층 경제활동인구조사 5p, 통계청)

'5 〉 50'이라는 수학 부등식을 최근 사회 현상을 연구하는 사람들이 자주 언급하곤 한다. 최근 5년간의 세상 변화의 양이 이전 50년 동안의 변화량보다 많다는 내용이다. 그럴듯하다. 코로나 사태 이후 이 등식은 1 〉 50으로 바뀌어야 할 것 같다. 1~3차 산업혁명 시대보다 4차 산업혁명의 계기가 된 디지털 정보 기술 발달은 물리적인 환경뿐만 아니라 사람의 정신세계까지 바꿔 놓았다. 매 연말이면 서점가에는 내년도에 일어날 각종 트렌드를 예상하는 신간 서적이 넘쳐난다. 유명하신 김난도 교수님 같은 개인 저자부터 각종 연구소 등 관련 기관에서까지 내년도 산업별 혹은 소비 성향별 또는 기타 여러 가지 국민의 행동 경향성을 예상하는 책을 우리는 아주 많이 볼 수 있다. 과거엔 그런 책들이 내겐 관심 밖이었지만, 코로나 사태를 맞이하면서 그러한 내용을 담은 책에 손이 많이 간다. 요즘 사람들이 어떤 생각을 하고 있고 그에 맞춰 세상은 어떻게 흐르고 있는지, 그런 책들 몇 권을 읽어보면 금세 세상 돌아가는 추세를 예상해 볼 수 있다.

모쪼록 우리는 변화하고 있는 고용 환경에 발 빠른 적응이 필요하다. 세상 변화 속도에 발맞춰 중장년 채용시장의 변화 속도도 상당이 빠르다. 중장년 구직자가 구직 시장에서의 변화를 거부하고 옛날 방식만 고수하다간 영원히 실업자 신세에서 벗어나기 어렵다. 청년층 구직 시장은 양질의 일자리가 없어서 문제라지만, 중년 구직 시장은 양상이 조금 다른 것 같다. 사회에 나와서 입직 초기에 있는 청년과 달리, 중년은 이미 저마다 다양한 직업 경험을 가지고 있다. 중년 구직 시장에도 양질의 일자리는 많지 않지만, 그래도 청년층 시장과 대비하여 선택의 폭은 넓은 게 사실이다. 중년 개개인의 직업 경력을 살려 동종 업계로 이직(移職)을 할 것인지, 아니면 새로운 직업 환경에 적응하여 이전 경력과 연관성이 적은 새로운 시장으로 전직(轉職)을 꾀할 것인지 스스로 먼저 판단해야 한다. 이직이든 전직이든 중장년 구인 구직 시장에서 중요한 사실은 구직자 본인의 기존 인식과 채용시장의 현실이 상충할 수 있다는 점이다.

구직자와 중장년 채용시장 사이에 아래에 기재한 것처럼 인식의 간극이 존재한다. 핵심은 두 가지다. 하나는 중장년 구직자의 경력과 능력이 현 시장에서 요구하는 직무에 맞아야 한다는 것이다. 나머지 하나는 기업과 산업 환경이 수시로 변하기 때문에 구직자도 그에 맞는 성공 전략이 필요하다는 점이다. 아무리 경력이 화려한 중장년 구직자라도 새로 입직하려는 직무와 연관성을 설명할 수 없다면 그 화려했던 경력은 별 쓸모없는 공허한 경력이 될 수 있다.

| 구직자들의 오해 | 시장의 현실 |
| --- | --- |
| 기존의 대우(연봉, 직급)를 유지할 수 있을 것이다? | 취업 시장에 연령 차별은 존재함. 새 직장에서 과거 연봉의 절반에도 못 미치는 경우가 흔함. |
| 나의 경력과 능력이 취업 시장에 저절로 알려질 것이다? | 내 경험이 지원하는 회사의 필요에 어떻게 연결되는지 설명하지 못하면 면접 전부터 평가 절하된다. 많은 경력과 경험이 오히려 걸림돌이 되기도 함. |
| 과거의 성공 전략이 새로운 일자리에서도 통할 것이다? | 기업의 경영 방식과 산업 환경은 지속해서 변화한다. 성공 전략도 바꾸어야 한다. |

예를 들어, 대나무 살로 만드는 부채 공장에서 수십 년간 공장장으로 경력을 쌓아온 한 중장년이 있다고 치자. 요즘 개인용 여름 선풍기는 대나무 살로 만든 손부채가 아니라 옛날 방송 마이크처럼 길고 충전 배터리로 가동하는 전동 선풍기다. 전동 선풍기를 만드는 회사의 입사 면접 자리에서 대나무 살 부채를 만들던 이야기를 아무리 해 봐야 무슨 소용이 있을까. 차라리 부채 만드는 공정 관리 업무 경력 언급은 피하고, 부채를 거래처에 판매했던 경험을 부각하는 게 나을 것 같다. 내가 가진 경력과 경험을 지금 입사하려는 기업의 필요에 연결하지 못하면, 과거 큰 기업에서 오랫

동안 여러 부하 직원을 거느렸던 위세는 그 회사를 나오는 순간 거추장스러운 장식품에 불과할 수 있다. 과거 경력에 비해 지금 당장 이 회사에서 그가 무엇을 할 수 있는가가 면접관의 주요 관심사다. 이러한 현실을 반영하여 업계에 회자하는 중장년 채용 시장의 법칙이 있다. 아래에 나열한다.

1. 수요와 공급 무시의 법칙

   : 양질의 구인 정보는 공개된 인터넷 공간에서 찾기 힘들다.

2. 과거 경력 무시의 법칙

   : 채용 직무와 직접적 연관이 없는 경력은 아무리 화려해도 무시당한다. 중년의 관록과 경륜만 강조하다간 영원히 실업자 신세를 면하지 못한다.

3. 운칠기삼(運七技三)의 법칙(계획된 우연_Dr. Krumboltz)

   : 내가 아무리 잘해도 취업 운이 없으면 힘들다.

   생각지도 못한 곳에서 취업 오퍼(offer)가 올 수도 있다.

   최대한 넓은 범위에 걸쳐 나를 알려야 운이 좋을 때 그나마 기회를 잡을 수 있다. (씨 뿌려놓기)

우리 중년은 무엇보다 3번 운칠기삼(運七技三)의 법칙을 주시할 필요가 있다. 운도 실력일까? 크롬볼츠(Krumboltz)란 학자가 운과 관련하여 '계획된 우연(planned happenstance)'이라는 명언을 남겼다. 그의 저서 〈Luck Is No Accident(Making the Most of Happenstance in Your Life and Career)〉에서 그는 다음과 같이 말했다. 우리가 직업 혹은 직장을 선택하거나 특정 분야에 입직을 하는 데 있어서 영향을 준 여러 요인이 있다. 사람, 매체의 정보, 경험이나 교육, 환경 변화, 개인적 상황 변화 등이다. 이 중에서 사람이 원인이 된 '우연'적 사건이 가장 빈번하다고 한다. 내가 어쩌다 이 길로 들어왔다는 말을 풀어보면, 나도 모르는 운(運)에 의한 것 같은데, 로또복권에 당첨되는 그런 생뚱맞은 운에 의한 것은 아니다. 사람이나 사물 혹은 각종 정보에 관한 평소에 가지고 있는 호기심, 인내심, 유연성, 낙관성, 위험 감수 등이 밑바탕이 된 상황에서 어떤 기회(運)가 온다고 한다. 사물에 관한 호기심이나 참고 기다리는 인내, 혹은 정보를 받아들이는 유연성 등등의 요인이 기반이 되어 내게 좋은 기회(運)가 올 수 있다는 말이다. 가령, 내가 노력하지도 않는데 어느 날 누가 내게 좋은 일자리를 제공하는 따위의 우연적 사건은 좀처럼 일어나지 않는다. 설령, 그런 운 좋은 일이 내게 발생하더라도 그 운을 받아들일 수 있는 나의 그릇이 준비되지 않았다면 오래가지 못한다.

미래는 지금 내가 현재의 시간을 어떻게 쓰는지 보면 알 수 있다고 한다. 그러니 나의 미래에 닥칠 좋은 일이든 나쁜 일이든 그것은 우연의 산물이 아닌 과거 내가 시간을 어디에 어떻게 썼느냐에 따른 필연의 결과다. 그러니 로또복권에 맞는 그런 것 말고, 운이란 우연이 아닌 필연의 결과라고 할 수 있다. 중년의 운(運) 이야기는 언급할 사항이 많아서 책 후반부에서 따로 장을 만들어 이야기하고자 한다.

# 04

## 통계로 보는 중장년 은퇴 전후
## 생활 만족도

▲▲▲

'Garbage-in Garbage-out(GIGO)' 이라는 말이 있다. 불필요한 정보를 입력(input)하면, 불필요한 정보밖에 출력(output)되지 않는다라는 의미다. 컴퓨터 시스템과 데이터 상호 교환을 논하는 데 사용하는 용어지만, 통계학에서도 많이 쓰는 단어다. 입력 데이터가 좋지 않으면 출력 데이터도 당연히 좋지 않다. 통계 데이터를 처리하는 커다란 기계 안에 잘못된 데이터나 무의미한 자료를 잔뜩 넣고 돌리면, 툭 하고 왜곡되거나 무의미한 결과물이 나오게 마련이다. 필자는 뼛속까지 문과 출신이라서 통계 숫자에 익숙하지 않다. 통계라는 거대한 기계 안에 조미료가 첨부되지 않은 순도 높은 데이터가 들어갔는지 아닌지 우리는 알수가 없다. 조사자가 예상하는 결과를 사전에 염두에 둔다면 객관성이라는 외피를 입히기 위해서 숫자 따위는 얼마든지 가공할 수 있다고 생각한다. 도로나 철도 같은 사회 인프라 건설을 할 때, 사전에 수요 조사를 한다. 요즘은 안 그렇겠지만, 어떤 이유에서건 건설할 것을 미리 염두에 두고 사전 조사를 그것에 맞게 끼워 맞췄던 적이 있는 것으로 안다. 만들어놓고 보니 사전 조사 때와 달리 매년 적자투성이인 몇몇 건설 사례를 우리는 잘 알고 있다. 이 장(章)에서 언급한 몇몇 통계 자료도 조사자가 결과를 미리 설정해 둔 후 통계라는 기계에 스위치를 올렸는지 의심해 볼 수도 있다. 통계로 보는 결과 수치란 언제나 편견이 들어간 것은 아닌지 매의 눈으로 관찰해 볼 필요가 있다.

어쨌든 아래 표를 한번 보자. 한국고용정보원에서 조사한 연구 자료다. 통계로 나타난 수치와 우리가 대충 짐작하고 있는 예상 결과가 비슷한 것 같다. 아래 표의 결과는 1955년부터 1963년도에 태어난 베이비부머를 대상으로 설문 조사한 자료다. 핵심은 '부분 은퇴자'의 은퇴 전후 생활 비교 수치다. 부분 은퇴자는 이미 은퇴했다가 경제적 이유든 뭐든 다시 고용 시장으로 재진입한 경우를 말한다. 아래 표를 보면 부분 은퇴자의 경우, 은퇴에 대한 낮은 만족도와 은퇴 후의 생활이 은퇴 전보다 좋지 않다고 생각하면서 재취업을 선택하는 것으로 유추해 볼 수 있다.

한편, 은퇴(隱退)라는 한자어의 어감이 개인적으로 별로 좋지 않은 것 같다. 은퇴에서 '은' 자는 숨을 '은(隱)' 자다. 은퇴는 퇴직 후 조용히 숨어서 지내란 말인가? 우리 중년이 이제 당당해졌으면 좋겠다.

베이비부머 은퇴자의 만족도 및 은퇴 전후 생활 비교(단위: %)

| 구 분 | | 은퇴자 | 부분 은퇴[2] | 완전 은퇴 |
|---|---|---|---|---|
| 은퇴에 대한 만족도 | 매우 만족한다 | 2.9 | 0.0 | 3.3 |
| | 만족하는 편이다 | 69.6 | 31.9 | 74.7 |
| | 전혀 만족하지 않는다 | 27.4 | 68.1 | 22.0 |
| 은퇴 전후 생활비교 | 은퇴 후가 은퇴 전보다 더 좋음 | 9.3 | 2.8 | 10.1 |
| | 은퇴 후가 은퇴 전이 비슷함 | 63.9 | 45.8 | 66.4 |
| | 은퇴 후가 은퇴 전보다 좋지 않음 | 26.8 | 51.5 | 23.5 |

주: 1) 신규패널 통합 종단 가중값을 적용한 수치임
2) 은퇴자의 만족도와 은퇴 전후 생활 비교 문항은 노동시장에서 현재 상상태에 대한 질문 보기 항목중 '은퇴하였다'에 해당하는 경우만 질문하여, 앞서 구분한 부분 은퇴자 중 ⑦, ⑨, ⑪에 해당하는 경우는 제외됨.
자료: 한국고용정보원, 고령화연구패널, 5~6차 자료 연계(2014~2016년)

〈출처 : 2019년 가을 고용조사 브리프 10page, 한국고용정보원〉

아래의 표도 참고할 만하다. 베이비부머 세대의 은퇴 현황을 2년 간격을 두고 조사한 자료다. 베이비부머의 경우 이미 은퇴를 하였음에도 시간이 흐른 뒤 다시 노동시장으로 재진입하면서 은퇴 시기를 늦추는 것으로 유추해 볼 수 있다.

아래 표 왼편의 2014년 당시 은퇴 상태였던 베이비부머 중

23.4%는 2년 뒤 재취업 상태인 것으로 확인된다. 마찬가지로 2014년 부분 은퇴자의 경우도 40.6%가 재취업하였으며, 완전 은퇴자의 경우도 9.2%는 재취업한 것으로 나타난다.

베이비부터의 은퇴 현황(단위:%)

| 구 분 | | 2016년(6차 조사) | | | | |
|---|---|---|---|---|---|---|
| | | 취업자 | 부분 은퇴자 | 완전 은퇴자 | 노동시장 비참여자 | 전체 |
| 2014년 (5차 조사) | 취업자 | 90.0 | 4.0 | 3.2 | 2.7 | 73.0 |
| | 은퇴자 | 23.4 | 17.1 | 39.2 | 20.3' | 15.1 |
| | 부분 은퇴 | 40.6 | 27.1 | 14.9 | 17.4 | 6.8 |
| | 완전 은퇴 | 9.2 | 9.0 | 59.3 | 22.6 | 8.3 |
| | 노동시장 비참여자 | 9.5 | 3.9 | 10.9 | 75.7 | 11.9 |
| | 전체 | 70.4 | 6.0 | 9.6 | 14.0 | 100.0 |

주: 신규패널 통합 종단 가중값을 적용한 수치임
자료: 한국고용정보원, 고령화연구패널, 5-6차 자료 연계(2014-2016년)

〈출처 : 2019년 가을 고용조사 브리프 9page, 한국고용정보원〉

한국고용정보원은 베이비부머 세대가 완전히 은퇴하지 못하는 사유도 조사하여 아래처럼 분류했다.

■ 생계형 일자리
– 일을 지속해야 은퇴 후 경제적 문제가 해결될 수 있어서
■ 사회공헌형 일자리

– 일을 함으로써 계속하여 사회에 이바지할 수 있다고 생각하기 때문에

■ 가치추구형 일자리

– 일을 그만둔 후 상실감 등을 극복할 수 있을지가 걱정됨

– 일을 지속해야 가족, 친구, 이웃 등 사회활동을 원만하게 할 수 있을 것 같아서

– 일을 하는 것이 건강에 도움이 된다고 생각하기 때문에


은퇴 시점에 다다른 베이비부머들조차 비단 경제적 사유뿐만 아니라 위에 나열한 사유로 고용 시장에 머물기를 원한다. 마치 대학 입시에서 재수생 삼수생 등 'N수생'이 점점 많아져서 정작 첫 입시를 치르는 고3 수험생의 입시 경쟁 부담이 더 커지는 현상과 비슷하다. 떠나야 하지만 막상 고용시장에서 떠나지 못하는 중년 혹은 출산율 저하로 점점 늘어만 가는 중년 인구 속에서 고용 시장에 머물러 있어야 하는 우리의 처지가 서글프다. 이제 좀 쉴 때도 됐건만, 언제나 그랬듯 상황이 녹록지 않다. 중년들의 생애경력설계가 본격적으로 필요한 이유가 더 명확해진다. 그나마 지금 이 책을 읽고 계신 분들은 그래도 행운아다. 희망을 가져보시길.

## 05

유쾌, 상쾌, 통쾌한 인생 역전을 꿈꾸며_
추억 소환 중년 영화 〈스팅(Sting)〉

◢◢◢

1980년대 초반에 우리 눈을 사로잡았던 전화번호부 두께의 월간 만화책 〈보물섬〉을 기억하는가. 어디선가 이런 이야기를 하면 영락없이 아재라는 핀잔을 받겠지만, 어차피 우리 중년을 대상으로 하는 이야기니 눈치 안 봐서 편하고 좋다. 아마 우리 세대라면 이 만화책 모르는 사람이 없을 것이다. 그 월간 만화책에 기고한 작가 중 〈공포의 외인구단〉을 그린 이현세도 좋았고 〈아기공룡 둘리〉 김수정도 좋지만, 나는 단연 허영만 작가를 제일 좋아했다. 보물섬에 이름을 올렸던 많은 만화가는 지금 어디서 무엇을 하고 있는지 궁금하다. 만화 산업 위축과 함께 많은 만화 작가가 우리 기억 속에서 대부분 사라졌다. 허영만 화백을 포함한 몇몇만 그나마 지금껏 존재감을 과시한다. 1980년대 〈보물섬〉 시대를 한참 지나 허영만 작가가 그리고 김세영 작가가 쓴 화투를 소재로 한 단행본 〈타짜〉를 보면서 나도 언젠가 '인생 한 방'의 판타지에 젖어보기도 했다. 허영만 작가는 그냥 인간문화재 그 자체다.

이후 허영만의 만화 〈타짜〉를 원작으로 최동훈 감독이 연출했던 영화 〈타짜〉가 나왔다. 예림이 역의 김혜수와 고니 조승우 그리고 아귀 김윤식이 어느 조그만 선박 안 선실에서 목숨을 건 한 판을 벌이는 마지막 장면은 정말 영화 역사에 남을 명장면이었다. 나는 이 영화를 보면서 자연스럽게 머릿속에 떠오르는 옛날 영화가 한 편 있었다. 그것은 바로 〈스팅(Sting)〉이다. 모르긴 해도 최동훈 감독은 영화 〈타짜〉를 만들면서 영화 〈스팅〉을 표절은 아니더라도 상당 부분 참고 정도는 했을 것이라고 나는 생각한다. 좋게 말하면 '오마주(Homage)'요, 그냥 말하면 '참고'요, 굳이 나쁘게 말하면 '표절'이다. 하지만, 영화 〈타짜〉가 〈스팅〉의 표절이라고 말하기엔 두 영화의 영화사적 위대한 위상에 먹칠하는 것이라고 생각하여 그 부분은 더 언급하지 않으려 한다.

영화 〈스팅〉은 1973년에 만들었다는 사실이 믿기지 않을 정도로 정말 잘 만든 영화다. 영화가 나온 지 반세기가 다 되어가지만, 아직도 도박, 오락 영화의 표본으로 꼽기에 주저하지 않을 명작이라고 생각한다. 통기타를 한창 배우던 나의 고교 시절, 통기타 교본 중 하나인 〈이정선 기타 교실〉에 이 영화의 주제곡인 〈Entertainer〉 악보가 실렸었다. 어디서 많이 들어 본 경쾌한 피아노곡인 그 곡을 나도 한번 연주해 보려 책에 실린 기타 악보를 보고 얼마나 기타 줄을 튕겼는지 모른다. 영화 주제곡은 정말 귀에 익숙했지만, 그땐 정작 이 명작을 한번 볼 생각을 차마 하지 못했다. 나이가 들면서 이제야 하나하나 이런 명작들을 찾아보며 소소한 즐거움을 느끼고 있다. 과거에 보지 못했던 명작을 찾아봐야겠다는 생각을 왜 나는 중년에 들어서야만 할 수 있었을까. 세상에 좋은 것들이 이렇게 많은데, 중년의 뇌 구조가 특이한 걸까. 아니면 나만 그런가? 옛것을 자주 찾는 거 보니 혹시 벌써 죽을 때가 되었나?

〈지금부터 스포일러 주의〉

영화의 무대는 대공황 이후 1936년 미국의 어느 소도시다. 당시 시대상을 말해주듯 영화 세트장도 아주 그럴싸하다. 로버트 레드포드(Robert Redford, 후커 역)와 폴 뉴먼(Paul Newman, 곤돌프 역)이 작당하여 범죄계(界) 대부 로버트 쇼(Robert Shaw, 로네간 역)에게 시원하게 한 방 먹인다(?)는 이야기다. 그 '한 방'을 로네간이 뒤집어쓰게 되는 원인 중 하나가 바로 그의 욕심이었다. 조금 있다가 그 이야기를 좀 더 하기로 하자.

우리 편 후커 일행이 범죄 조직원으로부터 거액을 탈취하는 영화의 첫 장면부터 유쾌하다. 그들이 설정한 완벽한 상황 때문에 보는 관객조차도 유쾌하게 속는다. 후커가 악당들의 돈을 탈취한 죄로 우리 편인 후커 일행과 악당 편인 로네간 사이에서 복수를 걸고 한판 대결이 펼쳐진다. 사람을 유인하거나 속인다는 훅(hook)이란 단어를 이름으로 가진 후커라는 등장인물 이름이 재밌다. 영화의 정서는 마치 만화 영화 '톰과 제리(Tom & Jerry)' 같다. 고양이 톰처럼 악당이 그리 위협적이지 않다. 기차 안에서 벌어진 포커(Poker)판에서 악당 로네간이 자신의 꾀에 스스로 넘어가 후커 일행에게 돈을 잃는 장면이 그것을 잘 보여준다. 이런 둔한 악당을 약삭빠른 '제리' 일당이 멋지게 혼내준다.

고양이 톰이 항상 제리에게 당하지만은 않는 것처럼, 후커 일행도 이들 악인으로부터 심한 타격을 입는다. 후커의 오랜 동지 중 한 명이 악당으로부터 살해당한다. 그것 때문에 후커 일행은 로네간에게 더 처절한 복수 계획을 짠다. 그 계획은 바로 도박의 꽃이라 불리는 '설계(setting)'다. 잘 만들어진 도박 설계에 악당 로네간을 유인하여 거기에서 결정적인 한 방에 날려버린다는 계획이다. 그 설계는 이렇다. 먼저 기차 안에서 로네간과 포커를 벌여 그의 혼을 빼며 여운을 남긴다. 후커 일행은 로네간이 기차 안 포커판에서 느꼈을 그 아쉬움을 미끼로 후커 일행이 설계한 다음 단계인 사설 경마장으로 로네간을 끌어들인다. 거기서 후커는 로네간에게 종지부를 찍을 계획이다. 그 계획은 마지막 반전과 함께 완벽하게 그리고 유쾌하게 맞아떨어진다.

범죄 오락물이란 형식을 차용했지만, 이 영화는 코미디의 옷을 입고 있다. 보는 내내 귀에 익은 흥겨운 피아노 주제곡 〈Entertainer〉가 흐른다. 우리 편이 악당에게 왠지 지지 않을 것만 같다. 그래서 더 유쾌하다. 범죄 집단의 거물 로네간에게 후커의 계획이 들킬까 말까를 지켜보는 전지적 작가 시점의 조바심으로 관객은 한 장면도 놓칠 수가 없다. 영화 관객들에게 회자하는 '소변 지수'라는 비공식 평가 지표가 있다. 소변 지수가 높으면 높을수록 뒤에 이어질 내용이 궁금해서 영화 관람 중 소변마저 참아가며 본다는 말이다. 이 영화 〈스팅〉을 소변 지수로 말하자면, 나는 단연코 만점인 100점 만점을 주고 싶다. 이 영화라면 팬티에 오줌을 지리더라도 상관없다. 상영 중 잠시 화장실에 다녀온다는 건 상상도 할 수 없는 일이다. 후커 일행은 큰 인물을 넘어뜨리기 위해 수십 명의 아군을 동원하여 정성껏 함정을 설계한다. 로네간은 결국 서서히 덫에 걸리게 되는데, 그 원인은 역시 큰 것 '한 방'을 터트리고자 하는 로네간의 욕심이었다. 모든 도박의 나락은 이 잭팟(jackpot)에 대한 욕심에서 시작한다. 후커 일행은 그 심리 상태를 교묘하게 역이용한다. 로네간은 그 도박판 설계에 의해 자신이 당했는지조차 모른다. 이만하면 완벽한 성공이다.

범죄 도박 장르의 영화는 무수히 많다. 과거 홍콩영화 〈도신(賭神)〉 시리즈를 비롯한 하나의 흐름이 있었고 우리나라 역시 최동훈 감독의 〈타짜〉가 이런 장르 영화의 한 획을 그었다. 그러나 도박 영화 중 〈스팅〉처럼 유쾌한 영화는 드물다. 이 부류의 영화는 대체로 피가 낭자하고 잔인하다. 타짜 역시 훌륭한 영화였지만, 눈살을 찌푸리게 하는 잔인한 장면도 많았다. 범죄 도박 영화는 약자가 강자를 이기는 설정이 보편적이다. 관객은 어쩌면 결과를 이미 알고 영화의 과정을 본다. 약자가 강자를 통쾌하게 제압하는 스토리라도 〈톰과 제리〉나 〈스팅〉처럼 그 과정을 이토록 유쾌하게 전개한 영화는 드물다. 지금 그 누가 개봉한 지 반세기나 지난 이 영화에 대해 촌스럽거나 어설프다고 비판할 수 있겠는가. 그래서 고전은 시간을 초월한다. 우리 중년도 훗날 이 영화를 상기하며 즐거워할 그런 날이 오기를 진심으로 바란다.

## 누군가 짜 놓은 설계(setting)에 빠지고 있는 것 같은 중년의 삶

▲▲▲

나만 그런가?

젊은 시절 내게 혹시 있었을지도 모를 그 열정이란 것이 지금은 아예 식어버린 것 같다. 바람 빠진 풍선처럼 어지간한 자극(?)에도 더는 부풀지 않는 내 아랫도리처럼, 중년에 접어들어 시나브로 나도 이렇게 배터리가 방전되었다. 제발 나만 이렇지 않기를 간절히 바란다. 그렇게 좋아했던 프로야구도 이제 관심이 없어졌다. 어느 팀이 이기든 그게 나와 무슨 상관일까? 그냥 어른들의 공놀이일 뿐이다. 바다낚시도 한때 좋아했다. 하지만, 나이 오십에 다다르니 요즘은 내가 좀 달라졌다. 그 추운 날 잡히지도 않을 전설의 고기 감성돔을 잡으러 새벽에 옷깃을 여미고 운전대를 잡고 머나먼 남해 바다로 향하는 것보다, 그 시간에 따끈한 아랫목에 앉아서 군고구마나 까먹는 재미가 훨씬 더 쏠쏠하다. 그럼 술은 어떤가?

술이란 그저 집에서 혼자 반주로 먹는 싸구려 막걸리가 내겐 이미 최고가 된 지 오래다. 괜히 시답지 않은 사람들 만나 술자리라도 한번 가지면 그날 기분은 영 찜찜해진다. 술자리에 모인 사람들은 저마다 은근슬쩍 자기 자랑, 자식 자랑, 돈 자랑, 능력 있는 배우자 자랑질에 그들 앞에서 나는 이내 기가 죽는다. 뭐가 그리 자랑할 것이 많은지. 그리곤 또 그 자리에서 누군가는 다음번 만남을 기약하자며 술김에 또 쓸데없는 약속을 잡는다. 아니면 무슨 모임을 만들자고 분위기를 돋우든지. 모든 것이 귀찮다. 하긴 이 나이에 그런 술자리에 나오는 사람들 면면을 보면 다 뻔하다. 그럭저럭 먹고살만한 사람들만 그런 자리에 나오기 마련이다. 나 같은 사람들이야 기껏 SNS 같은 패자(loser)들의 놀이터에서나 갑(甲)일 뿐이지.

내가 이십 년 혹은 삼십 년 전의 나를 그리워하듯이, 이제 칠순이나 팔순을 바라보는 인생 선배님들은 이제 오십인 지금 내 나이를 얼마나 그리워하실까. 그리고 보면 내가 이렇게 매사 의욕 저하에 관하여 투덜거릴 나이는 아니다. 그렇다면 칠순 팔순 선배님 입장에서 한번 생각해 보련다. 내가 그 선배님들 나이가 된 후 이십 년 전으로 돌아가 지금 내 나이가 된다면 무엇을 제일 하고 싶을까. 마누라님 아닌 다른 여자와의 로맨스? 뭐 이런 것일까? 나

역시 화류계에서 'MBA(Married But Available, 결혼했지만 가능한)'를 언제나 지향하지만, 그건 도덕에 어긋나는 일이니 잠시 유보해두자. 그럼 다음은 뭐? 자아실현? 자아실현의 정의부터 애매하다. 유명해지는 것? 남들의 부러움을 사는 것? 글쎄? 이런 유치한 것들은 허세 욕구가 하늘을 찔렀던 이삼십 대 청년 시절에나 어울릴 것 같다. 일단 그것도 아닌 것 같고. 그럼 뭘까? 그냥 이렇게 추측해 본다. 아무것이나 잘 깨서 먹을 수 있는 건강한 치아와 혼자 잘 걸어 다닐 수 있는 탄탄한 두 다리 정도 아닐까. 홀로 사신 지 오래된 어느 칠순 후반의 시어머니가 어쩌다 동네에서 남자 친구가 생겼다. 며느리는 요즘 남자 친구 덕에 안색이 부쩍 좋아진 시어머니에게 묻는다.

"어머니, 요즘 남자 친구분 생기셔서 좋으시겠어요, 남자 친구분 어디가 그렇게 좋으세요?"
할머니는 짧게 답한다.
"응, 그냥 혼자서도 잘 걸어 다녀."

요즘 공기가 무척 안 좋아졌다. 매일 미세먼지와의 싸움이다. 예전엔 매년 봄마다 우리나라를 찾아오는 황사에 그때만 잠시 신경이 쓰이곤 했지만, 이젠 연중 미세먼지가 우리의 건강을 위협한다. 이웃 나라 중국만 탓해야 할까. 언제부터 우리가 공기 질 걱정하고 살았는지 의문이다. 이제 미세먼지도 감지덕지, 더 무서운 코로나바이러스가 창궐했다. 다음엔 또 어떤 녀석이 우리를 괴롭힐지 매우 걱정스럽다. 황사나 미세먼지에도 우리는 예민했는데, 이제 파괴력 면에서 곱하기 100배도 넘는 바이러스와의 전쟁이다. 지금이 오백 년 전 중세에나 유행했던 천연두나 마마처럼 전염병을 걱정하고 살게 될 것이라고 누가 예상이나 했겠는가.

중년의 건강 문제도 이와 다르지 않다. 청년 시절 대부분의 사람은 건강 문제에 둔감하다. 당장 나와 관련이 없기 때문이다. 그 나이 때 일 년에 몇 번 가지도 않을 병원비 때문에 실손 의료 보험료 내는 것이 그렇게 돈 아까울 수가 없다. 하지만, 중년이 되면 문제는 달라진다. 중년에 이르면 누구든 건강에 무언가 이상 신호가 오기 마련이다. 미세하지만 많은 중년은 병원에 가지 않아도 스스로 그것을 감지할 수 있다. 뭐라고 경고 메시지가 또 나올까 싶어서 나라에서 또는 회사에서 심지어 무료로 해주는 건강검진 받으러 가기가 정말 꺼려진다. 특히 여성 중년은 갱년기 부인과 질환까지 더해진다.

코로나바이러스가 창궐해도 마스크를 착용하는 것 외 마땅한 대안이 없는 것처럼, 우리 중년 시기에 찾아오는 건강에 대한 적신호도 마땅한 대응 방법이 없기는 마찬가지다. 병원 병실에서만 살지 않는 한, 개인이 할 수 있는 건강을 챙기는 일이란 기껏 식단 조절이나 운동이 전부다. 질병이나 노화는 극복의 문제가 아니라 이제 싫어도 그것과 동반자가 되어야 할 문제다. 내 집 방 한편에 내 허락도 없이 군식구가 들어와 사는 꼴이다. 전엔 보지도 못했던 그 군식구가 꼴 보기 싫지만, 내가 내 건강 제대로 챙기지 못했기에 받아야 하는 징벌과도 같은 것이다. 그 불편한 손님과 같이 어울려 살 수밖에 딱히 대안이 없다. 연탄불에 잘 구운 마른오징어를 쭉 찢어 고추장 듬뿍 찍어 먹고 싶어도 치아가 부실해서 매일 죽만 먹어야 하는 어르신이 있다. 내 다리로 여행을 가고 싶지만, 다리에 힘이 없어 혼자서는 어디 멀리 나가지 못하는 분도 계신다. 당뇨나 황반변성 같은 불의의 사고로 시력을 잃으신 분은 산과 들의 맑고 선명함을 얼마나 다시 보고 싶으실까. 이십 년 혹은 삼십 년 후 이런 상황이 내게도 닥칠 것을 생각하면 벌써 우울해진다. 잘 씹어 먹고 내 다리로 잘 걸어 다니고 이런 기본적인 것만 그대로 유지한다고 해도 고마울 따름이다. 하지만, 중년의 나이란 건강을 넘어서 먹고사는 문제에 대해서도 그리 자유롭지 못하다. 자식은 커가고 하필 돈이 제일 많이 드는 시기지만, 대부분의 중년은 직장에서 나가야 하는 묘한 운명의 장난질에 연루된다. 그간 해보지 않았던 자영업의 함정에 어쩔 수 없이 발을 디딜까 말까 이러지도 저러지도 못하는 신세로 전락한다. 그렇다고 이런 우울한 상황이 오게 될지 예전에는 미처 몰랐을까. 천만의 말씀. 알고도 못 치는 그 옛날 해태 타이거즈 시절 선동열의 고속 슬라이더처럼 우리 인생은 이렇게 흘러간다. 알면서도 딱히 대안이 없어 당할 수밖에 없는 이 기묘한 상황이 곧 중년이다. 다시 영화로 들어가서,

〈다시 스포일러 주의〉

영화 〈스팅〉에서 악당 로네간이 후커의 그물에 걸려 보기 좋게 당했다. 압권은 그다음이다. 현장에서 우리 편 후커 일행이 가짜 살인 사건을 설계하고 로네간을 거기에 엮으려 한다. 로네간은 실내 경마장에서 후커에게 당해 돈을 다 잃었지만, 막상 거기서 일어난 살인사건에는 연루하지 않으려 황급히 경마장을 빠져나간다. 그리고 오히려 그곳에서 일어난 살인 사건과 자신은 무관하다며 안도해 한다. 후커 일행은 악당 로네간의 돈을 다 후킹(hooking) 한 것에 더하여 이른바 가짜 살인사건으로 확인 도장까지 찍은 것이다. 로네간이 이 사실을 알면 억울해서 죽을 일이다. 아예 모르는 것이 그의 건강에 좋다. 그냥 돈만 잃었다고 자위하면 된다. 몸이라도 간수해야지. 억울해서 속병이 나서 죽으면 어쩌라고.

우리 중년의 인생이 이와 다르지 않다. 중년이 되면 잃는 것은

건강과 재물이요, 얻는 것은 일상 속에서 느끼는 그냥 소소한 것들이다. 부등호를 친다면 여지없이 왼쪽으로 칠 일이지만, 잘 먹고 잘 걸어 다닐 수 있는 것에 만족한다면 로네간이 되어도 무방하다. 반면, 이 모든 것이 후커의 설계에 의한 것이란 사실을 알게 된다면 그날 이후 우리 삶은 불행해진다. 억울함에 잠이라도 제대로 잘 수 있겠는가. 그 불행의 씨앗은 바로 욕심이다. 알지만 때로는 모르는 것이 약이다.

중년에 이르러 내 삶이 누군가가 짜 놓은 설계에 나도 모르게 빠지고 있는 것 같다. 예정된 부정적인 순서대로 모든 것이 진행된다. 통장 잔액은 줄어들고 아이는 대책 없이 커간다. 나를 찾는 이는 딱히 없다. 긴긴 여생을 이제 어떻게 뭘 하며 살아야 할지 막막해진다. 건강은 하루하루 나를 위협한다. 바야흐로 배는 산처럼 나오고 머리숱은 엷어지기 시작한다. 아랫도리는 죄라도 지은 듯 언제부터인지 모르겠지만 시종일관 고개를 숙이고 있다. 그래서 그런지 아내는 이제는 나를 남편이 아닌, 밥 차려주기조차 귀찮은 군식구의 일원으로만 생각한 지 오래다. 선동열은 슬라이더만 던지겠노라고 내게 예고를 했지만, 뻣뻣하지 못한 방망이를 쥐고 있는 나는 슬라이더가 들어오는지 알면서도 이내 헛스윙만 하기 바쁘다. 중년에 이르러서 나는 〈스팅〉의 악당 로네간의 처지가 된 것이다. 집으로 날아온 건강검진 결과 서류 봉투를 뜯어보기 싫어지는 것처럼 이것저것 몰라도 될 것은 굳이 알고 싶지 않아 진다. 나는 누군가 짜 놓은 설계에 완전히 빠진 것이다.

도박장에서 돈을 잃은 호구들은 그날 돈을 다 잃어도 도박을 끊어야겠다는 생각보다 오늘은 재수가 없으려니 하며 다음날을 기약한다. 도박이 이렇게 무섭다. 도박장에 드나드는 호구를 망하게 하는 건 그들의 '한 방'의 욕심에서 비롯한다. 욕심이 있기에 그날 돈을 잃어도 손절매를 하는 대신 내일을 기약한다. 차라리 손절매가 필요한 시점인데 말이다. 도박장에서의 살인사건이 후커 일행의 설계란 것을 로네간이 알았다면 그들은 더 불행해진다. 욕심으로 이룰 수 있는 기대치와 그 반대편에 있는 것과의 차이가 더 벌어지는 것을 스스로 확인하는 것처럼 불행한 일이 또 있을까. 이래서 욕심이란 모든 화(禍)의 근원이다. 그렇다고 중년의 나이에 욕심 없이 살 수 있을까. 선동열의 슬라이더가 또 내게 날아온다. 휘둘러야 하나 기다려야 하나. 휘두르자니 안 맞을 것 같고 지켜보자니 스트라이크가 되어 삼진 아웃이 될 것 같다. 어떻게 해야 하나? 중년의 인생살이란 누구에게나 이렇게 참 힘든 것이다.

 은퇴 후에 생각

| 기존 인식 | 신 트렌드 |
|---|---|
| 돈이면 된다. | 일이 있어야 한다. |
| 공부는 끝났다. | 평생 현역을 위해 다시 시작한다. |
| 혼자 준비한다. | 국가, 사회, 가족과 함께 준비한다. |
| 자산이 많으면 된다. | 현금 흐름이 있어야 한다. |
| 생활비만 있으면 된다. | 의료비, 간병비도 있어야 한다. |
| 은퇴 설계의 기준은 집안 가장이다. | 더 오래 사는 아내를 챙겨야 한다. |
| 자녀에게 의지한다. | 다 쓰고 죽는다. |
| 가장은 돈만 잘 벌면 된다. | 가족과 함께 즐기는 법을 알아야 한다. |
| 많이 모으기만 하면 된다. | 가능한 베풀어야 한다. |
| 노후자금은 안정성이 최고다. | 조기 인출 위험에 대비한다. |
| 취미생활은 돈이 든다. | 취미생활은 돈이 된다. |
| 돈 관리가 중요하다. | 시간 관리가 중요하다. |

〈출처 : 미래에셋 은퇴 교육 센터〉

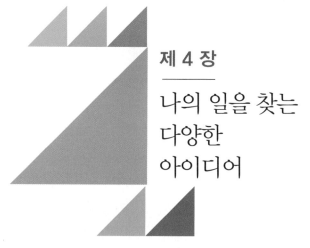

제 4 장

나의 일을 찾는
다양한
아이디어

PART

04

# "아무리 좋은 해법이라도 자신에게 안 맞으면 무용지물이다"

100세 시대가 도래한 것도 알고, 청년층 채용시장만큼 중장년 채용시장의 현황이 힘들다는 것도 이제 이해했다. 그러면 구직 시장에 머무는 우리 중년은 무엇을 어떻게 준비해야 할까? 이번 장은 우리 중년이 나의 일을 찾아 나가는 방식이나 아이디어를 도출해보는 내용으로 채워 나가고자 한다. 다시 한번 말하지만, 인생에 정답은 없다. 이런 책에 나오는 방법론이 정답일 수 없다. 아무리 좋은 해법이라도 자신에게 안 맞으면 무용지물이다. 단지, 하나의 가능성 또는 아이디어로 받아들이는 유연한 사고를 가졌으면 좋겠다.

# 직장(직업) 생활의 주기

▲▲▲

중년에게 일이란 창업을 비롯하여 무궁무진한 방향이 있지만, 우선 직장에 관해서만 언급하고자 한다. 직장 생활은 분명 주기가 있는 것 같다. 흔히 우리가 청년기부터 중년까지 직업 생활을 해왔던 업종이나 직장을 편의상 '주된 일자리'라고 부르자. 직장이나 직업 변동은 개인별로 다를지언정, 그래도 오랜 시간 몸담아왔던 주된 일자리라 일컫는 시절을 다음 네 가지로 구분해 볼 수 있다. 적응기, 성장기, 성숙기 그리고 변화기.

연령대와 무관하게 직장 생활을 처음 시작할 때 몇 년간 적응기가 있다. 이후 성장하고 성숙을 거쳐 변화기를 맞이한다. 직장(직업) 내에서 직급이나 직책으로 이런 주기를 맞춰보면 대략 맞아떨어지는 것 같다. 이제 갓 입사한 신입사원은 분명 적응기일 것이고, 업무가 손에 좀 익을 무렵인 대리 초임이나 대리 말년 정도면

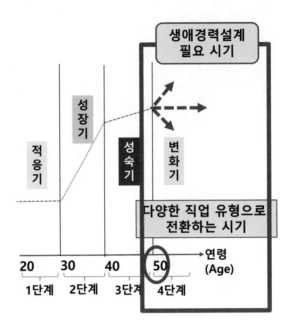

성장기 정도 될까. 사원 대리를 거쳐 관리자급인 과장이나 차장, 부장쯤 되면 성숙기에 접어든 것이다.

그 이후가 문제다. 부장에서 임원으로 승진하든지 아니면 한직으로 물러나거나 명예퇴직을 당하든지, 본인이 원하지는 않았지만, 중년으로 접어들면서 각 개인은 조직으로부터 퇴사와 관련한 은근한 압박을 받거나 때로는 노골적으로 추후 진로에 관한 선택을 강요받기도 한다. 그 시점이 여기서 말하고자 하는 변화기다. 요즘은 연령대와 무관하게, 아니 달리 말해서 우리는 더 이른 연령대에 직장생활이든 직업생활이든 변화기를 맞이한다. 이직이나 전직 등 직장생활 이후의 진로를 스스로 결정했던 시기를 지나 변화기를 맞이하면 직장 내에서 우리의 운명은 자의가 아닌 타의에 의해서 결정되는 경우가 허다하다. 사내 정치에서 승리하든, 본인의 실력으로 정면 돌파를 하든, 아니면 이 꼴 저 꼴 보기 싫다고 스스로 퇴사를 해버리든, 직장 생활 변화기에 접어든 우리 중년은 그야말로 한 달 앞의 거취를 예측하기 힘들다. 하필 그즈음 우리 중년은 건강했던 몸에도 노화 작용에 의해 미세하게 하나씩 건강 이상 증세도 나타난다. 노안이 와서 생활의 질이 많이 떨어지거나 흔히 알려진 성인병의 초기 증상이 동반한다. 가방 안 약봉지가 하나씩 늘어나기 시작한다. 직장 생활의 변화기는 불안한 나의 진로와 더불어 건강 이상 신호까지 감당해야 하는 서글픈 시기이기도 하다.

이때가 우리에게 다양한 직업 전환의 시기이자 우리 스스로 생애경력설계가 필요한 시점이다. 하지만, 아쉽게도 인생의 이 중요한 시기를 맞아 우리는 대체로 스스로 이후의 진로 설정을 잘하지 못한다. 그동안 내가 아닌 남을 위해서만 일해 왔기 때문이다. 과거 중장년 전직지원 관련하여 기업의 퇴직 예정자와 필자가 진로 상담을 할 때에 그들이 내게 내미는 자신들 이력서와 자기소개서의 내용은 초보적 수준에 머물렀다. 대기업 임원이든 대학교수든 마찬가지였다. 그들의 능력이 부족해서가 아니라 미처 해 보지 못했던 일이기 때문이다.

벼농사 이모작도 기후 조건이 맞아야 한다. 이모작을 조상 대대로 이미 경험해 본 농부들이라면 모를까, 우리나라는 벼농사 이모작 경험이 많지 않다. 인생 2모작도 마찬가지다. 중년 이후의 진로에 관해 우리는 대체로 경험해 본 적이 없다. 학교에서도 다니던 직장에서도 어떻게 본인의 진로를 설정해야 하는지 가르쳐 주지 않는다. 중년 전직 지원 프로그램 도입의 필요성을 인식한 우리 정부도 2020년 5월부터 근로자 수 일정 규모 이상의 기업에 한해 만 50세 이상의 퇴직예정자를 대상으로 전직지원 프로그램 도입을 법제화하였다. 일정 규모 이상의 기업의 임직원이 성희롱 예방 교육이나 개인 정보보안 교육을 매년 받아야 하는 것처럼 이것도 강제 의무 규정이 되었다. 초기 단계라서 기업 규모를 비교적 큰 기업으로 제한하였지만, 단계적으로 기업 규모와 관계없이 소규모 영세 기업에도 중장년에 대한 퇴직예정자 전직지원 프로그램 도입은 법적 의무 사항이 될 것은 불 보듯 뻔하다.

코로나 사태 이후 4차 산업혁명 시대에 맞춘 산업 구조의 변화로 특정 업계에서 대량 해고 사태가 더 빈번해질 것으로 예상한다. 광화문 광장에 모여 연일 집회를 하시는 분들의 면면을 보면 일자리 보장이나 정규직 전환 등 노동문제 관련한 이슈가 어느 때보다 더 잦아지고 있다. 주된 일자리에서 밀려나는 시기가 더 빨라지고 산업 구조 변화에 맞는 새로운 일자리로 안착을 위해 우리에게 필요한 것은 재교육이다. 그동안 한 번도 인생 이모작을 경험해 보지 못한 우리 중년에게 닥친 변화에 대한 적응이 어색하겠지만, 적자생존을 위해 지금부터라도 차근차근 인생 2모작 혹은 3모작 방법을 습득해야 한다. 우리가 이미 나이가 많이 들었다고 전직과 진로 재설정에 관해 쉽게 포기하지 않았으면 좋겠다. 중년의 인생 2모작은 누구에게나 처음이고 어색하다. 늦었지만, 지금이라도 씨를 뿌려야 한다. 명예퇴직 후 최소 이십 년 이상을 일해야 하니 말이다. 이런 책을 통해서든 아니면 전직지원 관련하여 여러 기관의 도움을 청하든, 능동적으로 방법과 노하우를 찾기 위해 분주히 움직여야 할 시기가 곧 지금이다. 그 옛날 우리가 한창 현업에 있던 시절에 우리는 IMF 금융위기를 겪었고, 리먼 브라더스 외환위기 사태도 묵묵히 넘겨왔던 우리 중년이다. 이제 4차 산업혁명 시대의 도래로 우리는 하루하루 직장 생활의 위기를 맞이한다. 돌이켜봐도 경기가 좋았던 시절이나 한창 잘 나갔던 시절이 어디 있었던가. 매년 구조조정이니 명예퇴직이니 같은 무시무시한 말들만 듣고 우리는 직장생활을 해 온 것 같다. 지금의 청년층이 이 말을 들으면 그런 시절이라도 겪어 봤으면 좋겠다고 반문하겠지만, 그들과 다른 시대를 사는 만큼 청년층과 우리 중년층의 직장 직업 생활을 굳이 비교할 필요는 없다. 청년층도 나름의 애로가 많겠지만, 우리 중년도 피곤하기는 마찬가지다. 서로에게 심심한 위로가 필요할 뿐이다.

02
—

내 일(my job)을 찾기 위해
좀 다른 시각을 가져보기

◢◢◢◢

서울고용청에서 매일 중년들을 만나고 진로나 취업 관련 상담을 하고 강의하는 것이 한때 나의 일이었다. 매일 우리 중년과 시간을 함께하다 보니 나는 문득 중년만의 공통된 특징이랄까, 무언가 말로 표현하기 힘든 그런 것을 금세 간파하곤 했다. 굳이 말하자면, 중절모가 잘 어울릴 것 같은 '괜찮은 중년'과 '꼬장꼬장한 중년' 이랄까? 내가 말하고 있는 '괜찮고' 와 '꼬질꼬질한' 이란 단어의 차이는 겉으로 풍기는 외모나 경제력 혹은 교양 따위가 아니다. 그것은 바로 '정보 수용 능력' 이다. 외부 자극을 잘 받아들이고 인정하고 수용하며 바뀐 환경에 적응하려는 의지가 있는 중년이 곧 '괜찮은' 중년이요, 그 반대의 경우가 '꼬질꼬질한' 꼰대 같은 그들이라고 나는 속으로 말한다.

언젠가 우리 팀에서 스스로 퇴사한 직원이 한 명 있다. K라고 부르자. 40대 중후반의 여성 컨설턴트였다. 중장년 대상 진로 관련 강의를 아주 잘하셨던 분이다. 입사 전에는 프리랜서로 관련 강의를 하셨다고 한다. 전직(前職) 강사 출신이라는 직분에 관한 자부심도 대단했다. 강사의 일이란 대체로 프리랜서처럼 특정 조직에 속하지 않고 자신의 재능으로 먹고사는 경우가 많았을 테니, K는 자신이 가진 강사로서의 지식과 노하우에 관해 매우 자부심이 높았다. 하지만, 그런 자부심이 매우 지나치다는 점이 문제였다. K는 팀 업무적으로 폐쇄적인 태도를 보이곤 했다. 강의는 단지 수단일 뿐, 강의를 통해 수강생의 취업 동기를 독려하고 결국 그들의 재취업에 기여하고자 하는 것이 강의의 주된 목적이었다. 그게 곧 팀의 실적이었다. 그런 의도와 방향성을 가지고 강의의 일부 내용을 좀 수정했으면 좋겠다는 내 의견을 K는 전혀 받아들이지 않았다. 연배가 서로 비슷해서 그런지, 나 역시 조심스러운 피드백 자리였다. 강사 경력으로 치자면 그녀가 상급자였던 나보다 훨씬 더 선배라서 피드백을 가장한 나의 지적이 아마 K에겐 상당히 기분이 나빴을 수도 있다. 팀을 운영하는 리더로서 팀 목표와 방향성에 부합하는 방향으로 강의의 초점을 맞춰보자는 나의 조언은 합당했다고 나는 생각한다. 이런 일로 나와 K는 서로 보이지 않는 벽이 생기게 된 것 같다. 암튼 K는 입사 후 7개월을 못 넘기고 결국 자신의 길을 찾아서 퇴사했다. 지금 생각하면 K는 팀의 일원보다 혼자서 하는 프리랜서가 더 적성에 맞았을지 모르겠다. 물론 내가 '꼰대'였을 가능성도 있다.

그런 K에게 나는 아쉬운 점이 한 가지 있다. 상대가 비난을 목적으로, 혹은 상대의 자존심을 상하게 하거나 아니면 어떻게든 적절하지 못한 방법으로 지적을 했다면 그 자체로 문제지만, 그렇지 않다면 팀장이었던 내 의견을 받아들여 조금이라도 업무를 개선해보려는 노력을 K가 아예 배제했다는 것이 나는 좀 답답했다. K의 관점에서 보면 그간 해왔던 자기의 방식이 옳다고 생각할 수도 있다. 설령 그렇다 하더라도 제3자의 조언을 하나의 정보로써 받아들여 좀 더 유연한 상황 대처 능력을 보여줬으면 하는 아쉬움이 있다. 그녀는 자신의 업무 분야에 관한 고집을 넘어 아집이 대단했다. 고집은 자신의 주관, 주체성을 고수하는, 좋게 말하면 '장인 정신' 같은 느낌이라도 있지만, 아집이란 단어는 그 자체로 자신만의 우물에서 헤어 나오지 못하는 것 같은, 외부 정보를 받아들이려 하지 않는, 그런 답답한 어감이 들어 있는 것 같다. 세상이 변하고 있는데 자신이 경험해 온 것만이 진실인 양, 자신만의 방식과 습관을 진리라고 치부하면 새로운 자극을 받아들일 수 없다. 단단한 오렌지 껍질에 칼집을 내지 않으면 오렌지처럼 두꺼운 껍질은 손가락만으로는 까기 힘들다. 이런 경우 영원히 오렌지 속의 맛있는 과육을 맛볼 수 없다. 이처럼 우리도 오렌지 껍질처럼 단단한 머리 껍질에 칼집을 내어야 새로운 자극을 받아들일 수 있다. 머리를 말랑말랑하게 만드는 것을 넘어서 아예 칼로 틈새를 만들어서 새로운 자극을 받아들일 준비를 해야 하는 시대다.

상담 창구나 강의실에서 다양한 중년을 상대하다 보면, 흔히 말하는 '꼬장꼬장하신' 분들이 좀 있다. 이런 분들의 특징은 정보 수용성 여부라고 앞서 언급한 것처럼 남의 말을 잘 들으려 하지 않는다. 예전 자신의 경험만을 말씀하신다. 그런 경험이 곧 자신만의 성공 방정식이다. 그들은 당연히 새로운 정보나 자극에 매우 둔감하다. 하던 방식대로만 하려 한다. 옛날에 자신이 잘나가던 시절에서 벗어나지 못한다. 자신만의 우물에 갇혀 있다면 좀 부정적인 표현으로 '아집'이라고 나는 말하고 싶다. 흔히 나이를 잘 드신 분들의 성향을 보면 아집이란 단어의 느낌과 상반되는 것 같다. 우리 중년 모두가 세월 앞에 당당하며 나이를 잘 먹는 방법에 관해 익숙해졌으면 좋겠다. 이쯤 하면 매사에 딴지를 거는 '불편러'라 불리는 누군가가 내게 그러겠지. "너나 잘하시오."라고.

이제부터 아집을 버리고 다양한 정보를 받아들일 준비를 한번 해 보자. 세상이 변하고 있고 이제껏 내가 살아왔던 세상은 영화 〈트루먼 쇼(The Truman Show)〉에서 나왔던 세트처럼 모두 가짜였다고 생각해 보자. 이제 문을 열고 나가서 맞이하는 세상이 진짜

일 수 있다는 인식을 가져보자. 과거의 경험에 집착하지 말자는 말이다. 안 그래도 코로나 사태 이후 세상이 변하지 않았는가.

그럼 우리 중년이 어떻게 하면 다양한 정보를 받아들이고 창의적인 생각을 할 수 있을까? 이를 위해서 평소 생활에서 정보를 받아들이고 아이디어를 발견하려는 의식적인 노력이 필요하다. 아이디어나 창의적인 발상은 없는 것을 발명하는 것이 아니다. 기존에 있는 것을 '발견' 하는 것이다. 우선은 잘 관찰하고 기록하고 추리해 보는 과정의 연습이 필요하다.

가장 손쉬운 방법은 '컬러 배스 효과(color bath effect)' 라는 것이 있다. '색을 입힌다' 는 의미로 한 가지 색깔에 집중하면 해당 색을 가진 사물들이 비로소 눈에 띄는 현상이다. 평소에 무심하게 지나쳤던 것들이 무엇인가를 의식한 후부터 새롭게 보이기 시작한다. 어떤 것을 마음에 두고 사물을 대하고 있다면, 평소 염두에 둔 사항을 기준으로 상황을 인식해서 특정 사물에 대한 뇌 흡수율이 극대화한다는 이론이다. 특정한 이슈에 지속적인 관심을 두고 집중하고 몰입하면 세상이 달리 보이기 시작한다. 눈에 띄는 것들을 토대로 공통점과 차이점을 도출하게 되고 관심을 하나의 키워드나 질문으로 바꿔 혁신 아이디어를 탐색할 수 있다.(color bath effect-내 눈에 너만 보이는 이유, SERICEO-세상을 움직이는 법칙, 김민주)

아이작 뉴턴(Isaac Newton)은 '우주를 움직이게 하는 것은 무엇일까?'라는 주제로 매일 그 생각만 하던 차에 나무에서 떨어지는 사과를 보고 중력 현상을 주목하게 된다. 뉴턴이 만유인력의 법칙을 발견할 1665~1666년 당시에도 하필 코로나바이러스 같은 역병이 돌았다고 한다. 어차피 외부 활동이 단절된 상황이라 연구에만 더 몰두할 수 있어서 만유인력의 법칙을 발견했다는 후문이 있다.

아르키메데스(Archimedes)의 사례도 마찬가지다. '왕관은 정말 순금으로 만들어졌을까?' 이 생각에 집중하던 중 욕조에 몸을 담그면 몸의 부피만큼 물이 넘치는 것에서 해결의 실마리를 찾았다. 발명이 아닌 발견이다.

비슷한 심리학적 현상으로 '칵테일파티 효과(cocktail party effects)'라는 것도 있다. 분주하고 시끌벅적한 칵테일파티 현장에서 어디선가 내 이름이 불리면 그쪽으로 귀를 기울인다는 이론이다. 주변 환경에 개의치 않고 자신에게 의미 있는 정보만 선택적으로 받아들이는 현상이라고 한다.

지금 이 순간부터 '나의 직업' 혹은 '나의 일'에 관해 몰입해보자. 평소 무심하게 지나쳤던 일들도 내게 의미 있게 다가와 새로운 자극이나 직업적 아이디어를 줄 수도 있다. 단편적으로 생각나는 아이디어라도 스마트폰의 메모장 기능 등을 활용하여 기록하거나 관찰을 하거나 문득 생각이 난 아이디어에 관해 추가적인 관심을 기울이는 습관을 지녀보자. 창의적인 아이디어는 지식이 아닌 지혜에서 나오기 마련이다. 오전 9시에 출근해서 늦은 저녁이 되어야 퇴근하는 일자리만 생각하지 말고 파트타임(part time)으로 근무하는 일자리도 한번 고민해 보자. 한 달에 오십만 원 받는 아르바이트 일자리를 여러 개 가진다는 생각도 좋다. 내가 여태껏 해왔던 주된 일자리에서의 경험을 떠나서 주위의 다른 중년은 어떤 일들을 하고 있는지 관찰해 보는 것도 괜찮다.

우리 중년이 할 수 있는 일의 형태를 컬러 배스 효과에 근거하여 열거해 본다. 기존에 우리 자신이 해왔던 일의 연장선상이 아닌 일의 형태를 생각해 보자. 혹은 정규직이라는 울타리도 벗어나 보자. 예를 들면, 수십 년간 영업 경력을 쌓아온 중년이 그 경력을 살려 할 수 있는 일은 제한적이다. 세상이 바뀌어서 이제 영업도 과거처럼 대면 영업보다 온라인을 통한 영업 행위가 빈번해졌다. 그간 익숙했던 정규직만 고집한다면 나의 일 찾기 관련 창의적인 아이디어는 더 제한된다. 나이가 들어도 할 수 있는 정규직 영업 사원의 일자리가 과연 얼마나 될까? 업종을 불문하고 우선 고용 형태만으로도 아래처럼 구분을 할 수 있다.

| 재취업<br>[동일 업종, 동일 직무]<br>[동일 업종, 다른 직무]<br>[다른 업종, 동일 직무]<br>[다른 업종, 다른 직무] | 전문 계약직 | 창직(創職) |
|---|---|---|
| | 1인 지식기업 | 사회공헌활동 |
| | 창업(점포, 외주, 기업) | 귀농, 귀촌, 귀어 |

위에 나열한 고용 형태에 업종까지 더해지면 무수히 많은 일자리 조합이 만들어진다. 전자제품 영업사원이었던 한 중년이 영업이라는 직무는 같아도 가구 업체나 편의점 업계 등으로 업종을 바꾸어 재취업할 수 있다. 전(前) 직장 거래처인 전자제품 대리점주의 OB 멤버로서 창업을 할 수도 있다. 예전 직장에서 판촉물을 만들거나 홍보 광고를 대행하는 대행사로 외주 창업도 할 수 있다. 자신의 영업 업무 경력을 살려 중소기업에 경영지원 자문을 해 주는 프리랜서 1인 지식 기업으로도 일해 볼 수 있다. 영상 콘텐츠에 자신이 있다면 유튜버로서도 활약할 수 있다. 정규직만 고집하지 않으면 이처럼 자신의 경력의 연장선상에서 많은 일자리 아이디어를 생각해 볼 수 있다. 주저앉지 않고 현업에서 뭐라도 하고 있다면, 그것이 발판이 되어 자신의 직업 영역이 서서히 확대될 수 있다. 처음부터 안정된 중년 일자리란 없다고 생각하면 마음 편하다. 무엇이든 단계와 과정이 있다. 중년의 귀농, 귀촌, 귀어 또한

최근 직업 전환의 경향성이기도 하다.

위에서처럼 직업 형태별로 쉽게 나열은 했지만, 우리 중년이 업종을 바꾸어 재취업을 하는 것이 현실적으로 쉬운 일은 아니다. 중년 취업 문제는 개인만의 문제가 아니기 때문에 정부도 적극 지원에 나서고 있다. 정부는 중장년층을 대상으로 평생 직업훈련 교육 정책을 진행한다. 양질의 일자리가 점점 줄어들기 때문에 구직자에게 일자리를 구해주는 것을 넘어서 정부는 고용, 복지, 교육, 훈련을 연계하는 정책을 펴고 있다.

우리나라의 고용 연계 개념은 독일의 권터 슈미트(Gunther Schimid)라는 학자가 주장한 '이행 노동시장(Transitional Labour Market)' 이론에 기반을 두고 있는 것 같다. 이행 노동시장 이론은 교육, 고용, 복지의 연계망을 구축하면서 국민이 실업 상태에 놓였을 때 재교육과 복지혜택을 맞춤형으로 신속히 제공하는 친고용 정책을 말한다. 노동시장은 급속하게 변화하고 있고 양질의 일자리는 점점 부족해지므로 고학력 구직자가 눈높이를 낮추더라도 우선 근로 현장에 머물게 하고, 대신 재교육과 복지혜택으로 일자리 질의 양극화를 보강한다는 정책이다. 정부도 고용률 확대를 위해 나름대로 고민과 실행을 하는 것 같다. 얼마 전 이슈가 되었던 '광주형 일자리'가 좋은 사례인 것 같다.

광주형 일자리란 광주광역시가 지역 일자리를 늘리기 위해 고안한 사업으로, 기존 완성차 업체 임금 기준으로 근로자에게 절반 수준의 임금을 지급하는 대신 임금 차액은 정부와 지방자치단체가 복리후생비 지원을 통해 보전한다는 일자리 창출 사업이다. 2019년 1월 30일 광주시와 현대차 간 합의안이 의결되고 31일 협약식이 개최되면서 사업의 첫발을 내디딘 사업이다.

혹자는 또 이런 일자리 사업을 정부가 저임금의 낮은 일자리만 늘린다고 불평할 수도 있다. 모두가 만족하는 정책은 없는 것 같다. 이행 노동시장 이론에 근거한 고용복지 연계망 정책은 최선은 아니더라도 정부가 현 상황에서 그나마 선택할 수 있는 차선책이다. 가난은 나라도 못 구한다는데 일자리 문제를 정부 정책 탓으로만 돌리지 말고 현 상황에서 내가 취할 수 있는 최선의 답안을 찾는 것이 현명하다. 익숙하지 않은 산업 현장으로 진입을 위해 재교육이 필요하거나 재교육 기간 동안 유발하는 비용 문제나 복지 수요 문제가 발생한다면, 주저 없이 정부로부터 내가 받을 수 있는 혜택이 무엇이 있는지 우선 탐색하고 다가가는 노력이 필요하다. 각자 괜찮은 중년이 되기 위해서 정보 수용 능력을 강화해 보자. 뒤에서 정부 정책 탓만 하는 꼬질꼬질한 중년이 되지 않기를 기원한다.

03
—

# 직업 확장 아이디어

◀◀◀

정규직이니 비정규직이니 같은 직업의 형태
에 따라 다양한 입직의 길이 있음을 확인했다. 이번엔 본인의 직
업 경력을 바탕으로 직업 확장에 관한 아이디어를 제시한다. 예를
들면, 다음의 그림을 보자.

2019년에 출간한 신상진 님의 저서 〈제2의 직업〉에서 나왔던
도표를 나름대로 수정하여 삽입했다. 인사 전문가와 건축 설계사
만 예시로 삼았는데, 모든 직업을 위 그림처럼 확장해서 생각해
볼 수 있다.

한 기업의 인사팀에서 인사 업무 전문가로 경력을 쌓은 중년
이 있다고 치자. 인사 업무 담당자는 조직 내에서 아래 그림처
럼 다양한 업무를 경험한다. 흔히 인적 자원 관리라 부르는
HRM(Human Resources Management)이란 분야와 인적 자원 개발이

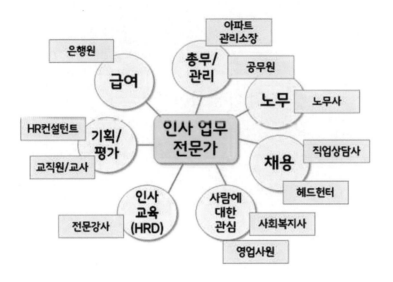

〈출처 : (제2의 직업, 신상진, 한스미디어)〉

라 불리는 HRD(Human Resources Development) 두 업무 분야로 크게 나눈다. 영어 단어의 뜻 그대로 인적 자원 관리란 급여나 총무 혹은 인사평가 같은 일상적인 인사 관리적인 업무를 말한다. 반면, 인적 자원 개발 분야는 직원 역량 강화 교육이나 직원 동기부여를 증진하는 프로그램 개발 관련 업무다. 두 분야에서 다시 세부적으로 들어가면 위 그림처럼 총무·관리, 급여, 기획·평가, 교육, 채용 등 다양한 형태의 업무로 분화한다. 조금만 생각을 확장해 보면 인사팀에서 했던 업무를 바탕으로 연관한 다른 직업을 유추해 볼 수 있다.

가령, 인사·교육 업무에 정통했던 사람은 퇴사 후 그 경험을 살려 외부 전문 강사에 도전해 볼 수 있다. 전문 강사는 우리가 입직 경로를 잘 모르는 탓에 첫 입직은 쉽지 않지만, 일단 입직을 하게 되면 본인의 강의 실력 여하에 따라서 입소문은 금세 날 수 있다. 프리랜서든 어느 기업 소속이든 전문 강사에게 긍정의 입소문은 더할 나위 없이 소중한 자산임이 틀림없다. 참고로 서울시50플러스재단(50plus.or.kr)의 교육 프로그램 중 강사 양성과정이 있다. 이런 교육을 이수하면 전문 강사로 데뷔할 수 있는 길이 있다.

같은 방식으로, 인사팀에서 채용 업무를 주로 경험했다면, 그 경험을 살려 퇴사 후 기업이나 단체 소속의 직업상담사나 개인사업자인 헤드헌터 등으로 입직을 할 수 있다. 물론 직업상담사는 국가자격증을 따야 한다. 직업상담사 자격증은 1급과 2급이 있는데 현업에 입직하려면 2급 자격증이면 충분하다. 직업상담사 자격증 취득 과정은 그리 어렵지 않다. 사설 학원에 다니면서 따로 몇 달 열심히 공부하면 취득 가능한 자격증이다. 학습 능력에 따라 개인차는 좀 있겠지만, 응시자 대비 합격자 수를 감안하면 취득 난이도가 그리 어렵지 않은 자격증이다. 직업상담사 자격증을 보유하고 최소 몇 개월 정도 상담 업계나 취업 알선 관련 분야에서 실무 경력만 쌓으면 급여는 낮아도 좀 길게 직업 생활을 유지할 수 있는 기업에 입사할 수 있는 장점이 있다. 직업상담이란 무릇 나이와 일 경험이 풍부할수록 유리하기 때문이다. 본인의 직업 성향이 좀 더 공격적이라면, 헤드헌터로 입직도 괜찮다. 헤드헌터는 일종의 개인사업자다. 헤드헌터의 고용 형태에 관해 장단점과 개인적 호불호가 있지만, '실력=보수' 체계가 확실한 직업군이다.

인사 업무 경력자라면 대체로 사람에 대한 관심과 배려심이 많을 수 있다. 그런 분이라면 사회복지 분야로 전직을 꾀할 수도 있다. 고령화 사회를 살면서 복지 관련 업무 담당자의 수요는 날로 늘어가고 있다. 인사 업무 경험을 바탕으로 사회복지사 자격증을 취득한다면 관련 분야로 전직에 훌륭한 자산이 된다. 중장년이 된 후 이직과 전직에 관한 전제조건으로 전 직장과 비슷한 급여나 처우 혹은 정규직 같은 안정적인 고용 형태를 고수한다면 기회는 많지 않다. 눈높이를 낮추거나 직업군에 관해 더 넓은 시야를 확보하는 것이 중요하다. 눈높이가 낮은 곳에 또 다른 길이 있을 수 있다는 마음의 유연성을 한번 가져보자. 고학력, 고령화 시대에 우리 눈높이에 맞는 일자리의 수는 언제나 부족하다는 점을 기억하자. 우리 중년이 직업을 바꾸는 전직 과정에서 처음에는 비록 낮은 곳에서부터 시작하지만, 단계를 거치고 시간이 흘러 더 높은 곳으로 자리하게 될 것을 필자는 의심하지 않는다. 무엇이든 숙성의 과정이 필요한 법이다.

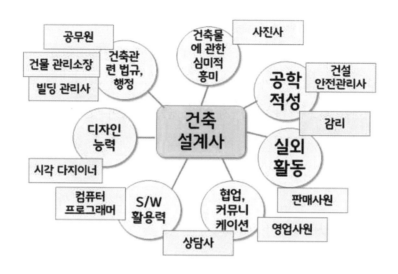

〈출처 : (제2의 직업, 신상진, 한스미디어〉

위의 그림도 마찬가지다. 건축 설계사 경력을 가진 한 중년의 직업 확장에 관한 아이디어다. 건축 설계사로 경력을 쌓은 중년이라면, 건축과 관련한 분야뿐만 아니라 다양한 직무를 이미 경험한 사람이다. 건축 관련 법규나 행정 절차를 많이 경험했을 것이고, 건축 관련 컴퓨터 소프트웨어를 활용하여 건축물을 디자인하는 능력도 있을 것 같다. 건축물에 관한 미적 흥미도 있을 것으로 예상할 수 있고, 엔지니어링이라 불리는 공학적 적성도 있을 것으로 생각할 수 있다. 또는 건축 설계에 필요한 다양한 분야의 사람과 협업을 할 수 있는 커뮤니케이션 경험도 많을 것 같다. 이제는 어떤 한 분야만 잘해서 직업을 유지할 수 없는 시대다. 이처럼 대부분의 직업에는 그와 연관한 직무가 다양하게 연결되어 있다. 전직 건축 설계사가 그가 가진 건물을 보는 미적 감각을 살려 사진가로 전직하는 것도 그리 어색하지 않다. 중년이 많이 입직해 있는 빌딩이나 건물 관리인 같은 직업 분야도 마찬가지다. 건축 설계에 관한 경력이 있는 사람이라면 여타 다른 직무 경험을 가진 이보다 유리할 수도 있다. 내가 쌓아온 일 경험을 어떤 분야로까지 확장해 볼 수 있는지 컬러 배스 효과에 근거하여 평소에 아이디어를 도출해 보는 것과 정보에 관한 유연한 사고를 가지고 실천해 보는 것이 핵심인 것 같다. 그 이후에 전개될 상황은 여러분들의 노력과 운에 맡긴다.

# 04

## 한 번에 되는 일은 없다

▲▲▲

먹고사는 문제에 적성과 재능을 따지는 건 사치일까? 근 이십 년을 적성이나 재능과 무관한 전자제품 영업사원으로서 보낸 세월은 지금 생각해 봐도 내게는 참 인고의 세월이었다. 직장생활을 잘 해내지 못했지만, 그래도 꾸역꾸역 이십 년을 버텼으니 이제는 사치를 좀 부려도 된다고 나 스스로 한때 위로했었다. 사십 중반에 이르러서야 나는 드디어 전자제품 영업사원을 그만두었다. 이제 좀 쉬면서 제2의 인생 진로를 설계해 보기로 마음먹었다. 이후의 진로에 관하여 옆에서 조언해 주는 사람도 딱히 없었다. 퇴사 후 진로가 정해진 것도 아니었다. 인터넷 취업 포털사이트에 이력서를 올려보니 보험회사 영업사원이나 무슨 다단계 회사 같은 곳에서 판매실적에 연동해서 자기 월급을 받아가는 그런 일자리 제안만 왔다. 그런 일자리가 나쁜 일자리가 아니라 영업사원이 싫어서 그 분야를 떠났기에 필자는 영업사원에 더는 미련이 없었다. 역시 일자리 제안은 관련 경험이 있던 분야의 업계와 직무로만 한정되었다. 나는 그런 영업을 하는 입사 제안에 일절 답변을 하지 않았다. 다시 원점으로 돌아갈 수는 없는 노릇이었다.

퇴사 후 나는 고용노동부로부터 실업급여를 받으며 구직활동을 하던 중, 운명적으로 한 직업상담 컨설턴트를 만나게 되었다. 내 나이 또래의 중년 여성이었다. 그분과 몇 차례에 걸쳐 이런저런 진로 관련 이야기를 하면서 나는 갑자기 이런 생각이 들었다. '나도 저분처럼 남의 말을 잘 들어주는 상담사 일을 하면 어떨까, 왠지 잘할 수 있을 것 같은데.' 맞은편에 앉아계신 그 상담사분께 당신이 하는 일을 하려면 어떻게 해야 하냐고 내가 물었다. 그분은 친절하게 자신처럼 직업 진로 상담사가 되는 방법에 관해 구체적으로 내게 답변해 주었다. 직업상담사라는 국가 자격증을 우선 따고, 관련 분야에 입직하여 약간의 경험을 쌓으면 된다고 그분은 내게 친절히 말해 주었다. 간단해 보였다. 나는 그길로 직업상담사 2급 자격증을 취득하였다. 직업상담사 자격증은 사람마다 차이는 있겠지만, 학원에 다니면서 도서관에 처박혀 몇 개월 정도만 공부한다면 딸 수 있는 정도로 그리 어렵지 않았다. 고용노동부 내일배움카드라는 상담 창구를 통해서 학원비도 지원받았다. 그렇게 어렵지 않게 직업상담사 자격증을 따고 나는 곧바로 직업 진로 상담 컨설턴트 자리로 입직을 추진하였다. 각종 취업포털 인터넷 사이트에 직업상담사 자격증을 추가한 내 이력서를 등록하고 이곳저곳 직업상담사를 채용하는 회사에 입사 지원을 했다. 당시 고용 사정이 안 좋아서인지, 직업상담사를 채용하는 회사는 무척 많았다. 금세 이 분야로 취업할 수 있을 것 같았다.

지금에야 안 일이지만, 직업상담 업계의 고용 계약 형태는 99%가 기간제 계약직이었다. 직업상담사를 채용하는 회사들은 매년 고용 재계약을 해야 하기 때문에 인터넷만 열면 언제나 채용하는 기업이 넘쳐났다. 그만큼 입 퇴사가 빈번한 업종이기 때문이었다. 나는 앞서 언급했듯이 몇 개월에 걸쳐 그 방면으로 약 수백여 업체에 입사 지원을 했다.

하지만, 기대와 달리 내가 응시했던 그 수백여 개의 기업은 내게 전혀 회신을 주지 않았다. 약 이십 년간 대기업과 굴지의 외국계 기업에서 영업사원을 했고, 직업상담사 자격증도 취득했다. 사람을 상대하여 직업 진로 컨설팅을 하려면 나처럼 적당히 나이가 있는 것도 그리 불리하지 않아 보였다. 그럼에도 이상하리만큼 정말 단 한 군데의 기업에서도 내게 연락이 없었다. 채용은커녕 면접 제의조차 없었다. 내가 입사 지원한 회사들은 나를 불러주지 않는 이유를 당연히 알려주지 않았다. 그렇게 약 1년을 깜깜이 세월로 흘려보냈다. 정답을 모르니 더 답답한 상황이 지속되었다. 그간 벌어놓은 생활비도 거의 바닥을 드러냈다. 아내도 그즈음 나를 곱지 않은 눈으로 보기 시작했다.

너무 답답해서 나는 용기를 내어 예전에 내게 직업상담사를 권했던 고용노동부 상담사를 다시 찾았다. 그분은 내게 작은 힌트를 주었다. 직업상담사 자격증은 있으나 상담 관련 업무 경험이 없어서 채용 기업에서 불러주지 않는 거라고 말했다. 그분의 조언에 의해 나는 이력서와 자기소개서 내용을 좀 바꾸어 보기로 했다. 영업사원 활동 경험도 곧 사람을 만나고 상담을 하는 업무이니, 상담능력을 과거 내가 해왔던 직무와 연관하여 정성 들여 이력서와 자기소개서를 수정하여 작성하였다. 그 수정한 이력서와 자기소개서로 다시 여러 회사에 입사 지원을 반복하였다. 이번에는 그래도 소수의 몇 군데 회사에서 면접 제의가 있었다. 나름대로 고무적인 일이었다. 앞서 중년 채용시장의 법칙에서 언급한 것처럼, 나의 다양한 업무 경력이 지금 입사 지원하는 업무와 어떻게 연결이 되는지, 그래서 내가 어떤 일을 할 수 있는지를 이력서와 자기소개서에 잘 풀어서 설명하는 절차가 반드시 필요하다.

물론 면접에서는 모두 낙방했다. 사십 중반에 이르러 관련 분야 경력이 전혀 없는 신입사원으로 입직을 하는 것이 그리 쉬운 일은 아니었다. 그래도 몇 군데 회사에 직업상담사 신입사원 자격으로 면접을 보러 다니면서 나름대로 이 분야에 입직을 할 수 있는 가능성이 보이기 시작했다. 당시 같이 면접을 보러 온 이미 업계 경험이 많은 면접 대상자들과 이런저런 업계의 이야기를 나누면서 나는 이 업계의 채용 동향과 입직 방법에 관해 눈이 트이기 시작했다. 직업상담사가 되는 것은 내겐 직장이 아닌 직업을 바꾸는 전직(轉職)이었다. 한 번에 되는 일이 없듯이, 처음부터 쉽지 않으리라 생각했지만, 역시 이 업계도 나름의 진입장벽이 튼실했다.

과연 뜻이 있는 곳에 길이 있다는 말이 맞았다. 전직을 위해 준비했던 인고의 세월이 흐르면서 내게도 어느덧 기회가 찾아왔다. 어느 날 나는 전화를 한 통 받았다. 온라인 사이트에 입사 지원을 해 놓은 것을 보고 연락했다고 상대는 내게 말했다. 자신을 경기도 건설노조의 사무부장이라고 소개했다. 건설노조에도 일용직 건설근로자를 건설 현장에 취업 알선하는 취업 알선기관이 있다고 사무부장이란 사람은 내게 말했다. 내가 원했던 상담이나 진로 컨설팅에 관한 일이 아닌 단순 취업 연계나 구직 알선이지만, 언젠가 고용노동부 상담사가 말했던 '관련 분야 경험'을 쌓기에 나쁘지 않을 것 같았다. 노조 중에서도 비교적 강성으로 소문난 건설노조에서 일해야 한다니 나는 마음이 썩 내키지 않았다. 우선 면접이라도 보자는 마음에 나는 경기도 건설노조 사무실을 찾았다. 지하철 분당선 태평역에서 가천대역 사이에 태평고개라고 있었다. 그 고갯마루에 있는 허름한 4층 건물 중 2층에 건설노조 사무실이 있었다. 그 건물의 외관과 주변 분위기를 살펴보고 나는 발길을 돌리려 했다. 정말 곧 쓰러질 것 같은 낡은 건물이었다. 3, 4층은 외국인 결혼 전문 알선회사 선팅이 붙어있었지만, 언제부터 영업을 안 했는지 알 수조차 없을 만큼 오랫동안 방치되어 온 흔적이 역력했다. 건물의 절반은 입주자가 없는 그런 유령 같은 건물이었다. 나는 그대로 발길을 돌리려는 순간, 뒤에서 건설노조 로고가 새겨진 조끼를 입은 한 사내가 나를 잡았다.

"취업 알선센터 면접 오신 분인가요?"

나는 잠시 머뭇거리며 아니라고 하고 그냥 집에 갈까 하고 마음먹기도 했지만, 나도 모르게 '예'라고 짧은 답변이 내 입에서 흘러나왔다. 사내는 '올라갑시다' 하며 나를 이끌고 2층으로 올라갔다. 면접 시간은 아주 짧았다. 건설노조 사무부장인 면접관은 이력서와 자기소개서만으로 이미 나를 낙점해 놓은 양, 특별한 결격 사유가 있는지 없는지만 대충 확인하고 바로 다음 날부터 출근하라고 그는 내게 말했다. 그간 고생했던 것에 비하면 너무 손쉬운 합격이었다. 나중에 안 일이지만, 거기 취업 알선센터 전임자가 여자였는데 대체로 험하게 살아오신 건설 일용직 남자 근로자와 때때로 시비가 붙어서 서로 고소 고발하는 등 해프닝이 잦았다고 했다. 아무래도 건설노조 측에서는 여성은 이런 거친 곳에 어울리지 않는다고 판단해서 그분 후임으로 무조건 적당히 나이가 있는 남자로 선발해야 한다는 기준을 일찌감치 가지고 있었다고 한다. 직업상담사 업계는 고용 계약이 대체로 1년 단위며 급여 수준도 높지 않아서 업계에는 남자가 귀했다. 1년이 넘도록 나는 이 업계로 입직을 위해 그렇게 힘들었지만, 막상 그날 입사 성공은 정말 어이없이 쉽게 이루어졌다. 운이 좋다고 말해야 하나, 꼭 그렇지마는 아닌 게 급여가 너무 형편없었다. 최저임금 수준이었다. 애초에 많은 월급을 기대한 건 아니지만, 막상 취업해 놓고 보니 너무 적은 급여에 그리 기분이 좋지는 않았다. 사람 마음이란 것이 참 이렇게도 간사하다고 생각하며 면접을 마치고 건물을 빠져나오며 나는 쓴웃음을 지었다.

2016년 5월, 나는 이십 년간 해왔던 대기업과 굴지의 외국계 기업에서 전자제품 영업 팀장급의 높은 연봉을 받다가 당시 월급 세후 163만 원이라는 최저임금으로 건설노조 취업 알선센터 상담원이 되었다. 1년 넘게 공백기를 거쳐 중년에 이르러 겨우 취업 알선 상담원으로 둥지를 틀었다. 시작은 정말 미약하였다. 그곳에서 나는 건설 일용직 형님들과 인생의 희로애락을 공유해가며 1년 8개월을 보냈다. 그렇게 보냈던 취업 알선 상담 경력 1년 8개월은 내가 더 앞으로 나아갈 수 있는 기반이 되어 주었다. 이 경험이 징검다리가 되어 그 이듬해에는 서울 한복판 을지로 2가에 위치한 서울고용노동청 중장년일자리희망센터라는 공공기관에서 센터장이라는 직함을 가지며 좀 더 나은 환경에서 일을 할 수 있었다. 이곳에서 일하면서 노사발전재단 장년고용협의체 운영위원이란 직함도 얻었고, 서울시50플러스재단 중장년 인턴십 사업 자문위원으로 선발되기도 했다. 역시 개인의 능력과 관련 없이 자리가 사람을 만드는 것 같았다. 적당한 나이에 이런 직함도 얻으니 중년 전직에 성공한 것처럼 보이지만, 다시 시련이 찾아왔다. 중년을 대상으로 생애경력설계 관련 강의도 열심히 했고 취업 알선에도 열을 올렸지만, 결국 당해 팀 취업 실적이 부진하여 2020년 1월에 고용계약 해지로 나는 다시 실업자 신세가 되었다. 이른바 실적 부진 책임으로 '잘린' 것이다. 내가 맡았던 중장년일자리센터라는 기관이 서울고용청에서 2018년 5월에 개설한 신생 조직이라 당장 1~2년 사이에 이렇다 할 취업 실적을 내기는 어려운 환경이었다. 마침 자리를 잡아가고 있던 차에 조금 더 시간을 들인다면 좋은 성적을 낼 수 있을 것 같았다. 하지만, 내가 속한 조직의 임원들은 내 생각과 많이 달랐다. 이제 좀 직업 진로 상담 분야로 안착하여 자리를 잡나 싶었지만, 역시 내 마음대로 되는 일은 없었다.

이런 상황을 유명한 김창옥 강사는 그의 포프리쇼 강연에서 고기를 굽는 상황으로 비유했다. 김창옥 강사 본인도 일이 잘되다가 돌연 안 좋은 쪽으로 반전하는 이런 상황을 많이 겪었다고 했다. 그때마다 그는 소고기든 돼지고기든 한 번에 구워서는 먹을 수 없다고 말했다. 제대로 먹으려면 굽고 있는 고기를 몇 번은 뒤집어야 한다고 했다. 나는 이런 상황을 전직 시장에서의 진입장벽이라는 단어를 썼는데, 굽고 있는 고기를 뒤집어야 제대로 먹을 수 있다는 그의 비유는 절묘했다. 익숙한 일도 아닌 새로 시작하는 일인데 생각한 대로 쉽게 풀릴 리가 없다. 익힌 고기를 먹으려면 뒤집어야 하고 익는 데까지 시간도 걸린다. 프라이팬의 중심부에서 익고 있는지 아니면 주변부에서 익고 있는지에 따라서도 익는 속도가 차이가 나기 마련이다. 나의 상황으로 말하면, 프라이팬 주변부에서 아직 한 번도 뒤집히지 않은 상태로 언제 익을지 모를 시간을 견디는 중이다. 비록 타의에 의해 퇴사를 했지만, 그래도 근무 시절에 여러 경험과 인맥을 쌓았다. 나의 경력에 치명타를 입은 것은 아니니 몸을 추슬러 다시 도약할 발판을 마련해 볼 수 있으니 그나마 다행이다.

중년이든 아니든 그간 해왔던 직무와 판이한 분야의 업무에 적응하기는 쉽지 않다. 코로나 사태 이후 직업 환경이 바뀌고 있으니 정말 운 좋은 중년이 아니라면 그간 해왔던 익숙한 일이 아닌 전혀 다른 분야의 일을 해야 할 가능성이 크다. 우리 중년은 그 쉽지 않은 변화에 직면해 있다. 직업을 바꾸는 것, 이른바 전직(轉職)은 내가 하고 싶다고 할 수 있는 것만은 아닌 것 같다. 내가 경험했던 것처럼 연봉이 많든 적든, 근로 환경이 좋든 아니든, 분야마다 진입장벽이 존재한다. 나이가 들면 들수록 업계 내부자는 이방인의 접근을 본능적으로 꺼리는 것 같다. 내가 쌓은 직무 경험이 관련 분야와 직접적인 연관이 없다면 채용 시장에서는 모조리 무시된다. 중년이라도 속절없이 신입사원 신세가 된다. 기업에서 나이 많은 중년의 신입사원을 반길 이유가 없다. 중년의 신입사원이라도 업무에 조금만 적응해서 그 분야의 기술을 익히면 중년 나름의 내공이 더해져 더 큰 성과를 낼 수도 있는데 이런 가능성이 업계 내부적으로 통제되어 있다. 전직 시장에서 업무와 직접 연관이 없는 중년의 내공과 노하우는 시작 시점에서는 깡그리 무시된다. 국가적 낭비랄까. 이런 부분이 나는 너무 안타깝다.

우리 중년의 재취업이나 인생 2모작 3모작 방법론에 관하여 컨설팅을 하는 것이 한때 나의 일이었다. 당연히 여러 경로를 통해 우리 중년이 인생 재도약에 성공한 사례를 나는 많이 접하곤 한다. 그들의 성공 사례를 면면이 들여다보면 뚜렷한 공통점이 있다. 그것을 아래의 한 줄로 요약하고자 한다.

'한 번에 되는 일은 없다.'

사업을 하거나 창직(創職)을 해서 성공한 중년, 혹은 한 곳에서 정년퇴임을 한, 더는 일자리가 필요치 않은 아주 드문 경우의 중년을 제외한 대부분은 생애설계를 위해 일자리가 필요하다. 산업 구조가 변해서든 다른 이유든 우리 중년은 이미 자신이 해왔던 직무 경험과 사뭇 다른 분야에서 일해야 하는 경우가 많다. 나처럼 전국의 도소매상을 찾아다니며 전자제품 영업을 했던 영업사원의 일은 온라인 시장에 밀려 대폭 축소되거나 사라진다. 열 명이 하던 일이 이제 한 사람이면 충분하다. 코로나바이러스나 미세먼지로 인해 이제 공원에서 자전거를 타는 사람은 점점 줄어들 수 있다. 그러면 자전거를 만들거나 팔던 사람들은 앞으로 무엇을 해야 할까. 평생 택시 운전을 하셨던 기사분도 마찬가지다. 우리는 원하지 않게 사회 구조 변화와 맞물려 직업 전환의 시기를 맞이하게 된다. 당연히 누구에게나 직업을 전환하기 위해 준비 과정이 필요하다.

어떤 경로를 거치든 중년에 들어서 새 직업을 가지는 일은 한 번에 잘 되지 않는다. 굽던 고기를 여러 번 뒤집는 과정과 익히는 시간을 거쳐서 서서히 제2의 직업에 안착하는 경우가 대부분이다. 부장, 상무, 전무, 이사 등 우리 중년이 최종적으로 머물렀던 직장의 직함에 관한 미련을 버리지 못한다면, 여간해서는 예전의 영화를 다시 누리지 못할 확률이 높다. 나이 오십 육십에도 명문대 출신에 어느 기업체 고위 간부였다는 사실만 소구한다면, 그분은 영원히 실업자 신세를 면치 못할 가능성이 높다. 이십 년 삼십 년 전부터 우리 중년이 쌓아 올린 경험과 경력은 내공이나 일을 대하는 노하우 면에서 더할 나위 없이 훌륭하겠지만, 산업 환경 변화가 너무 급속해서 중년이 가진 업무 분야 경력은 지금의 직무 환경과 잘 맞지 않을 확률이 높다. 이렇든 저렇든 중년의 인생 재도약을 위해서는 동종 업계 이직보다 다른 직무 환경으로 전직을 하는 경우가 더 빈번할 수 있음은 주지의 사실이다.

먹고사는 일이란 마음먹은 대로 한 번에 잘 되지 않는다. 2~30대 젊었던 시절부터 이 단순한 원리를 우리가 잘 몰랐을까. 젊음의 패기와 열정을 앞세워 안 될 것이 없을 것처럼 질풍노도의 시기를 보냈건만, 중년이 되어서 우리에게 남은 것은 '아, 역시 한 번에 잘 되는 일이란 없구나.' 라는 짧은 탄식뿐이다. 이러니 중년 삶의 무게에 자연스레 머리가 숙여진다. 우리는 언제쯤 이런 먹고사는 문제로부터 탈출할 수 있을까. 그날을 부질없이 기다려 본다.

### 제 5 장

중장년이 꼭 알아야 할
직업정보 탐색법

PART

05

"재취업을 하고자 하는 우리 중년은
어떻게 대처해야 할까"

구직난이자 구인난 시대다. 양립 불가한 이
두 단어의 모순을 어떻게 설명해야 할까. 실업자는 넘쳐나는데,
막상 기업은 사람을 못 구하고 있다. 많이 실례인 점은 알지만, 이
해를 돕기 위해서 우리 중년을 중고차에 비유해서 채용시장의 원
리를 설명하고자 한다. 중고차 시장에 나온 차들의 외형은 정말
매끈하다. 기술 발전과 맞물려 내구성도 이전보다 훨씬 더 좋아졌
다. 잘 고른 중고차라면 구매자 측면에서는 그야말로 '득템'이다.
비록 중고차라도 돈거래가 되는 상품이기 때문에 외형상 하자가
없어야 하는 것은 판매자나 구매자로서 필수 조건이다. 중고차를
구매하려는 구매자는 나름의 이유가 있어서 중고차 시장을 방문
한다. 그 이유란 당연히 돈 문제다. 가격 대비 성능(효율), 이른바
'가성비' 혹은 '가심(心)비'를 중요시하는 사람이다. 판매자는 차

를 팔아 마진이 남아서 좋고, 구매자는 중고라는 단점을 감내하는
보상으로 신차 대비 매우 저렴한 가격에 차를 구매해서 판매자와
구매자가 모두 좋다.

　일견 양자에게 모두 좋은 거래 같지만, 중고차 거래가 가지고
있는 근원적인 문제점이 있다. 바로 차의 내부 상태에 관한 신뢰
문제다. 외형상 멀쩡한 차라도 구매자와 판매자 양자 모두 그 차
의 속까지는 알 수가 없다. 차가 가진 사소한 문제점은 중고차 시
장에 차를 내놓았던 원주인만 알 뿐이다. 고속도로 장거리 주행
시 엔진이 한 번씩 꺼진다든지, 시운전에는 절대 알 수 없을, 차
주인만 알 수 있는 이상한 소음 발생 같은 문제도 있을 수 있다.
중고차 구매자 측면에서 이런 문제는 아주 신경이 쓰인다. A/S 센
터에 가도 해결되지 않을 그런 애매한 문제가 중고차에 많이 있을
수 있다. 그런 문제를 신경 쓰기 싫어서 제값을 지불하고서라도
새 차를 구입하는 사람도 많다. 만약 차에 무언가 하자가 있다면
차를 시장에 내놓은 차 원주인도, 그 하자를 인지하고 있든 아니
든, 중고차 매매상도 그런 점을 절대 구매자에게 발설하지 않는
다. 이를 '정보의 비대칭성'이라고 하는데 바로 이것이 중고차 시
장이 좀 더 활성화하지 못하는 치명적인 이유다.

　중고차 거래시장에 있어서 정보의 비대칭성 상황은 그 유명한

'죄수의 딜레마(prisoner's dilemma)' 이론에서의 상황과 비슷하다. 서로 격리되어 정보가 통제된 상황에서 각자 심문을 받아야 하는 범죄 용의자들에게 '버티기'와 '자백'의 선택지는 매우 가혹하다. 다들 알겠지만, 범죄 공범자들이 각자 무죄를 주장해서 버티면 '적당한' 형량을 받을 것이고, 공범자 중 한 사람이라도 더 낮은 형량을 받기 위해 범죄 사실을 실토해서 양자의 반응이 갈리게 되면 용의자들은 연대책임으로 더 무거운 형량을 받게 된다. 한마디로 이러지도 저러지도 못하는 딜레마 상황이다. 이처럼 범죄의 딜레마 상황에서 자신의 이익만을 고려한 선택이 결국에는 자신뿐만 아니라 상대방에게도 불리한 결과를 유발하는 상황이 발생한다. 중고차 시장도 그와 다르지 않다. 원주인이나 판매상은 상품이 가지고 있는 사고 경력이나 차량 내부의 기계적 문제점이 혹시 있다면 구매자에게 그 사실을 숨길 수밖에 없다. 중고 매매상과 차량 원주인은 차를 처분하여 단기적 이득을 얻을 수 있어도 차를 구매하려는 구매자에겐 결국 중고차 시장 전체에 대한 신뢰 문제가 생긴다. 이는 장기적으로 중고차 거래를 위축시킨다. 이런 딜레마 상황이 중고차 시장이 더욱 활성화하지 못하는 이유 중 하나다.

중년 채용시장도 이와 다르지 않다. 이력서와 자기소개서 그리고 면접만으로 기업에서 중장년 구직자를 채용한다. 이 지점에도 구직자와 구인처 양자 간 정보의 비대칭성이 분명히 존재한다. 채용 시점에서 그런 정보의 비대칭 문제를 해결하기 위해 최근엔 관련 업체를 통해서 비용을 지불해가며 구인처에서 구직자의 평판 조회를 하는 기업도 많다. 그럼에도 불구하고 몇 장의 서류와 기껏 한 시간 이내의 면접만으로 겉으로 드러나지 않는 구직자의 역량까지 기업에서 파악하기 힘들다. 그런 사정으로 채용하고자 하는 기업은 중년을 채용할 때 최고의 역량을 가진 인재를 뽑기보다, 상식에 벗어나지 않는, 혹은 결정적인 하자가 없는 직원을 뽑는 것으로 만족하는 경향도 있다. 채용 기업은 최선이 아닌 차선을 택해도 그럭저럭 만족해한다.

중고차 시장에서 구매자와 판매자의 딜레마처럼 채용 과정에서 필수적으로 발생하는 정보의 비대칭성 때문에 기업은 신규 채용을 꺼리게 되고, 채용하더라도 인맥을 통하든 사내 공모를 먼저 하든지 입사 후 발생할 수 있을 위협 요소를 제거하기 위하여 여러 노력을 기울인다. 코로나 사태 이후 인공지능 AI 면접을 도입하는 기업도 있고, 재택근무가 익숙해짐에 따라 후보자에게 특정 프로젝트를 맡겨보고 입사 여부를 결정하는 방식도 있다. 기존 인턴사원 제도의 변형이다. 이런 것은 모두 코로나 사태가 바꾼 일상이다.

　각설하고, 직원 채용 후 얼마 안 되어 그들이 입사와 퇴사를 반복하는 것은 기업 측면에서는 분명 비용이자 낭비다. 채용하려는 기업 측면에서 이런 시행착오의 재발을 방지하고자 여러 가지 사전 대응책을 동원한다. 결원이 생겼을 때 기업은 우선 사내에서 인재를 끌어올 수 있는지 먼저 검토한다. 평소 눈여겨봐 왔던 주변 인재들에게도 입사를 타진해 보기도 한다. 경제적 여력이 좀 있는 기업이라면 헤드헌팅 회사를 통해 고액의 채용 성공 수수료를 지불하면서까지 인재를 추천받기도 한다. 아니면 고용노동청 같은 공공기관이나 여타 다른 채용 대행사를 통해서 채용 대행을 의뢰하기도 한다. 규모가 큰 기업일수록 공채 아닌 수시 채용 시 해당 기업 인사팀에서 직접 인터넷 채용사이트에 채용 공고를 올리고 구직자를 직접 섭외하여 채용하는 경우는 기업 측면에서는 가장 마지막에나 시도해 볼 수 있는 방법이다. 기업에서 공개된 인터넷 채용사이트를 통해 직접 인재를 선발하는 방식은 꽤나 번거롭고 비효율적인 방식이다. 기업이 채용사이트를 통해 채용공고를 올리면 비록 비용은 저렴할지 몰라도, 우수한 인재를 선발할 수 있는 확률은 그리 높지 않다. 시간과 정성을 그만큼 들인 효과가 크지 않을 수 있다는 통념 때문에 기업에서 공개된 인터넷 채용사이트를 통한 채용은 그리 선호하지 않는 방식이다.

반면, 우리 중년 구직자의 구직 활동 과정은 기업에서 행하는 방법과 정반대의 순서로 진행한다. 기업의 내부 채용정보를 밖에서는 알 수가 없기 때문에 채용 기업에서 가장 마지막에나 시도하는 인터넷 채용사이트를 우리 중년 구직자는 먼저 뒤져볼 수밖에 없다. 중고차 시장에서 괜찮은 차를 고르기 힘든 이유나 우리 중년이 채용 시장에서 좋은 근로조건으로 채용이 잘 이루어지지 않는 이유가 위에서 언급한 정보의 비대칭성 때문일지 모른다. 근로여건이 좋은 일자리는 공개된 인터넷 채용정보 사이트에 잘 볼 수 없다. 내밀하게 인맥과 추천을 통해 채용이 이루어진다. 그러면 재취업을 하고자 하는 우리 중년은 어떻게 대처해야 할까.

# 01
―

## 인적 네트워크 확장하기

▲▲▲

페이스북(Facebook)이 내게 이 사람과 친구를 맺어보라고 매일 강권하는 친구 목록을 보면 참 놀랍다. 알고리즘(algorithm)이라고 해야 하나? 페이스북은 수십 년간 연락을 끊고 지내온 지인의 소식을 내게 알려주기도 하고, 때로는 내가 굳이 근황을 알고 싶지 않은 사람의 기억을 다시 소환해 주기도 한다. 여섯 단계(인맥)만 거치면 전 세계인 누구나 지인으로 묶을 수 있다고 누가 그러던데, 페이스북의 알고리즘을 보면 정말 그런 것 같기도 하다.

유튜브(YouTube)의 영상 추천 원리도 페이스북의 알고리즘과 비슷한 것 같다. 참 신기하다. 이런 내용의 영상물을 내가 보고 싶어 한다는 것을 유튜브 엔진이 어떻게 알았을까. 멍하니 내가 보고 있는 유튜브 영상물은 내가 찾아서 보는 것이 아니다. 유튜브가 나의 마음속으로 이미 들어와서 내가 보고 싶어 하는 것들만 알토란 같이 골라준다. 나는 별다른 고민 없이 유튜브가 추천해주는 영상만 클릭해서 그냥 바보처럼 시간을 보낸다. 정말 대단한 큐레이터다.

페이스북과 유튜브를 포함하여 모바일 기기에서 우리가 매일 손가락으로 어디를 누르고 있거나 어느 화면을 보고 있다는 정보가 우리가 모르는 사이에 빅데이터로 쌓인다. 심지어 SNS에 올리는 글의 내용과 무관하게 누군가가 글을 올리는 주기나 패턴 등도 마케팅을 하는 기업 측면에서 유용한 정보가 된다고 한다. 가령, SNS에 글을 올리는 주기나 패턴만으로 그 사람이 지금 연애를 하고 있는지 아닌지를 추측할 수 있다고 한다. SNS를 잘 활용하는 사람을 기준으로, 한 사람이 이성과 연애를 막 시작하는 시점이 SNS 활동이 가장 빈번한 때라고 한다. 그런 데이터가 쌓여서 지금 누가 막 이성과 연애에 빠져 있는지 기업들이 추측한다고 한다. 기업은 지금 한창 열애에 빠진 사람들만 추려서 그들이 관심 있어할 만한 광고만 그들에게 선택적으로 보여준다고 한다. 스마트폰을 통해 우리가 매일 보는 광고는 언뜻 보면 불특정 다수를 대상으로 하는 것 같지만, 기실은 의도를 가진 기업들이 특정 소수를 대상으로 뿌려준다고 생각하니 소름이 돋는다. 그렇게 모인 방대한 데이터가 우리 개개인의 마음과 의도를 금세 읽어버리고 우리가 가진 치명적인 선택 장애를 깔끔하게 치료한다. 이것이 바로 정보의 힘, 혹은 정보가 네트워크를 통해 서로 엮여서 만들어낸 결과다. 인공지능 네트워크에 우리가 서서히 길드는 것이다. 마치 영화 〈Her(그녀)〉의 인공지능 '사만다'가 남자 주인공 '테오도르'를 길들인 것처럼.

이처럼 우리는 본인의 의도와 관계없이 네트워크(network) 속에서 살고 있다. 네트워크는 영어로 두 개의 단어 조합이다. Net은 거미줄, 얽히고설킨 그물을 말하고 Work는 알다시피 일이나 작업이다. 뭔가 복잡한 그물망이 그 안에서 스스로 일이나 작업을 하는 것이다. 인적 네트워크는 사람과 사람이 얽힌 그물망 안에서 스스로 일이나 작업을 하는 것을 말한다. 부자가 되려면 내가 내 몸을 부지런히 움직여서 돈을 버는 방법도 있지만, 진짜 부자는 돈이 돈을 벌게 하는 시스템을 만든다. 이런 원리는 중년 재취업 시장에서 구직자가 유효한 구인정보를 취득하는 방법에도 동일하게 적용한다. 내가 발로 뛰고 인터넷을 뒤져서 구인정보를 취득할 수도 있지만, 그것은 분명히 양이나 질적인 측면에서 한계가 있다. 양질의 구인정보는 공개된 인터넷 공간에서 유통되지 않는다고 위에서 언급했다. 특히 중년을 채용하는 구인정보는 조직 내부 사람에 의해서 먼저 움직인다. 청년층 채용과 달리 기업에게 중년 채용은 비용 문제나 조직에 미칠 영향력이 더 크기 때문에 신중할 수밖에 없다.

　중장년의 인적 네트워크는 자신의 인맥을 최대한 활용해서 취업을 위한 정보를 수집하고 사람을 소개받는 과정이다. 나의 인맥이 곧 취업 정보원이고, 자기 홍보원이다. 인맥은 지인을 통해 취직 청탁 등의 직접적인 도움을 청하기 위함이 아니라 사람을 통해 '취업 정보를 얻는' 간접적인 행위다. 지인이 보험 상품을 강매하려 하거나 매번 들어주기 애매한 부탁만 한다면 그런 인맥은 오래갈 리 없다. 서로 부담스러운 상황인지라 인적 네트워크로써도 작동이 잘 되지 않는다. 나의 인맥을 정보원으로 쓰고자 한다면 내가 퇴직했다는 것을 알려야 한다. 내 인맥이 나를 재직 중인 상태로 알고 있으면 그들은 나에게 구직 정보를 전달하지 않을 수 있다. 또 인맥을 활용할 때에는 최소한 내가 무엇을 잘하는지 내가 가진 성과와 역량에 대해 정보 공유가 필요하다. 서로 만나지 않아도 온라인 SNS 등을 통해 나의 정보를 외부로 알리는 것은 얼마든지 가능하다.

　구인처 측면에서 인맥을 활용한 고용 성공 사례를 하나 말하고자 한다. 필자는 서울고용청 중장년일자리희망센터란 곳에서

2020년 1월 말에 퇴사했다. 사실 재임 동안 취업 실적 부진으로 고용 계약 만료 시점에 이르러 재계약에 성공하지 못했으니 소위 '잘린' 것이나 마찬가지다. 내 자리는 중장년 일자리 사업을 총괄하는 '센터장'이란 직함의 자리였고 급여도 업계 평균보다 높았다. 중년 구직 시장에서 내 자리는 나름대로 양질의 일자리였다.

　나는 내 후임을 뽑는 채용공고가 나기 전에 나를 대신할 적임자를 미리 물색했다. 문득 한 명이 떠올랐다. 그분을 A라고 하자. A는 나와 업무 관계로 작년에 알게 된 중년 여성이다. 업무 때문에 그분을 몇 번 만나는 과정에서 평소 A의 일 처리 능력과 업계의 해박한 지식이나 통찰력을 나는 한눈에 알아봤다. 업계에서 평판도 괜찮았던 사람이었다. A는 당시 현직에서 물러나 프리랜서로 약 1년째 일을 하고 계셨다. 나는 주저 없이 그분을 나의 후임자로 선발해 줄 것을 소속 회사 인사팀에 요청했다. 내가 근무했던 팀이 내가 퇴사 후에도 잘 된다면 그 역시 덕을 쌓는 일이다. 생면부지의 사람보다 인성과 능력과 자격을 갖춘 사람이 나의 후임자로 들어와서 괜찮은 성과를 내어 준다면 회사에서도 채용에 관한 위험요소를 제거할 수 있다. 이후 채용 과정을 거쳐 A는 나의 후임자로 입사에 성공했다. 인사팀도 A를 합격 내정자를 정해두고 채용 과정을 형식적으로 진행한 것은 아니다. 채용 기회는 공평했고, 과정은 공정했으며, 결과는 정의로웠다. 이분을 써 주십사 하는 회사에 대한 나의 요청이 A의 채용 확정에 영향력을 미칠 정도로 필자가 당시 영향력이 있지 않았다. 그것을 떠나서, 우선 A는 나를 통해 당시 후임을 선발하고자 하는 채용정보를 얻을 수 있었다. 그전에 프리랜서로 일하고 계셨던 그분이 매일 채용사이트를 뒤지고 있지 않다면, 일정 기간에만 게시되는 채용정보를 접하지 못할 가능성이 훨씬 더 높다. A란 분이 필자를 통해서 이런 채용정보를 몰랐다면, 당연히 채용 기간에 그 자리에 이력서를 제출하지 못했을 것이고 채용은 당연히 될 리가 없다. 인적 네트워크는 이렇게 인사 청탁 같은 서로 부담스러운 부탁이 아니다. 단지 채용 정보를 주고받는 도구로만 활용해도 상당한 장점이 있다. 현재 A는 필자의 후임자로 현직에 만족하며 적당한 성과도 내면서 잘 근무하고 있다고 한다.

특히 중년 취업 시장의 모습은 바다 위에 떠 있는 빙산의 모습과 유사하다. 남극과 북극의 빙산은 수면 위에 떠 있는 부분이 빙산 전체 크기의 약 20%에 불과하고 수면 아래 잠긴 부분이 약 80% 정도의 크기라고 한다. 빙산은 겉으로만 보면 바다 위에 떠 있는 부분이 전체의 대부분이라고 생각하기 쉽다. 그러나 사실은 그보다 훨씬 더 많은 부분이 수면 아래에 잠겨 있다. 중년 채용시장의 모습도 이와 유사하다. 수면에 떠 오른 부분은 공개된 인터넷 채용사이트나 각종 오프라인 채용박람회 등에 올라와 있는 공개된 구인정보다. 반면 그보다 훨씬 더 많은 양의 비공개 구인정보가 수면 아래에서 알음알음 인맥 등을 통해 유통된다고 봐도 무방하다. 채용의 공정성 등의 형식을 맞추기 위해서 구인 기업은 인터넷 공간에 채용 공고를 올리긴 하겠지만, 이미 내정자를 정해두고 사후 작업만 형식적으로 할 가능성도 있다. 상황이 이러니 흔히 괜찮은 일자리라면 인적 네트워크의 활용 없이 인터넷 채용 공고만 보고 응시를 해서 입사에 성공하는 사례가 그리 많지 않다.

미국 스탠퍼드 대학의 마크 그라노베터(Mark Granovetter)라는 한 교수가 그의 논문에서 밝힌 "약한 연대의 힘(The Strength of Weak Ties)"이란 용어가 흥미롭다.

그의 논문에서 취업에 성공한 사람을 대상으로 누구로부터 취업 정보를 받았냐고 물어봤다. 결과가 주목할 만하다. 가까운 사람들(아날로그 인맥)이 아닌 거의 만나지 않았던 사람(디지털 인맥)을 통해 취업 정보를 획득한 경우가 55%에 해당한다는 결과가 나왔다. 가족, 친구, 이웃, 선후배처럼 자주 만나거나 강한 연결망으로 연결된 사람을 아날로그(analogue) 인맥이라 칭하고 동호회, 직장 동료, 업무적으로 알게 된 사람 등 과업 수행이나 특정 목적 달성을 위해서 약한 연결망으로 연결된 사람을 디지털(digital) 인맥이라 칭했다. SNS상 친구 목록이나 나의 핸드폰 전화번호부에 등록된 수백 명의 지인이라도 1년에 단 한 번도 연락하고 지내지 않은 사람들이 대부분이다. 과거 업무상 어떻게든 명함을 주고받고 알고 있는 사람이지만, 따로 만나서 차를 마시거나 밥을 같이 먹거나 하지 않는 그런 인연의 사람들을 디지털 인맥이라 칭한다.

자주 만나는 가까운 사람(아날로그 인맥)으로부터 정보를 얻는 비율이 17%, 업무상 가끔 만나는 사람(디지털 인맥 1)으로부터 취업 정보를 얻는 비율은 28%로 나타났다. 나머지 55%는 거의 만나지 않는 사람(디지털 인맥 2)에게서 구직 정보를 얻었다고 마크 그라노베터 교수는 밝히고 있다. 결국 취업 성공자의 83%(55%+28%)는 나와 유대가 강하지 않은 디지털 인맥을 통해 취업 정보를 얻었다는 연구 결과다. 나와 강한 연대를 맺고 있는 아날로그 인맥은 나와 비슷한 성향이나 배경을 가지고 있을 가능성이 높기 때문에 오히려 내가 모르는 다양한 정보에 접근하는데 제약이 있을 수 있다고 추론해 볼 수 있다.

위에서 비유한 빙산으로 말하면 아날로그 인맥이 주는 정보량이 수면 위로 올라온 20%, 디지털 인맥이 가지고 있는 정보량이 수면 아래 잠긴 80%의 비중과 비슷하다. 굳이 아날로그나 디지털 인맥을 따지지 않아도 좋은 운은 사람을 통해서 온다는 옛말이 그럭저럭 맞는 말 같다.

내가 언급한 A라는 분에게 일자리 정보를 준 사례처럼, 일자리 정보가 생기면 혈연, 학연, 지연 등으로 연결된 아날로그 인맥보다 우선 그 자리에 적합한 자격과 능력을 가진 적임자를 먼저 찾게 되어 있다. 그런 적임자는 아날로그 인맥보다 약한 연대로 이루어진 디지털 인맥에서 찾을 가능성이 확률적으로 더 높은 건 사실이다. 그러니 중년 재취업을 원한다면 지금 당장 필요한 것은 '약한 연대의 힘'으로 연결된 디지털 인맥을 늘리는 일이다. 인맥 관리를 잘하는 방법은 시중에 나와 있는 관련 도서 몇 권만 읽어보면 누구나 잘 알 수 있다. 단지 실천의 문제일 뿐이다. 기본적으로 양날의 검인 SNS를 잘 활용하길 바란다.

사족(蛇足). 중년 인맥 관리의 팁을 하나 말하자면, '덕을 쌓아보기'를 나는 추천한다. 오십 년을 살아보니 덕(德)이란 단어의 실체를 이제 조금 알 것 같다. 내가 성공하느냐 마느냐는 내가 살면서 어떤 사람을 만나는가에 달린 것 같다. 더불어 사는 시대에 자기 혼자 잘나서 성공하는 시대는 이미 지나간 것 같다. 어떤 사람을 만나느냐는 개인의 의지보다 대체로 운(運)의 영향을 많이 받는다. 이는 이미 1장에서 언급한 바 있다. 운 좋게 좋은 사람을 만나는 일이 핵심인데, 그런 좋은 운이란 어쩌다 덜컥 내게 오는 것이 아니다. 좋은 운이란 내가 그간 쌓아왔던 덕의 양에 의해 정해진다는 사실을 나는 믿는다. 그러니 결국 운을 우연이 아닌 필연의 결과로 보면 좋을 것 같다. 운 관련 이야기는 이 책 마지막 부분에서 좀 더 다루기로 한다.

한편, 덕(德)이란 단어는 많은 것을 함축한다. 어느 고서에 보면 인생을 바꾸는 다섯 가지를 이렇게 말했다.

1. 명(命), 2. 운(運), 3. 풍수(風水), 4. 적덕(積德), 5. 독서(讀書).

덕을 쌓는 행위가 네 번째로 나와 있다. 사람을 만나 그에게 좋은 말만 해 주는 것도 돈 안 들이고 덕을 쌓는 일이다. 내가 가진 정보를 먼저 공유하는 것도 덕행이다. 손 안의 스마트폰 시대에 정보를 독점하려는 욕심은 스스로 우물 안으로 들어가는 어리석은 행위다. 남의 말을 잘 들어주는 것이나 타인으로부터 시기 질투를 만들지 않는 겸손함도 곧 덕이다. 혹은 사람을 만나면서 대가를 바라지 않고 남에게 먼저 베푸는 것도 선업(善業)을 쌓는 일이다. 이런 덕행이 쌓이고 쌓이면 '콩 심은 데 콩 나고 팥 심은 데 팥 난다.' 라는 알 수 없는 그 원리에 의해 훗날 내게 좋은 기회나 정보가 올 수 있다. 오랜 시간이 걸리기에 인맥 관리가 힘들지만,

오십 년 이상을 살아온 우리 중년이라면 덕이라는 관점에서 그간 쌓아온 인맥부터 하나하나 다시 점검해 볼 일이다.

02
___

중장년이라면 꼭 알아야 할
인터넷 사이트 소개

▲▲▲

중년을 위한 정보 취득 방법 중 인맥을 활용
하는 방법에 관해 언급했다. 이번엔 우리가 익숙한 인터넷에서 취
업 관련 정보를 취득하는 방법을 소개한다. 방법이라기보다 중장
년에 최적화된 인터넷 사이트 소개다.

최근 몇 년간 중년 취업 알선 관련 업계에서 일을 좀 해보니 이
전에 몰랐던 정보가 참 많았다는 것을 깨닫는다. 일반 사기업처럼
적극적인 홍보를 안 해서 그렇지, 정말 많은 공공기관이나 재단
혹은 경제단체 등등에서 중년 재취업 문제와 연관한 일을 하고 있
다. 우리가 인터넷을 통해 뉴스 기사를 볼 때, 주로 잘 알고 있는
포털사이트에 먼저 접속한다. 포털사이트는 정치, 경제, 문화, 사
회 등 각 분야별로 실시간 뉴스를 쉴 새 없이 우리에게 보여준다.
포털사이트는 너무 많은 뉴스 기사를 송출하기에 꼭 알아야 할 핵

심 뉴스만 선별하여 해설해 주는 별도의 뉴스 큐레이팅 콘텐츠도 인기를 얻고 있다.

매일 쏟아지는 뉴스 기사와 달리 취업 정보는 나에게 맞는 정보만을 취해야 하는 특수성이 있다. 나는 일반적으로 '잡코리아'나 '사람인' 등등의 광범위한 취업 관련 정보를 보여주는 취업 포털 사이트보다 중장년에 특화된 인터넷 사이트를 먼저 보는 것을 권한다. 사실, 취업 포털사이트는 전 연령대에 걸쳐 너무 많은 취업 정보가 올라와 있어서 과연 어떤 정보가 나를 위한 취업 정보인지 선별하기가 좀 힘들다. 너무 많은 것은 없는 것이나 마찬가지다(多字無者)라는 말도 있다. 그래도 취업 포털사이트를 참고하고자 한다면 사람인이나 잡코리아 중에서 하나만 볼 것을 권한다.

취업 포털사이트가 아닌 중장년이 꼭 알아야 할 인터넷 사이트를 아래에 별도로 열거한다.

■ 워크넷(www.work.go.kr)

워크넷은 고용노동부에서 운영하는 취업 포털사이트다. 이 사이트의 메뉴는 아래 그림과 같다. 붉은색으로 박스를 친 메뉴에 관심을 두고 보면 좋다. '직업·진로' 메뉴에서 직업 심리검사를 무료로 해 볼 수 있다. 직업 선호도 검사나 직업 가치관 검사 등을 통해 나조차 몰랐던 점을 발견할 수도 있다. 자기 보고식 지필 검사이긴 하지만, 이런 검사를 통해서 향후 나의 진로설정에 조금이라도 힌트를 얻을 수 있다면 투자한 시간 대비하여 나름대로 의미가 있을 수 있다.

마찬가지로 붉은색으로 박스 친 '고용복지정책' 메뉴도 참고해 볼 만하다. 고용노동부는 취업 관련 지원 이외에도 추가로 고용과 관련한 다양한 복지 정책을 시행한다. 연령대별로 주제별로 다양한 지원제도가 있으니 내게 맞는 지원 정보가 있는지 우선 꼼꼼히 따져볼 일이다.

사이트 첫 페이지 우측 상단에 '장년'을 위한 메뉴도 따로 있다. 여기에서 만 40세 이상 중년을 위한 전직지원 서비스를 제공한다. 전직지원 서비스란 중년 인생 2모작을 위한 단계별 종합 케어 프로그램 정도로 생각하면 좋다. 1:1로 컨설턴트와 진로 직업 상담을 하고, 생애경력설계 같은 고용노동부의 주력 취업 지원 프로그램도 무료로 신청할 수 있다. 이후 전문 컨설턴트로부터 취업 알선을 받을 수 있다. 이런 종합 서비스를 고용노동부는 주로 '중장년일자리희망센터'라는 명칭으로 노사발전재단과 민간 외부 경제단체에 위탁하여 전국에 걸쳐 약 32개 센터를 운영한다. 종합 전직지원 서비스를 받고자 하는 중년은 먼저 워크넷에 등재된 중장년일자리희망센터의 위치를 검색하고 가까운 센터를 방문하여 서비스 신청을 해야 한다.

워크넷은 고용노동부라는 정부 기관이 운영하는 점에서 정보의 신뢰도가 높지만, 한 가지 단점도 있다. 사람마다 느끼는 정도가 주관적이라 근거를 들어가며 객관적으로 설명할 순 없지만, 업계에서 내가 경험한 바로는 워크넷 사이트에는 흔히 말하는 양질의 구인정보 노출이 그리 많지는 않은 것 같다. 여기서 말하는 양질의 구인정보란 단순하게 말해서 급여 수준이나 복리 후생 혹은 근무 조건의 상대적으로 좋은 정보를 말한다. 아무래도 공공기관에서 운영하는 사이트이기 때문에 구인 기업이 워크넷에 구인 정보를 올리기 위해서는 신경 써야 할 채용 조건이 많다. 워크넷은 구인 기업으로부터 꼼꼼하고 세심한 근무 조건이나 복리 후생 등의 정보 입력을 요구한다. 고용 관련 법적 의무 사항도 고려하기에 구인 기업에서 이 사이트에 정보를 올리기에는 아무래도 귀찮은 사전 점검 사항이 많다.

그리고 한 가지 단점이 더 있다. 그것은 고용노동청을 통해 실업급여를 받으려는 구직자가 이 사이트를 통해 이른바 '묻지 마 입사 지원'을 많이 하는 경향에서 비롯한다. 고용노동부는 실업급여를 지급하고자 하는 구직 대상자에게 구직 활동을 적극적으로 할 것을 요구한다. 세금으로 구직 급여를 지급하는 공공기관 측면에서는 급여 수혜자에게 할 수 있는 당연한 요구다. 하지만, 실업급여를 받는 많은 구직자는 이를 비웃기라도 하듯, 워크넷 사이트를 통해 이미 작성해 놓은 이력서와 자기소개서를 가지고 워크넷 사이트에서 몇 번의 입사 지원 클릭만으로 손쉽게 구직활동 증빙으로 대체하고 있다. 워크넷 사이트를 통해 채용하고자 하는 구인 기업 측면에서 이를 반대로 말하면, 입사 의사도 없고, 입사 자격도 부족한 수많은 구직자로부터 입사 지원서를 받는 상황이다. 정작 꼭 필요한 인재 몇 명을 선발하기 위해 워크넷에 구인정보를 올린 해당 기업은 실업급여 수급을 위한 구직 증빙을 위해 '묻지마 입사 지원' 한 수십 또는 수백 건의 이력서를 일일이 검토해야 하는 수고가 있다. 이런 점이 문제점으로 대두되자 고용노동부는 그런 허수 입사 지원을 줄이기 위해 요구하는 구직활동 횟수를 줄이기도 하고, 채용 공고에 등재된 직무 내용과 무관한 경력을 가진 구직자의 이른바 '허수(虛數) 입사 지원'을 걸러내어 실업 급여 반영 시 제한을 두는 선별 작업도 하고 있다. 이런 것들은 사실 제도의 허점 혹은 그 제도를 악용하는 사용자가 있기 때문에 발생하는 불필요한 세금 낭비다.

워크넷은 위에서 말한 직업 진로 정보나 고용복지 정책 등의 중장년 취업 지원 관련 정보를 취득하는 데에만 활용하고 막상 취업하고자 하는 구인 기업 채용 정보는 다른 사이트에서도 검색하는 것도 추천한다.

■ 인디드(kr.indeed.com)

이 사이트의 장점은 인터넷 화면의 심플함(simple)이다. 홈페이지 첫 화면이 위와 같다. 일반 포털사이트처럼 수많은 광고와 알록달록한 색상의 메뉴로 도배하지 않는다. 단지 검색어와 지역을 입력하는 입력창만 뜬다. 희망 근무지를 입력 후 내가 찾고자 하는 직무나 직업명을 입력하면 된다.

예를 들어, 지역 란에 '서울', 검색어 창에 '영업사원'이라고 입력하면 관련 구인 정보 리스트를 다음 창에 보여준다. 나열된 정보 중 하나를 클릭하면 비로소 구체적인 취업 정보를 볼 수 있다. 내가 이런 직업을 선택하겠노라며 확실히 진로를 정하고 구인 정보를 찾으려는 구직자에게 유리한 사이트다. 내게 딱 맞는 구직 정보를 얻기 위해서 검색어 입력 시 약간의 요령이 필요하다. 찾고자 하는 직무나 직업에 관한 다양한 키워드를 알고 있으면 검색 시 유리하다. 이 사이트뿐만 아니라 대부분의 인터넷 사이트에서 내가 원하는 정보를 검색할 때 띄어쓰기를 통해 복수의 단어를 넣는 게 유리하다. 이를테면, 단순히 '영업사원' 보다 '영업 마케팅 영업지원', '세일즈 코디네이터' 등으로 연관 단어 몇 개를 한 칸 띄어서 입력한다. 단어마다 칸을 띄우면 컴퓨터는 그것을 '또는 (or)' 조건으로 받아들인다. 영업 혹은 마케팅 혹은 영업지원이란 세 분야 중 하나라도 연관하는 직업 정보를 다 검색해 준다. 또 다른 예를 들면, 내가 몸담았던 직업상담 직무 분야도 다양한 검색어로 검색해 볼 수 있다. 단순히 직업상담사라는 단어 하나가 아니라, '취업상담원', '진로상담사', '직업컨설턴트', '취업지원관', '취업컨설턴트', '커리어상담원', '커리어컨설턴트', '직업코치' 등등의 수많은 연관 검색어가 존재한다.

■ 나라일터(www.gojobs.go.kr) & 잡알리오(job.alio.go.kr)

위 두 사이트는 성격이 비슷하다. 웹주소 'go.kr' 에서 알 수 있듯이 두 사이트 모두 공공기관에서 운영하는 채용 정보 사이트다. 일반 사기업은 중년 채용을 꺼린다. 그와 달리 공공기관은 이른바 '블라인드(blind) 채용방식'을 도입하여 연령 제한에 있어서 사기업보다 훨씬 관대하다. 내가 관련 경력이 있고 실력도 입증할 수 있다면 공무원 신분이 아니더라도 공공기관에 계약직으로 입사를 할 수 있는 길도 얼마든지 열려있다. 또한 공공기관 채용의 장점 중 하나는 '개방형 직위'라는 형식으로 공무원이 아닌 외부 전문가 선발 계획도 연중 수시로 공시하고 있다. 위 사이트의 공모 정보를 통해서 준비된 중년이 한때 운이 맞으면 공공기관에 입사를 할 수도 있다.

생계형 근로가 필요하다면 공공기관에서 매년 혹은 반기별로 선발하는 공공근로 계약직도 있다. 공공근로는 대체로 위 두 사이트를 통해 매년 초 혹은 수시로 채용공고가 올라온다. 공공근로도 4대 보험 가입 조건이며 근로 계약 종료 후 실업급여 대상자도 된다. 공공기관이 숫자가 그렇게 많은지 나도 이런 업계에서 일하기 전까지 미처 몰랐다. 그 많은 공공기관으로부터 매일 올라오는 채용정보를 누가 부지런하게 검색하고 있느냐가 중요할 것 같다. 마치 페이스북이나 트위터에서처럼 좋은 구인 정보라도 모르는 순간 '휙' 하고 지나가 버리면 그만이다.

■ 인사혁신처 국가인재 데이터베이스(www.hrdb.go.kr)

이 사이트의 메뉴는 아래와 같다. 정부가 운영하는 이 사이트는 국가공무원법 제19조 3에 의하여 대한민국 정부의 주요직위 인선 시 우수인재를 임용할 수 있도록 공직 후보자에 대한 정보를 수집하고 관리하는 국가인물정보관리 시스템이다. 1999년 구축하여 현재 사회 각 분야 전문가 30만여 명이 수록되어 있다고 한다.

　본인이 국가의 부름을 받을 수 있는 분야의 전문가라면 위 사이트를 유심히 보길 바란다. 우선, 이 사이트에 등록하려면 공인인증서를 통해 접속 후 해당 양식에 맞춰 자신의 직무 전문성 관련 정보를 입력한다. 말 그대로 나의 전문 직업성 정보를 국가의 인재 데이터베이스에 저장해 두는 것이다. 추정컨대, 나라에서 주요한 프로젝트가 있거나 정책 실현을 위해 외부 전문가가 필요할 때 위 사이트에 등록된 인재 데이터베이스 중에서 선별하는 것으로 추측한다. 공무원만으로 해결할 수 없는 전문성 있는 국정 과제를 이런 국가인재 데이터베이스 망을 통해 필요한 기관이 외부 전문 인력을 조달할 수 있다.

　필자도 살짝 숟가락 하나 얹어보려는 심사로 노동과 복지 분야 메뉴에 나의 경력을 살짝 등록해 두었다. 언젠가 나도 나라의 부름을 받는 행복한 장면을 상상해 본다. 로또복권이 꼭 당첨되어야 의미가 있는 것이 아니라, 지갑 속에 자리를 잡고 있다는 존재감만으로 내가 일주일을 행복하게 지낼 수 있는 느낌과 같다.

위 메뉴 가운데에 '국민추천제' 란 메뉴도 있다. 말 그대로 나라 사업에 필요할 뛰어난 역량을 가진 인재가 있다면 누구라도 그 사람을 추천할 수 있다. 추천 사유나 경력이 구체적이어야 하는데, 아마도 어느 조직의 부하직원이 조직의 상사에게 충성 맹세를 위해 만들어 놓은 메뉴인 것 같기도 하다. 아무튼 좋은 제도이니 잘 활용하면 서로에게 좋은 것 같다. 사실, 잘 알려지지 않아서 그렇지, 각 분야별로 숨은 고수가 매우 많지 않은가. 하지만, 진짜 실력이 출중한 고수는 조직에서는 그리 환영받지 못하는 것 같다. 우리네 직장 문화가 그런 것 같다. 낭중지추가 오히려 정 맞는 그런 사례가 비일비재하다. 국민추천제는 그런 낭중지추들이 본 무대로 진출할 수 있는 등용문이 될 수도 있다. 어쩌면.

■ 중장년일자리희망센터(www.nosa.or.kr)

만 40세 이상 중장년 구직자라면 '중장년일자리희망센터' 라는 기관이 유용하다. 중장년일자리희망센터는 고용노동부의 산하 기관인 노사발전재단과 '경총' 이라 불리는 한국경영자총협회 또는 '전경련' 이라 불리는 전국경제인연합회 등의 경제 단체에서 전국에 걸쳐 2020년을 기준으로 총 32개 센터를 운영 중이다.

이 센터는 일하고자 하는 중장년층을 대상으로 인생 후반기에 활력 있는 삶을 영위하고 사회·경제적 안정을 도모할 수 있도록 원활한 전직 및 재취업·창업 등을 지원하는 기관으로 설립 취지를 밝히고 있다. 또 고용노동부 예산으로 운영하는 서비스라서 중년 구직자에게 지원하는 서비스의 내용이 센터마다 대체로 표준화되어 있다. 서비스 절차에 관한 고용노동부의 운영지침은 있지만, 누가 서비스를 하느냐에 따라, 즉 담당 컨설턴트의 역량에 따라 구직자가 느끼는 서비스의 질은 많이 달라진다. 담당 컨설턴트 누구를 만나느냐는 역시 구직자의 운(運)이다. 담당 컨설턴트가 맘에 들지 않는다면 인근의 다른 센터도 방문해 볼 만하다.

노사발전재단 홈페이지 혹은 워크넷(www.work.go.kr) 사이트에서 중장년일자리희망센터로 검색하면 각 지역에 위치한 센터를 찾을 수 있다. 만 40세 이상의 구직자라면 당장 이 센터에 등록을 권한다.

여기서 지원하는 서비스 절차는 대략 이렇다. 컨설턴트와 첫 대면 후 기초 상담을 한다. 본인의 현재 구직 역량과 관련한 조건이나 상황을 구직표라는 서류 작성을 통해서 서로 확인한다. 이후 '신중년 인생 3모작 패키지' 혹은 '전직지원 서비스'라는 프로그램의 일환으로 생애경력설계나 중년 재도약 관련 교육도 선택적으로 받게 된다. 재취업이든 창업이든 귀농 귀촌이든 자신의 진로가 상담이나 교육을 통해 정해지면 이후 본격적으로 세부 절차가 진행된다. 재취업을 원하는 중년이면 컨설턴트로부터 취업 알선을 받을 수 있고, 관련 자격증을 취득하고자 한다면 국고로 지원하는 직업훈련기관을 소개받기도 한다. 물론 이런 서비스는 모두 무료다. 이미 우리가 낸 고용보험료에서 모든 비용을 충당한다.

이런 서비스 과정도 좋지만, 우선 우리 중년 구직자는 전문 컨설턴트와 여러 차수에 걸친 상담을 통해 취업 시장에서 나의 역량을 객관화할 수 있는 힌트를 얻을 수 있는 점도 장점 중의 하나다. 우리 중년이 현업에 있을 때는 대부분 일에 치여서 회사 일보다 더 중요한 나의 인생 진로 설정에 관해 제대로 학습할 기회가 없다. 현업에 있을 때 그런 것을 경험하지 못했을 가능성이 크기 때문에 중년의 퇴사는 당사자에게 심한 정신적 혼란을 준다. 중년 퇴직이 곧 새로운 시작을 할 수 있는 기회가 왔다는 발상의 전환보다 실패자나 낙오자라는 자괴감이 그들에게 먼저 엄습하게 마련이다. 퇴직 후 무엇을 해야 할지 막막하다면 중장년일자리희망센터가 도움이 될 수 있다. 업계에 종사하는 전문 컨설턴트와 본인의 이후 진로설정에 관한 상담을 무료로 할 수 있다는 점은 매우 큰 장점이다.

부디 혼자만의 우물에 갇혀 아집에 빠지거나 자존감을 상실하지 말고 우선 밖으로 나와서 이런 중장년일자리희망센터 같은 곳에도 방문해 보는 것이 좋은 방법이라고 나는 생각한다. 내 돈 안 드니 더욱 좋다. 대한민국 만세.

■ 서울시50플러스재단(50plus.or.kr)

안타깝지만, 이 사이트는 서울시에 거주하는 50대 이상 중장년만을 위한 사이트다. 이런 좋은 사이트가 곧 전국적으로 전파되기를 바란다. 홈페이지에서 소개한 이 사이트의 효용과 기능을 아래에 발췌한다.

－서울의 50+세대는 현재 서울시 인구의 21.9%가량을 차지하고 있지만, 그들을 위한 가족 여가와 사회관계 영역 등에 대한 니즈를 충족시킬 50+정책과 사업은 부족한 실정입니다.

－서울시50플러스재단은 50+세대가 지금까지 살아온 50년 이후 맞이하게 되는 또 한 번의 50년을 위해 삶의 점검을 돕고, 오랜 기간 쌓아온 50+의 귀한 경험을 통해 사회공헌을 비롯한 새로운 일을 도모할 수 있도록 돕고 있습니다.

－본 재단은 2016년 4월 28일 설립된 서울시 산하기관으로, 서울시 50+세대(만 50~64세, 베이비부머/신 노년 등으로 일컫는 중장년층)를 위한 든든한

지원정책을 체계적으로 추진하기 위해 설립된 종합지원 기관입니다.

　–특히 부처별로 산재한 취업, 복지, 교육, 상담 등의 중장년 정책을 통합해 50+세대들을 위한 맞춤형 서비스를 제공하는 유일한 기관으로서, 지자체 최초로 50+를 돕는 정책을 개발하고 수행하고 있습니다.

〈서울시50플러스재단 홈페이지 내 50+사용설명서에서 발췌〉

　이 사이트의 메뉴 구성은 위 그림과 같다. '서울에 사는 50대 이상 중장년은 참 좋겠다.' 라는 말을 할 수 있을 정도로 이 재단에서 지원하는 프로그램은 중년에게 매우 현실적이고 유용하다. 지방 거주 중년도 같은 혜택을 받을 수 있도록 지역 확장 정책이 필요한 시점인 것 같다.

각설하고, 위 메뉴 중 '배움+'와 '일·참여+' 메뉴가 우리 중년에게 특히 더 유용하다. 고용노동부에서 운영하는 '워크넷'은 전 연령대를 다루기 때문에 제공하는 서비스 질과 양 측면에서 다소 아쉬운 점이 있을 수 있다. 하지만, 서울시50플러스재단 사이트는 50세 이상 중장년이라는 특정 타깃층만을 대상으로 하기 때문에 제공하는 서비스의 내용이 꽤 현실적이고 알차다.

배움+ 메뉴는 우리 중년들에게 다양하고 실속 있는 강좌가 많다. 특히 강사 양성과정 같은 강좌는 꽤 인기가 있다. 이 강좌를 수료하고 자신만의 콘텐츠가 있다면 대중 앞에서 강의를 할 수 있는 기회를 얻을 수 있다. 이렇게 강의 경험을 쌓고 경력이 생기면 여기저기서 부름을 받을 수도 있고 프리랜서 전문 강사로 나설 수도 있다. 사설 학원에 다니며 자격증을 따거나 훈련 기관에서 교육 과정을 수료만 한다고 전문 강사로 나설 수는 없다. 세상에 한 번에 되는 일은 없다. 강의 수료 후 경력을 쌓는 과정이 누적되면서 서서히 강의 콘텐츠를 내 것으로 체화해 가는 중간 숙성 과정이 필요하다. 이런 숙성 과정을 앞서 불판에서 고기를 뒤집는 과정이라고 설명한 바 있다. 강의를 수강하면서 강사와 인맥을 쌓을 수 있고 그런 인맥이 시발점이 되어 다음 단계로 도전할 기회를 얻기도 한다.

대부분의 강좌에 약간의 참여비가 있는 것이 단점이다. 서울시에서 세금으로 운영하는데 웬 수강료냐고 관계자에게 물어본바, 이는 유료 강좌로 참석률을 높이는 목적이 있다고 한다. 서울시에서 수익 사업을 목적으로 하는 것이 아니라는 관계자로부터 답변을 받을 수 있었다. 무료 강의면 이른바 신청 후 당일에 잠수를 타버리는 'No Show' 신청자 때문에 선의의 피해자가 있을 수 있다는 우려 때문이라고 한다.

일·참여 메뉴도 유용하다. 이 메뉴 하단의 '사회공헌일자리'에 접속하면 사회공헌도 하고 약간의 활동비도 받는 일자리가 많다. 이 기관에서 '보람일자리사업'이라고 부르기도 하는데, 하루 몇 시간 정도 사회공헌 활동을 한 후, 그 시간급에 해당하는 수당을 받는다. 시간제 일자리라 수당이 많지 않지만, 제2의 직업전환(轉職)을 꿈꾸는 중년에게 경력 징검다리 같은 경험을 얻을 수 있는 기회가 될 수 있다는 점에서 의미가 있다. 예를 들어, 장애학습 지원단이나 청소년 시설 지원단 같은 곳에서 사회공헌 활동을 경험한 후 사회복지 분야로 전직을 시도해 볼 수도 있다. 우리 중년이 직업을 바꿔서 전직을 꾀하려면 역시 관련 분야 경험이 필수적이다. 청년기 시절부터 지속해왔던 업무를 중년까지도 계속 이어서 할 수 있는 사람은 많지 않다. 사회 변화상에 맞춰 중년이 어차피 직업 전환을 해야 한다면 이런 사회공헌일자리가 경력 전환의 징검다리가 되어 줄 수 있다. 큰 것만 쫓을 것이 아니라 이런 작은 기회를 중간 과정으로 삼아 새로운 직업 세계로 다시 진입할 수 있는 발판을 만드는 계기가 필요한 시점인 것 같다.

■ 취업박람회 일정 플랫폼(www.job815.com)

주된 일자리에서 밀려난 후 40대 초중반에 걸쳐서 나도 직업 전환(轉職)을 시도했다. 청년기 시절부터 약 20년을 해왔던 전자제품 영업사원을 50대 60대까지 할 수는 없을 것 같았다. 지금으로부터 약 10년 전에는 채용시장에서 중장년 전직지원 프로그램이 전무했던 시절이었다. 2020년 5월을 기점으로 일정 규모 이상의 기업은 만 50세 이상 중년 퇴직 예정자에게 전직지원 서비스를 받도록 법적으로 의무화하고 있지만, 내가 퇴직할 당시 중장년 전직은 오롯이 혼자만의 힘으로 해야 하는 난제 중 하나였다. 어디서부터 직업 전환을 시도해야 하는지 도통 감을 잡을 수가 없었다. 나조차 진로설정을 제대로 못하고 있었던 시절에 남들에게 진로설정 관련한 상담 직군으로 전직을 꾀했던 내가 참 당돌했다.

아무튼, 필자는 우여곡절을 거쳐 진로 직업상담 직군으로 전직 방향을 정하고 그 방향으로 열심히 노를 저었다. 여러 훈련 기관에서 진행하는 관련 교육도 이수하고, 국가공인 자격증인 직업상 담사 자격증도 그즈음 취득하였다. 그렇게 약 1년 정도 준비과정 을 거친 후 나는 본격적으로 그 분야로 입사 지원을 시도했다. 채 용 포털사이트에서 '직업상담사'나 '커리어 컨설턴트' 등의 관련 직업명으로 검색하니 수많은 채용 기업 목록이 나왔다. 공고가 나오는 대로 나는 수백 개 기업에 이력서를 넣었다. 하지만 앞서 언급했듯, 단 한 군데도 면접 보러 오라는 제의조차 없었다. 반복 되는 거절에 나는 익숙해졌고 그런 부정적인 자극이 쌓이면서 무 기력감이 나의 삶을 지배했다. 지금 생각하면 참 힘든 시기였다. 이럴 때 누군가가 옆에서 멘토 역할을 해주거나 실패의 사유나 원인을 잘 분석해 주었다면 추후 미비한 점 보완을 통해서 원하 는 분야로 입직에 성공할 수도 있었을지 모른다. 그 시절을 반추 해보면, 내가 푼 수학 문제가 맞는지 틀리는지 확인해 볼 해답지 조차 없이 문제만 풀었던 의미 없는 시간이었다. 이런 상황에서 지금 소개하는 취업박람회 사이트를 알았다면 내가 이 업계로 입 직하는데 허비했던 시간을 훨씬 많이 줄였을지도 모른다. 목적지 로 좀 더 빨리 갈 수 있는 지름길을 안내하는 사이트를 아래에 소 개한다.

'잡815'라 불리는 이 사이트는 지역별로 열리는 취업박람회의 일정을 알려준다. 언제 어느 지역에서 어떤 연령층을 대상으로 채용박람회를 하는지 한눈에 보여준다. 코로나 사태 이후 오프라인 취업박람회의 형식이 온라인 방식으로 점차 바뀌겠지만, 오프라인이든 온라인이든 취업처의 정보를 목적에 맞게 한데 모아서 볼 수 있다는 점에서 의미가 있다. 여러 기업이 모이는 취업박람회 혹은 채용박람회에 관심이 없는 구직자도 많겠지만, 목적을 잘 따져보면 채용박람회는 구직자에게 유용한 점이 한 가지 있다. 그것은 바로 현장 면접이 가능하다는 점이다. 중년 전직 과정에서 내가 이미 시행착오를 겪었듯이, 새로운 업계로 진입하고자 한다면 그 업계의 채용조건이나 입직을 위해 필요한 사항을 우선 알아야 한다. 또한 낯선 이를 경계하는 업계의 '진입 장벽'도 넘어야 한다. 그 진입 장벽을 허물기 위해서 취업박람회는 유용한 대안이 될 수 있다.

채용박람회를 통해서 채용 현장에 있는 면접관과 직접 대면을 하면서 내가 해당 업계 입직을 위해 부족한 점이 무엇인지 현장 전문가를 통해 곧바로 피드백을 받을 수 있다. 돈 안 들이고 코치를 받는 일이다. 지금에야 안 사실이지만, 이 업계로 입직 당시 내가 부족했던 것은 관련 업계 종사 경력이었다. 직업상담사 국가자격증도 있고, 여러 관련 교육도 받았지만, 결국 그런 간접적인 경력이나 자격 조건은 직접적인 현업 업무 경력이 없으면 무용지물이었다. 주택관리사 자격증만 땄다고 곧바로 아파트 단지의 관리소장으로 입직할 수 없는 경우와 마찬가지다. 채용담당자 측면에서 해당 업무와 직접 관련이 없는 화려한 경력은 입직에 있어서 거추장스러울 뿐이다. 서울시50플러스재단 사이트 소개에서 언급했듯이, 새로이 입직하고자 하는 분야에서 관련 경력을 쌓기 어렵다면 사회공헌 일자리 같은 시간제 일자리에서라도 비슷한 경험을 쌓은 구직자가 채용 시 더 높은 점수를 받게 마련이다. 그 사실을 내가 미리 알았다면, 어디 고용노동부 사이트에 들어가서 상담직 자원봉사라도 하든지 아니면 관련 아르바이트 자리라도 관련 경력을 쌓기 위해 마다하지 않고 경험해 봤을 것 같다.

일반적으로 여러 구인기업이 한곳에 모이는 취업박람회는 구직자 측면에서 호불호나 장단점이 있다. 행사를 주관하는 지자체의 권유에 의해 채용할 의사도 별로 없는데 마지못해 자리를 채우는 기업도 많다. 박람회 현장에 가보면 간판만 덩그러니 달려 있고 부스 안에 기업 담당자가 자리를 비운 상태로 방치하는 경우도 많다. 참여한 기업들 중 옥석을 가리는 혜안이 필요한데, 여러 번 가보고 사전 정보 탐색의 노력만 있다면 누구든 쉽게 참여한 구인기업 중에서 옥석을 구별할 수 있다.

온라인 입사 지원으로 면접까지 갈 확률이 떨어지지만, 취업박람회에서는 오프라인 박람회라는 특성상 즉시 면접이 가능하다는 장점을 잘 활용하면 좋다. 기업 면접관과 현장 면접을 통해서 나의 입직 관련 준비사항을 직간접적으로 점검해 볼 수 있다는 점은 취업박람회 참여의 큰 장점이다. 거기서 얻은 피드백으로 나의 이력 사항에 부족한 부분이 있다면 추후 개선하거나 보완하여 다시 도전하면 된다. 채용박람회는 구직자에게 일종의 수학 문제 답안지처럼 활용하면 나름의 의미가 있다.

## ■ 창업 및 자영업 지원 관련 사이트

이 분야는 사실 필자가 잘 모른다. 모르긴 해도 창업이나 자영업 분야는 한두 개 사이트만을 콕 짚어서 언급할 수 없을 정도로 참고해 볼 만한 사이트가 많다. 앞서 '이행 노동시장'이란 단어를 설명했다. 독일에서 건너온 이 단어는 근로 형태의 다양한 분화를 설명한다. 근로자였다가 창업 시장으로 이동하기도 하고 경력 단절자였다가 불현듯 자영업 시장으로 진입하기도 한다. 이행 노동 시장 이론에 의하면 일자리의 양과 질 측면에서 고학력자가 많은 우리나라는 구직자와 일자리 간 눈높이가 맞지 않는다. 이런 과정에서 특히 우리 중년은 그 이전과 비교하여 근로조건이나 임금 등의 여러 혜택에서 소외를 겪기도 한다. 그 간극을 우리 정부는 각종 복지제도 등을 연계한 간접적인 보상 정책을 꾀한다. 전국의 고용노동청 지청별로 '고용복지플러스센터' 라는 별도의 지원 센터를 운영한다. 이 센터에서 취업 상담이나 취업 알선 등 고용 관련 지원에 더하여 구직자에게 제공할 수 있는 서민금융 지원 제도나 각 지자체의 복지 관련 부서와 연계한 각종 근로자 지원 제도 등 추가적인 복지 정책 서비스를 받을 수 있다. 구직자의 눈높이에 맞는 양질의 일자리 부족을 여타의 복지 지원 제도로 만회해 보려는 고용노동부의 시도다.

창업이나 자영업 시장 진입도 마찬가지 원리다. 양질의 일자리 부족으로 정부의 일자리 관련 부서는 구직자에게 창업 혹은 귀농 귀촌을 많이 장려하고 있다. 창업이나 귀농 귀촌 성공률이 높지 않다는 것은 주지의 사실인지라, 정부는 여러 기관이나 단체를 통해 지원제도를 펼치고 있다. 창업이나 창직에 관한 초기 접근을 용이하게 하는 시스템을 만드는 것이 창업지원의 핵심인 것은 사실이다. 미국 실리콘밸리처럼 아홉 번을 실패해도 한 번의 성공으로 그전의 실패를 다 만회할 수 있는 창업 환경 조성이 우리나라에도 된다면 참 좋을 것 같다. 반면, 현실은 중년에 들어서 한 번의 창업 실패는 당사자에게 돌이킬 수 없는 나락이다. 금융권의 노예가 되어 남은 생을 빚을 갚으며 보내야 하는 위험을 감내하기에 창업의 문턱은 누구에게나 매우 높은 벽이다. 어쨌든 창업을 하려는 분은 아래 사이트 정도는 참고하면 꽤 도움이 될 것 같다.

– 소상공인 시장진흥공단 (www.semas.or.kr)

– 신사업창업사관학교 (newbiz.sbiz.or.kr)

– K-스타트업 (www.k-startup.go.kr)

– 사회적기업 통합정보시스템 SEIS (www.seis.or.kr)

– 노란우산공제 (www.8899.or.kr)

– 중소기업 지원 사업 정보_기업마당 (www.bizinfo.go.kr)

요즘에는 프랜차이즈 업체 직원의 말만 듣고 창업을 하는 사람은 없으리라 믿는다. 최소한 위 사이트 정도만이라도 사전에 검색해 보면서 나에게 맞는 창업지원 제도가 무엇이 있는지부터 꼼꼼히 살펴보면 좋을 것 같다. 창업을 한 이후라면 위 사이트 리스트 중 맨 아래 표기한 중소기업 지원 사업 관련 정보를 망라한 '기업마당' 사이트도 유심히 보면 분명 도움이 된다. 정부의 여러 지원 제도는 기업에서 찾아 먹기 나름이다. 단지 어디서 어떤 지원을 해 주는지 미처 몰라서 답답할 따름이다.

■ 귀농 귀촌 관련 사이트

이 부분 역시 창업·자영업 관련 사이트와 원리가 같다. 객관적인 근거 자료가 없어서 필자가 확신할 수는 없지만, 중장년 일자리 부족 현상으로 고용을 책임지는 관련 정부 기관은 창업을 포함하여 귀농 귀촌도 상당히 많이 장려하는 것 같다. 귀농 귀촌은 일자리 창출뿐만 아니라 서울 등 대도시로부터 인구 분산으로 지역 균형 발전 같은 부가적인 효과도 있다. 최근 TV 방송에서도 유명 연예인들이 나와서 어촌으로 내려와 바다낚시를 하는 장면을 쉽게 볼 수 있다. 전원생활의 긍정적인 면을 은근슬쩍 노출하는 프로그램도 많이 본 것 같다. 요즘 먹고살기가 힘들어서 그런지 자연으로 회귀를 원하는 사람이 많은 것도 사실이다. 언젠가 가수 이효리 부부의 제주도 생활에 관한 TV 프로그램을 보면서 '나도 한번?'을 속으로 다짐해 본 중년이 얼마나 많을까. 귀농 귀촌 역시 창업 분야처럼 내가 잘 아는 분야가 아니다. 바다로 낚시나 다닐 줄 알았지, 귀농 귀촌 혹은 귀어를 시도해 볼 엄두를 낸 적도 없다. 그러니 쓸데없는 잡설은 집어치우고 관련한 인터넷 사이트만 나열해 보려 한다.

- 귀농귀촌 종합센터 (www.returnfarm.com)
- 귀어귀촌 종합센터(www.sealife.go.kr)
- 경기도 귀농귀촌 지원센터 (www.refarmgg.or.kr)

핵심은 간단하다. 무엇이든 처음 접하는 일은 절대 혼자서 고민하지 말자. 주위를 둘러보면 내가 도움을 받을 수 있는 정보가 매우 많다. 정보든 물질적 재원이든. 우리 윗세대는 새로운 일을 시작할 때 주위 사람의 말을 많이 듣고 시작했다. 그러다 보니 사람을 잘못 만나 배신을 당하거나 누구 때문에 쫄딱 망했다는 등의 하소연을 우리는 많이 접했다. 지금은 손안에 방대한 양의 정보를 담은 컴퓨터를 누구나 한 대씩 가지고 있는 시대니 조금만 손품을 팔면 얼마든지 내게 유용한 정보를 얻을 수 있다.

여담이지만, 필자가 두 번째 책을 출간할 때, 운 좋게도 출판 공모전을 통해서 경기도 콘텐츠진흥원(www.gcon.or.kr)이란 기관에서 출판 비용 전액을 지원받았다. 매년 봄에 경기도 콘텐츠진흥원에서 우수 출판물 지원 사업을 한다는 것을 나는 첫 책을 출간했던 출판사를 통해서 알게 되었다. 어렵게 첫 책을 출간하려 출판사와 인연을 맺었던 것이 작은 씨앗이 되어 이런 지원 기관의 지원을 받아 두 번째 책을 출간할 수 있었다. 무명 저자인 내게 출판사가 비용을 부담하며 책을 출간해 줄 출판사를 찾기란 쉽지 않다. 나 같은 일반인에게 책 출간은 일생의 이벤트 중 하나다. 이런 경험을 바탕으로 두 권 세 권 책을 출간할 수 있고, 운이 닿으면 여기저기로 불려 다니며 강의도 의뢰받을 수 있다. 그러면서 개인은 먹고사는 역량이 증가한다. 처음부터 잘 되는 것이 있었던가. 무엇이든 첫 시작이 어렵다. 진입 장벽이라고 말하기도 하는데,

그 문턱을 여러 기관의 지원을 통해 잘 넘으면 그 이후의 운동장은 매우 넓다. 문밖에서는 문 안에 펼쳐진 운동장이 얼마나 넓은지 알 수가 없다. 그러니 간절히 무언가를 바랄 때 혼자 고민하지 말고 나를 도와줄 곳이 있는지 먼저 잘 찾아보자. 준비된 자가 운이 닿으면 목적한 바를 쉽게 이룰 수도 있다.

제 6 장

징글징글하지만
위대한 단어,
'먹고산다는 것'

PART
06

# "먹고살기 힘든 시대에 이제 우리가 좀 더 솔직해졌으면 좋겠다"

이제 막 고등학교를 졸업하고 프로야구단에 입단한 새파란 신인 투수가 어쩌다 출전한 경기에서 좋은 성적을 거뒀다. 경기가 끝난 후, 그 선수와 기자가 이렇게 인터뷰를 한다.

〈기자〉 "오늘 경기에서 좋은 모습을 보여줬는데, 느낌은 어떠셨나요?"

〈선수〉 "네, 슬라이더가 잘 들어갔고 ○○선배님 사인만 보고 던졌더니 좋은 결과가 있었습니다."

……(중략)

〈기자〉 "앞으로의 계획이나 목표, 한 말씀해 주시죠?"

〈선수〉 "네, 올해 우리 팀이 우승하는 것이 제 개인적 목표고요, 그 목표를 위해 최선을 다하겠습니다. 감사합니다."

그간 우리가 들어왔던 운동선수의 전형적인 인터뷰 내용이다. 겸양을 미덕으로 하는 유교 문화의 탓일까. 선수는 내가 잘나서보다 동료 선수 덕분에 또는 운이 좋아서 잘했다고 한다. 분명 좋은 태도다. 인터뷰에서 나 혼자 잘해서 시합에서 이겼다고 말하는 선수는 없다. 연말에 TV에서 으레 하는 연기대상이니 방송 연예대상이니 하는 각종 시상식에서 단상에 오른 수상자들 소감은 대체로 천편일률적이다. 누구누구에게 감사드리고 뭐 어쩌고저쩌고, 눈물 콧물 흘리며 주저리주저리 길게 이야기한다. 재미없고 감동도 없는 수상 소감 발표다. 우리 모두 좀 솔직하면 안 될까.

당사자로서는 당연한 대답이지만, 이 야구 선수의 마지막 말은 나는 좀 듣기 거북하다. 진짜 팀 우승이 자신의 목표일까. 팀 우승은 구단주나 단장 또는 감독의 목표다. 팀이 우승하면 선수 몫으로 주어지는 별도의 금전적 보너스 같은 것도 있겠지만, 선수는 그것 때문에 인터뷰에서 팀 우승을 말하지 않는다. 프로야구 선수 한 명 한 명은 팀의 일원이기도 하지만, 따지고 보면 모두 개인 사업자다. 일반 직장처럼 일을 제대로 못 해도 잘 나가는 팀에 대충 묻어가기는 힘들다. 다음 달에 당장 타 팀으로 자신이 트레이드될 수도 있는데, 진짜 현재 소속 팀 우승이 자신의 목표일까. "팀이 우승하면 좋지만, 우승을 못 해도 나만이라도 잘해서 내년 연봉을 더 많이 받아 제 생활이 좀 더 나아졌으면 좋겠습니다." 뭐 이 정도가 솔직한 답변이 아닐까. 오래전에 프로야구 롯데 자이언츠 소속의 한 신인 투수가 인터뷰에서 이렇게 말했다. 정확한 워딩(wording)은 몰라도 대략 이런 느낌이었다.

〈기자〉 "마지막으로 올해 목표가 있으면 말씀 부탁드립니다."
〈선수〉 "홀어머니 모시고 지금 월세 사는데, 내년엔 전셋집 한 칸 마련했으면 좋겠습니다." (선수는 멋쩍은 듯 모자를 지그시 다시 눌러쓴다)

그 인터뷰 이후 나는 롯데 자이언츠 팬은 아니었지만, 그 선수가 나오는 경기는 꼭 챙겨봤다. 그 솔직한 인터뷰로 내 마음이 동(動)한 것이다. 그 이후 나는 그 선수가 잘 되기를 진심으로 바랐다. 아쉽게도 그 선수는 그리 두각을 나타내지 못했고 어느 순간 프로야구 판에서 형장의 이슬로 사라졌다. 앞서 유교 문화 덕이 아니라 유교 문화 탓이라고 말했다. 겸양은 미덕이지만, 먹고살기 힘든 시대에 이제 우리가 좀 더 솔직해졌으면 좋겠다. 다 알면서 뭐 굳이.

# 01

## 우리 중년 동지들,
## 안녕들 하신 거죠?

◀◀◀

퇴사한 직장 후배의 부고 소식을 얼마 전에 접했다. 자신의 과실에 의한 불의의 교통사고였다. 그는 나와 직장 동료 시절에 내가 만든 '다나까'라는 바다낚시 동호회의 총무였다. 부산에서 남해 고속도로를 타고 남해 여기저기로 그와 같이 낚시하러 다닐 때에 언제나 그가 운전대를 잡았다. 운전을 아주 잘하는 친구였다. 그런 그가 교통사고라니. 이제 마흔이나 되었을까. 그뿐만 아니다. 최근엔 SNS를 통해 사진 한 컷이 내게 날아왔다. 팔에 주삿바늘을 꽂은 채 병상에 누워있는 지인의 사진이었다. 어디 아프냐고 내가 물었더니 그는 머리에 '스텐트'를 삽입할 뻔했다고 내게 하소연했다. 스텐트는 심장 주변의 혈관이 좁아졌거나 막힐 때 그 혈관(관상동맥)을 넓혀주는 시술로 나는 알고 있다. 뇌에도 그런 시술을 하는 것을 알고 나는 깜짝 놀랐다. 머리로 흐르는 혈관이 막힐 수 있다고 지인은 내게 말했다. 머리로 통하는 혈관이 막히면 무슨 일이 벌어지는지 나는 상상할 수 없었다. 굳이 알고 싶지도 않았다. 그냥 내게는 그런 일이 일어나지 않았으면 하고 간절히 바랄 뿐이다. 그 지인은 나보다 겨우 두 살이 많다. 비록 그도 중년이지만, 아직 병상에 오래 누워있어야 할 나이는 아니다. 2~30대 청년 시절에는 연락이 뜸했던 친구가 불쑥 내게 연락해 오면 여지없이 집안의 경사 같은 '대금 고지서'인 경우가 거의 90%였다. 자신의 결혼식이나 아이 돌잔치 따위 등등. 하지만, 중년에 들어서 평소 연락이 뜸했던 주변 지인들로부터 불쑥 연락을 받으면 나는 일단 뜨끔해진다. 분명 위 사례처럼 안 좋은 일 때문인 경우가 다반사다.

불의의 사고나 건강 악화가 아니라도 우리 중년들이 살면서 접해야 할 현실적인 문제는 수십 가지가 넘는다. 보기 싫어도 아래에 한번 나열해 본다.

1. 본인 또는 가족의 불의의 사고.
2. 본인 또는 가족 삶의 질을 하락시키는 심각한 건강 악화. (노화 현상을 포함한)
3. 자녀와의 소통 부재로 인한 세대 간 갈등, 자녀교육 및 진로 문제 고민.

4. 배우자와의 갈등.

5. 처가/시댁 간 갈등, 그로 인한 명절 스트레스 등.

6. 이웃 간 갈등, 아파트 층간 소음,

7. 상대적 빈곤이나 박탈감, 주변인에 대한 콤플렉스.

8. 직장 문제, 직업 선택 갈등(실직/이직/전직).

9. 새로운 직장/직업 환경 적응 스트레스.

10. 교우관계 단절, 고립감, 외로움.

11. 자유롭지 못하다고 느끼는 구속감.

12. 경쟁 시대 스트레스.

13. 원치 않은 신체 변화(노화)에 따른 잦은 감정 변화.

14. 우울감 또는 이유를 알 수 없는 불안감.

15. 화 & 분노조절 장애.

16. 진전 없는 중년의 사랑, 발기부전.

17. 그럼에도 불구하고 먹고살아야 하는 문제, 특히 돈 문제.

...... (중략)


몇몇 중년들은 해당하지 않을 사항도 있을 수 있겠다. 안타깝지만 필자는 거의 모두 다 해당한다. 내가 지금 겪고 있는 문제들을 적었으니 모두 나의 문제다. 좀 더 솔직하게 말하자면, 그래도 나머지는 다 견딜 수 있다. 그러거나 말거나. 하지만, 맨 아래 17

번 항목에 적은 먹고살아야 하는 문제 앞에선 숙연해지는 나를 발견한다. 게다가 나는 '그럼에도 불구하고' 라는 단어를 적었다. 그럼에도 불구하고 우리는 '먹고살아야' 한다. 과거 이소룡에게 영춘권(詠春拳)을 전수했던 무림계의 최고수 엽문(葉問) 선생도 그의 이야기를 다룬 영화 〈엽문〉이란 영화 속에서 먹고사는 문제의 어려움에 관하여 토로했었다. 당대 무림 최고수가 자존심을 꺾어가며 이름도 모를 후미진 동네 한구석에서 코 묻은 아이들 상대로 쿵후(Kungfu) 기초 강좌나 해야 했던 처량한 상황이 바로 누구나 먹고살아야 하는 현실 문제다.

먹고사는 문제, 즉 밥벌이에 관해서 과거 김훈 작가는 '지겨움'이란 단어로 표현했다. 그의 통찰이 놀랍다. 그의 수필집 〈밥벌이의 지겨움〉 중 동명의 작품 내용 일부를 인용한다.

'술이 덜 깬 아침에, 골은 깨어지고 속은 뒤집히는데, 다시 거리로 나아가기 위해 김 나는 밥을 마주하고 있으면 밥의 슬픔은 절정을 이룬다. 이것을 넘겨야 다시 이것을 벌 수 있는데, 속이 쓰려서 이것을 넘길 수가 없다. 이것을 벌기 위하여 이것을 넘길 수가 없도록 몸을 부려야 한다면 대체 나는 왜 이것을 이토록 필사적으로 벌어야 하는가. 그러니 이것을 어찌하면 좋은가. 대책이 없는 것이다.'

밥을 벌기 위해 밥을 먹어야 하는 상황, 속이 쓰려 밥 냄새도 맡기 싫은데 그 밥을 벌기 위해 또 어쩔 수 없이 목구멍 안으로 밥을 쑤셔 넣어야 하는 역설. 김훈 작가도 먹고사는 일에 관해서는 딱히 대책이 없다고 하셨다. 그래서 나는 이런 상황이 더 애잔하다. 나라고 뾰족한 수가 있을 리 없다.

어느덧 지천명에 들면서 바깥에서 이리 치이고 저리 치이는 가운데 나의 몸 상태는 하루가 다름을 느낀다. 바깥에서 밥벌이 중이 꼴 저 꼴 보기 싫어 이제 좀 쉬고 싶은데, 인생이란 참 묘하다. 쉬고 싶을 때 쉴 수 있는 사람을 우리는 존경하게 된다. 그들은 또 매스컴에 유명 인사가 되어 인구(人口)에 회자한다. 쉬고 싶을 때 마음대로 쉴 수 있는 사람은 이른바 성공한 사람이다. 중년에 들어서 자기 마음대로 쉴 수 있는 사람은 딱 두 부류다. 팔자를 잘 타고난 사람과 일하고 싶어도 일할 곳이 없어서 쉴 수밖에 없는 사람이다. 우리는 전자는 고사하고 후자가 되지 않기 위해 매일매일 남몰래 악전고투한다. 야구 경기로 말하자면, 약 5회 말 즈음에 이미 저편으로 한참 기울어진 경기와 같다. 점수 차이가 너무 커서 우리 팀이 역전할 확률은 거의 없어 보인다. 나는 이 경기에서 지고 있는 팀의 감독이다. 남아있는 우리 팀 투수 자원을 보니 한심하다. 그간의 연투에 대부분 우리 투수는 자잘한 잔 부상을 겪고 있다.

내일 선발 투수로 나갈 단 한 명을 제외하고 벤치에도 불펜에도 지금 당장 마운드에 올릴 만한 선수는 아무도 없다. 지는 경기에서 내일을 생각하지 않고 내일 등판 예정인 선발 투수라도 미리 내어써야 할까, 아니면 내일 경기를 위해서 지금 한창 얻어맞고 있는 투수를 9회 끝까지 던지게 해서 어떻게든 투수 자원을 아껴야 할까. 내일을 생각하자니 지금 마운드에서 외롭게 버티고 있는 투수는 쉴 수가 없다. 경기는 오늘 하루만 하는 것이 아니기 때문이다. 어떻게든 지금의 투수로 이 경기를 지든 이기든 끝까지 밀고 갈 수밖에 감독으로서는 달리 방도가 없다. 앞서 말한 후자의 경우, 중년의 심정이 이렇다. 패배가 뻔히 보이지만, 어쩔 수 없는 상황. 이것이 그럼에도 불구하고 먹고살아야만 하는 중년의 처지다.

중년에 이르러 이 꼴 저 꼴 보기 싫어 나는 사람들을 잘 만나지 않는다. 이미 약한 연대의 힘(디지털 인맥)이라는 개념을 설명했지만, 바야흐로 나는 은둔형 외톨이, '히키코모리(ひきこもり)'가 되어 가고 있다. 행여 지인을 만나도 우리 나이에 서로 금기어(禁忌語) 에티켓을 지켜줬으면 하고 나는 바란다. 그 금기어란 바로 흔한 안부로 묻는 "요즘 뭐 해?"다. 그냥 "잘 지내지?"라고 물어도 충분하다. 상대는 단순하게 나의 안부를 물어보는 것이겠지만, 굳이 '요즘 뭐해?'라고 물으며 꼭 상대의 아픈 속을 파내야 할까. 현재 밥벌이로

써 아무것도 안 하고 있는 나는 뭐라고 답해야 할까. 내게 안부를 묻는 상대가 진짜 내가 뭐 하는지 궁금하기는 한 걸까. 상대가 물어오는 '요즘 뭐 해?'에 대한 나의 궁색한 답변은 대체로 이렇다.

"뭐, 그럭저럭 산다."

아래는 김승옥의 단편소설 〈무진기행〉 초반부에 나오는 대사다. 주인공 남자가 고속버스를 타고 서울에서 무진으로 향하고 있다. 주인공 남자의 눈에는 고속버스 창밖으로 보이는 무진이란 동네가 별것 없어 보인다. 그저 평범한 시골 동네다. 그는 버스 앞자리에 앉은 승객들이 무진에 관한 대화를 나누는 것을 듣는다.

"그럼 그 오륙만이나 되는 인구가 어떻게들 살아가나요?"
"그러니까 그럭저럭이란 말이 있는 거 아닙니까?"

오랜만에 본 지인이 "요즘 뭐 해?"라고 내게 실례의 질문을 던져오면, 나는 김승옥의 소설 〈무진기행〉의 위 대사처럼 '그럭저럭'이라고 받아 낸다. 이렇게 대답하는 내 처지가 왠지 서글프지만, 그럭저럭이란 단어는 정말 많은 것을 함축한다. 멋진 단어다. 그럭저럭은 이제 중년을 대변하는 키워드가 되었다.

# 02

## 징글징글한, 하지만 위대한 단어, '먹고산다는 것'

◣◣◣

힘들지 않은 삶이 어디 있겠느냐마는, 그러고 보니 나도 내가 가진 소갈딱지만한 작은 그릇을 가지고 나름대로 열심히 물을 길어왔다. 수도관을 연결하거나 여러 사람을 고용해서 수도꼭지만 틀면 물이 콸콸 나오는 현금 흐름 시스템을 만들수 있는 대인은 아니다. 그렇다고 성공이든 실패든 인생의 최종결과를 아직 논할 단계도 아니다. 100세 시대니 살아갈 날이 살아온 날만큼 남아있기 때문이다. 하지만, 지금까지 물을 긷는 과정을 생각해 보면 정말 징글징글했다. 퍼 나르고 퍼 날라도 마치 깨진 독에 물을 붓는 것 같았다. 하느님이 스무 살부터 다시 살게 해주겠노라고 내게 권해도 지금의 삶이 그리 만족스럽지 못함에도 불구하고 나는 힘들었던 청년기 시절로 되돌아가는 것을 원하지 않는다.

어느 해 여름날, 온 가족이 모여 우리 집 거실에서 단체 가족사진을 찍었다. 내 식구, 처제네 식구, 장인과 장모님 내외, 처형네 식구 이렇게 네 식구가 모여 찍으니 제법 그럴듯한 가족사진이 나왔다. 어른과 아이들 숫자가 잘 조화를 이루어 남들 보기에도 행복해 보이는 가족사진이었다. 하지만, 보이지 않는 이 사진 속을 들여다보면 저마다의 아픈 사연이 많이 담겨있다. 사진 속에서 웃고 있는 나의 표정은 결코 웃는 것이 아니다. 이 가족사진 한 장을 얻기까지 그간의 세월을 버텨 온 것에 관하여 여기서 굳이 말해 뭐하랴. 중년 가수 김종진이 불렀던 〈Bravo My Life〉의 노랫말이 와닿는다.

'Bravo, bravo, my life 나의 인생아, 지금껏 달려온 나의 용기를 위해 ~'

우리 중년은 용기 있게 지금껏 버텨왔다. 이 노래를 불렀던 가수도 할 말이 많았는지 노래 가사에서 인생을 마치 원망스럽고 밉살스러운 사람인 듯 '(이놈의) 인생아' 라며 사람 부르듯 의인화하고 있다. 이 노래를 김종진이란 중년 가수가 아닌 새파란 십 대 아이돌(idol) 가수 누군가가 불렀으면 과연 느낌이 어땠을까.

중국 작가 위화(余華)의 소설 〈허삼관 매혈기〉는 우리 중년의 고단한 삶을 잘 조망하고 있다. 이 소설은 시종일관 작가 특유의 해학이 돋보이지만, 결말에 이르러 진한 페이소스(Pathos)의 정서를 느낄 수 있는 전형적인 소설이다. 소설에서 작가 위화는 허삼관이라는 인물을 통해서 피를 팔아 가족의 생계를 영위하는 고달픈 중년 가장의 삶을 극적으로 묘사했다. 소설 종반부에 이르러 주인공의 삶이 고달픔과 찌질함을 넘어서 가족 사랑에 대한 위대함으로 탈바꿈하는 장면이 압권이었다.

(스포일러 주의) 소설에서 허삼관의 어린 아들이 중병에 걸렸다. 당장 치료를 제대로 하지 못하면 아이가 죽을 수도 있다. 엄마와 아이는 큰 병원이 있는 먼 도시로 치료를 위해 먼저 떠난다. 아빠 허삼관은 많지 않은 수중의 돈을 아내에게 모두 털어주며 자신도 얼마가 될지 모를 병원비를 마련한 후 곧 따라가겠다고 아내에게 말한다. 허삼관은 이제 아이가 있는 병원으로 갈 차비조차 없다. 여비와 병원비를 마련하기 위해 그가 할 수 있는 일이란 자신의 피를 파는 것밖에 없다. 다행히 그는 어느 강가에서 배를 얻어 타게 되고 도시 중심부 병원까지 갈 시간 동안 중간중간에 배에서 내려 자신의 피를 팔기 시작한다. 단시일 내에 일정량 이상의 피를 뽑는 것은 건강에 해롭다는 것을 그도 모를 리 없다. 패배가 뻔한 야구 경기지만, 그는 9회 마지막까지 마운드에서 내려올 수가

없다. 자신의 뒤에 남아있는 동료 투수가 단 한 명도 없기 때문이다. 그럼에도 불구하고 중년 가장인 허삼관은 머리가 어지럽고 당장 쓰러질 것 같아도 죽어가는 아이의 병원비 마련을 위해 매일 피를 뽑아야 한다. 그 고단한 여정에서 그를 위로해 주는 것은 피를 뽑은 후 원기 회복을 위해서 먹는 싸구려 돼지 간볶음과 막걸리 같은 한 잔의 황주뿐이다. 아이 병원비 마련을 위해 매일 다량의 피를 뽑은 허삼관은 결국 길바닥에 쓰러진다.

소설 속 허삼관의 삶이 우리 중년의 모습과 다르지 않다. 그도역시 한 가정의 가장이었다. 그가 자신을 희생하면서 끝까지 지키고자 했던 것은 그의 가족이었다. 가족을 지키고자 하는 이 위대한 가치는 국적이든 인종이든 모든 것을 초월한다. 지금까지 우리 중년들이 찌질함과 비굴함, 때로는 강자와 타협하면서 버텨 온 이유는 무엇일까. 이 나라의 자주독립? 민주주의의 숭고한 가치? 세계 인류평화 공존? 지구 환경문제? 아니다. 그냥 내 가족이다. 그 옛날 만주 독립투사들은 가정을 버린 채 나라 독립을 위해 자신을 희생했다. 그 당시 뜻있는 대인배에겐 자신의 가정보다 이 나라가 더 중요했으리라. 자리가 사람을 만들고 시대가 영웅을 만드는 법이다. 하지만, 지금은 그 시절과 아주 많이 다르다. 각 개인이 먹고사는 문제가 이 나라 발전만큼 중요한 가치가 되어 있다. 그러니 지켜야 할 가정을 가진 우리 중년 모두는 각자가 독립투사이고 시대가 낳은 영웅이다. 이 어찌 위대하다고 하지 않을 수 있겠는가?

## 그럼에도 감당해야 하는 중년
## 가장의 무게_영화 〈이웃집 남자〉

▲▲▲

가슴 먹먹하게 본 우리나라 영화를 한 편 소개한다. 이 영화를 소개하기 전에 우선 이 영화의 각본을 쓴 소설가 천명관을 말하고자 한다. 내가 소설가 천명관을 알게 된 건 소설가 이외수 님이 올린 SNS 트윗(twit) 한 줄을 통해서였다. 이렇게 말하니 필자가 무슨 유명인 같다. 나는 천명관과 이외수 작가를 잘 안다. 하지만, 그분들은 나를 전혀 모른다. 이 점을 분명히 밝힌다.

이외수 님은 자신의 트윗을 통해서 천명관 님의 소설 〈나의 삼촌 부르스 리〉를 재밌게 읽고 있다고 했다. 그러든지 말든지 나와 무슨 상관이겠냐마는, '부르스 리(Bruce Lee, 이소룡)'란 이름에 나는 귀가 솔깃했다. 우리 중년 세대가 이소룡이란 이름을 듣고도 아련한 추억에 잠기지 않을 사람이 어디 있을까. 이소룡은 로봇

태권브이나 들장미 소녀 캔디만큼 우리 중년들 머릿속에 깊이 각인된 캐릭터다. 지금처럼 인터넷이 발달하지 않았던 시절, 이소룡이 죽었다는 소문을 믿었던 사람은 우리 동네에서 아무도 없었다. 코를 찔찔 흘리며 구멍가게 앞에서 같이 딱지치기를 하던 동네 형에게 이소룡이 죽었다는 말을 나는 처음 들었다. 같이 딱지를 치던 내 친구들 모두 그 말을 아무도 믿지 않았다. 당시 이소룡은 우리에게 불사(不死)의 영웅이었다.

이외수 님이 천명관 작가의 소설을 잘 읽고 있다는 그 트윗 한 줄을 보고 나는 서점으로 달려갔다. 천명관의 소설 〈나의 삼촌 부르스 리〉는 제법 두툼했다. 게다가 1, 2권 두 권이었다. 나는 그 두 권을 사서 단숨에 읽어버렸다. 그렇게 빨리 책을 읽어보긴 난생처음이었다. 뒷이야기가 궁금해서 도저히 책에서 손을 놓을 수가 없었다. 2권 마지막 장을 덮으면서 나는 속으로 이렇게 중얼거렸다. '그래, 이게 바로 소설이지. 소설이란 원래 이렇게 재미있는 거였어.' 그것을 계기로 나는 천명관 작가의 모든 소설을 독파했다. 은희경 작가도 극찬했던 그 유명한 〈고래〉란 작품과 영화화되었던 〈고령화 가족〉을 나는 먼저 독파했다. 특히 〈고래〉는 정말 대단한 서사를 가진 소설이었다. 그리고 글로 표현하기 힘들 정도로 아주 능청맞은 소설이기도 했다. 곧바로 두 권의 단편집 〈유쾌한 하녀 마리사〉와 〈칠면조와 달리는 육체노동자〉도 읽었다. 특히 〈칠

면조와 달리는 육체노동자〉에 실렸던 〈동백꽃〉이란 단편이 있다. 고(故) 김유정 선생의 동명(同名) 소설을 오마주(hommage)한 단편이다. 소설의 첫 대사와 마지막 장면을 보면서 배를 잡고 웃지 않을 수 없는 소설이었다. 김유정 선생이 이 소설을 본다면 정말 흐뭇해 할 것만 같다. (여기에 굳이 그 소설 첫 대사와 마지막 장면을 기재하지 않는다. 사서 보시라.) 비교적 최근에 나온 〈이것이 남자의 세상이다〉도 문학성이라곤 하나도 없는 것 같지만, 재미 하나만은 끝내주는 소설이었다. 소설이 재밌으면 됐지, 문학성은 무슨, 얼어 죽을.

〈철도원〉과 〈파이란〉으로 유명한 일본 소설가 아사다 지로(浅田次郎, Asada Jiro)가 언젠가 어느 매체를 통해 했던 인터뷰 기사가 생각났다. 자기가 그간 백 편의 소설을 썼는데, 자신의 소설을 처음 읽는 독자가 처음 읽는 자신의 소설에 만족하지 않으면 나머지 아흔아홉 편의 소설은 그 독자에게 무용지물이 된다고 말했다. 과연 맞는 말이다. 이런 의미로 나는 여러 소설가의 작품 중 단 한 편만 읽고 나의 취향에 맞지 않으면 다시는 그분(?)의 소설은 거들떠보지도 않게 되는 습관이 생기게 되었다. 나쁜 버릇이지만, 주위에 읽을 것이 넘쳐나니 나를 탓하지 말지니. 이에 반해 천명관 작가의 작품은 나에겐 그것과 정반대였다. 〈나의 삼촌 부르스 리〉 단 한 편으로 나는 그의 모든 작품을 독파한 팬이 되었다.

김만중이 〈구운몽〉을 썼던 그 옛날부터 원래 소설은 재미있는 것이었다. 알다시피 김만중은 자신의 유배 시절에 어머니를 위로하기 위해 〈구운몽〉을 썼다. 그 고리타분한 시절에 한 사내와 여덟 처자(팔선녀) 간 남녀상열지사를 소재로 다뤘던 것 자체로 재미가 있었다. 과연 문학성으로 가장한 재미없고 지루한 이야기가 모친을 위로할 수 있었을까. 그래서 그런지 구운몽의 이야기 발상은 정말 재밌다. 출판계와 문학계에서 요즘 독자들은 소설을 안 읽는다고 한탄한다. 스마트폰 보급이나 웹 소설로 순문학이라 부르는 우리 정통 소설이 일정 부분 자리를 뺏긴 것은 맞다. 하지만, 그 탓만으로 돌리기에는 좀 무리가 있다. 우리 소설은 대체로 재미가 없다. 쓸데없이 너무 문학적 진중함만을 추구한다. 앞서 말한 천명관이나 이기호 또는 정유정 같은 몇몇 소설가들 작품을 제외하면, 소설을 좋아하는 나조차 우리나라 소설에 별로 손이 가지 않는다. 소설인데 그 속에 이야기가 별로 없기 때문이다. 문예창작과 출신들이 공모전 수상을 위해 찍어낸 듯, 문학적 허세로 치장한 붕어빵 틀에서 만들어 낸, 그 소설이 그 소설 같은 소설만 범람한다. 공모전에 당선된 소설 중 다시 읽어보고 싶거나 기억에 남는 소설이 단언컨대, 나는 단 한 편도 없다. 신춘문예를 통해 등단한 작가 중 지금 이름이라도 알려진 소설가가 몇 명인지 누구인지 당최 모르겠다. 우리 문단계가 소설적 유희와 고매한 문학 사이에서 고민하고 갈등한 흔적이라도 있었을까. 문학이라는 가면을 쓰고 우리 소설은 너무 진중하다. 흔히 말하는 예술성만 추구한 것은 아닌지 묻고 싶다. 소설이 예술이라면, 장르 이름부터 바꿔야 한다. 소(小)설이 아닌 대(大)설로. 내가 지금 뭔 소리를 하고 있는지? 소설집을 출간했고 지금도 소설을 쓰고 있는 내가 스스로 무덤을 파고 있다. 나중에 필자가 혹시라도 소설가로 유명해지면 도대체 어쩌려고.

책 읽는 것이 무언가 깨알만한 깨달음은 있을망정, 재미난 소설책을 제외하면 책이란 사실 재미가 없다. 그 옛날 화장실에서 숨어서 몰래 봤던 주간지 〈선데이 서울〉보다 더 재밌는 책이 있었을까. 책을 통해 무언가 알아가는 것이 재미라고 말한다면, 그건 역시 새빨간 거짓말이다. 하지만, 천명관의 소설이라면 〈선데이 서울〉까지는 아니더라도 책 읽는 재미를 말해도 충분하다고 나는 말하고 싶다.

서론이 길었네. 이제부터 영화 이야기다. 개봉 당시 별로 흥행도 못했지만, 내겐 보물 같았던 영화 〈이웃집 남자〉를 언급하고자 한다. 이 영화를 내가 어떻게 알았겠는가. 그저 소설가 천명관이 이 영화의 각본을 썼다는 것이 내가 이 영화를 보게 된 유일한 동기였다. 영화 속에 뭐 대단한 메타포나 메시지가 있는 것은 아니다. 천명관 작가가 써 왔던 소설들의 느낌과 이 영화가 가진 느낌이 비슷했다. 지극히 현실적인 한 중년 남자의 살아가는 모습을 유쾌하지만, 결국 왠지 슬퍼지는 페이소스의 정서로 담아낸 영화가 바로 이 영화 〈이웃집 남자〉다. 영화 첫 장면에 나오는 중년 주인공 남자의 독백이 특히 인상적이다.

"세상에서 무언가를 얻기 위해선 반드시 대가를 치러야 한다. 그것이 인생의 법칙이다. 자신이 진심으로 원하는 것이 있다면 그것을 위해 무엇을 대가로 지불해야 할지 미리 생각해야 한다. 하지만, 누가 그런 골치 아픈 것을 생각한다는 말인가. 인생은 앞만 보고 달려가기에도 너무 벅찬데."

주인공 상수(윤제문 분)는 중년의 부동산 개발업자다. 대학생 때 시위에 자주 참여했다고 하는 것으로 보아 아마 우리와 같은 세대가 분명하다. 한때 부동산 경기 활황을 등에 업고 그는 나름대로 부동산 업계에서 자리를 잡았다. 그는 상사의 눈치를 살피며 고단한 직장생활을 하지 않아도 된다. 그 스스로 부동산 개발 업체의 소유주(owner)이기 때문이다. 그는 어느 날 자신의 직원을 불러 앉히고 이렇게 말한다. '내가 뺏어오지 않으면 결국 남이 내 것을 빼앗아 간다고.' 가난한 대학생으로 살아온 그의 지나친 피해 의식의 반영이지만, 이런 그의 '파이팅 정신'이 결국 그를 오너로 만들었고 그 스스로 부(富)를 창출했다. 자본주의 사회에 살면서 남의 것을 빼앗아 부를 축적하는 것이 그의 신념이다. 어쩌면 그가 가진 이런 신념이 요즘 같은 신자본주의 사회에서 살기에 최적의 해법일 수도 있겠다. 그런 사실을 증명하기라도 하듯, 그는 지금 소위 잘나가는 중년이 되어있었다. 그는 최신형 벤츠 자가용을 타고 다닌다. 물론 아내 이외의 여자도 있다. 그리고 제집 드나들 듯 비싼 룸살롱을 매일 넘나든다. 대형 리조트 개발에 손을 대고 있는 그에게 일 진행상 약간의 행정적인 걸림돌이 있을 뿐, 삶에 있어서 그의 고민은 그리 많아 보이지 않는다.

(스포일러 주의) 새옹지마니, 호사다마니 이런 말이 괜히 생긴 것은 아니다. 부러울 것 없어 보이는 그에게도 어느덧 시련이 다가온다. 아내가 바람을 피운 것이다. 아내가 바람을 피운 상대는 하필 상수 자신의 친구다. 주인공 상수는 아내 몰래 딴 여자를 두었지만, 정작 자기 아내의 부정은 인정하지 않는다. 남자란 동물이 원래 그렇다. 남자는 한눈을 팔아도 한순간 유희로 치부하며 다시 가정으로 돌아온다고 핑계 대지만, 여자의 외도는 아예 딴살림 차려 집 밖으로 나간다고 남자들이 믿기 때문이리라. 외도하는 남자

는 항상 이렇게 스스로 변명한다. '몸은 허락해도 마음은 허락하지 않았다고.' 이 말도 안 되는 논리가 남자들 외도에 자신이 자신에게 면죄부를 부여한다. 더 좋은 차, 더 넓은 집, 더 괜찮은 학군에서 살기 위해, 이 모든 것이 가정의 화목을 위해 앞만 보고 달려왔다고 남자들은 굳게 믿는다. 자신의 시간과 자존심 등 모든 것을 투자해서 이만큼 이루었다고 중년 가장은 아내에게 항변한다. 하지만, 아내가 진정으로 원하는 건 항상 따로 있는 법이다.

서로 다른 곳을 바라보며 사는 남녀가 한 가정 안에서 눈높이를 맞춰 사는 것은 정말 예사로운 일이 아니다. 비단 돈과 사랑만이 아니다. 성격 문제를 포함하여 자녀 문제도 걸리고 시댁, 처가 문제도 언제나 걸림돌이다. 위에 인용한 주인공의 독백처럼 우리는 무언가 얻기 위해 치러야 할 대가가 아주 많다. 그 값을 치르면서 또 먹고살기 위해 오늘도 내일도 앞만 보며 달려야 한다.

이 중년 남자의 말로는 비참하다. 영화적 상황 설정으로 나는 이해했다. 상수는 영화의 마지막 장면에서 배에 칼을 맞고 즉사한다. 그것도 벌건 대낮에 모두가 눈을 부릅뜨고 다니는 대형 할인마트 야외 주차장에서다. 자업자득이었을까. 가해자는 부동산 개발업자 상수로부터 재산적 피해를 보았다고 주장하는 남자다. 게다가 가해자는 상수와 자신의 아내가 부정을 저질렀다고 오해한다. 상수는 그런 그에게 보복을 당한 것이다. 상수는 가해자로부터 재산적 이득을 얻었지만, 그것을 얻기 위해 치러야 할 대가를 미처 생각하고 있지 못했다. 진짜 그랬다. 앞만 보고 달리기도 바쁜 중년인데 언제 어떻게 그런 복잡한 것들을 생각하며 산단 말인가. 그 숙제를 하지 못한 죄로 상수는 벌건 대낮에 배에 칼을 맞고 쓰러지고 말았다.

# 원하는 것을 얻기 위해 우리가
# 내어놓아야 할 것들

◢◢◢

세상에 공짜가 없다는 말이 정말 와닿는다. 중년에 들어서 나는 그 말이 더 무겁게 느껴진다. 특히 돈 문제에서 그 점은 더 확실하다. 사주 명리학에서 돈은 재성(財星)이라고 부른다. 이른바 재물의 별자리다. 재성은 남자에게 재물뿐 아니라 여자와 건강(생명)까지 포함한다. 사주 명리학은 재물, 여자, 건강(생명)을 같은 것으로 간주한다. 이를테면 이렇다. 올해 내게 재물이 들어오는 운의 해라고 간주해보자. 재물이 들어온다는 운은 내가 타고난 사주팔자에 매년 들어오는 해의 운기가 겹쳐 재성을 움직이게 하는 동인(動因)이 생기는 것이다. 토정비결 해석의 원리가 바로 이런 것이다. 자신이 보유하고 있는 재성 창고의 문이 활짝 열리든지 또는 돈이 들어 있는 창고의 창고지기 다리몽둥이라도 무언가 외부 자극에 의해 한 대 때려주는 것 같은 자극이 있을 때

내 사주팔자의 재성이 동한다. 이럴 때가 바야흐로 동남풍이 불고 물이 들어오는 시기다. 더 열심히 노를 저어야 할 때다.

하지만, 인생이란 그리 호락호락하지 않다. 돈을 벌 수 있는 재성의 운이 왔는데 내가 그 시기에 돈 대신 여자를 탐한다면 어떨까? 돈은 안 벌리고 돈 대신 여자로 땜하게 된다. 자칫 여난(女難)이 생길 수도 있다. 재성 운이 왔음에도 여자는커녕 돈도 못 벌었다면, 대신 나의 건강을 한번 점검해보자. 나의 재성 운이 돈 대신 나의 건강(생명)을 지켜준 것으로 이해하면 좋겠다. 점집에 가면 술사가 손님에게 잔뜩 겁을 준다. 그 돈 먹었으면 아내에게 탈이 나든지 네 건강이 작살날 것이라고. 돈 대신 당신은 건강을 택한 것이라고 말한다. 이현령비현령(耳懸鈴鼻懸鈴), 귀에 걸면 귀걸이요, 코에 걸면 코걸이 같지만, 액땜이란 바로 이런 의미다. 액땜의 원리를 사주 명리학에서 물상론(物象論)이라고 말한다. 이른바 돈이라는 물상이 여자나 자신의 건강이란 물상으로 대체가 된 것이다. 하나를 얻으면 하나가 부실해지고, 하나를 잃으면 또 다른 하나를 얻게 된다. 비워야 새것이 채워진다고 세간에서 말하는 원리와 같다. 밤이 가장 긴 동지는 음(陰)이 가장 충만한 절기다. 하지만 음기가 절정에 이르렀다면 사인 코사인 곡선의 반등처럼 다시 양(陽)이 태동하는 시기이기도 하다. 죽을 것처럼 힘들었던 시기를 슬기롭게 잘 버티면 다시 새로운 기회가 올 수 있다. 영화에서 상수처럼 끝없이 잘 나가던 시기가 지나면 백주 대낮에 배에 칼을 맞든지 안 좋은 일이 생길 수도 있다. 전화위복이니 새옹지마 같은 말이 괜히 생긴 말이 아니다. 우리 삶의 이치가 이런 음양의 조화 속에 있는 것 같다.

남자에게 돈, 여자, 건강이 재성이면 여자에게는 관성(官星)이란 것이 있다. 여자에게는 직장과 남편을 명리학에서 관성이라는 같은 성(星)으로 간주한다. 직장에서 잘 나가는 '커리어 우먼(career woman)'의 남편들은 대체로 여러 면에서 사회적으로 부실한 입지에 있는 경우가 많다. 한 여자가 자신이 타고난 팔자에 관성 하나만 주어졌다면, 그 여성은 직장이든 남편이든 하나를 택해야 한다. 우리의 주인공 상수는 돈은 얻었지만, 아내를 잃었다. 칼에 맞아 죽어 생명 또한 잃는다. 어쩌면 상수는 자신의 사주팔자에 재성을 하나만 타고났을 수도 있겠다.

지금 하는 이야기는 무소유나 탐욕처럼 밤새 이야기해도 끝이 안 날 추상적 거대 담론이 아니다. 그냥 먹고사는 문제일 뿐이다. 위대하신 김훈 작가는 위에서 언급했듯이 먹고사는 문제를 '지겨움'이라는 한 단어로 표현했다. 정말 명쾌하다. 죽을 때가 되어 병

상에 누워 있어도 밥은 먹어야 한다. 밥 먹을 힘조차 없으면 영양
제라도 맞아야 한다. 이제 그만하고 싶어도 그만할 수 없는 것이
먹고산다는 것이다. 지겹다는 표현 말고 달리 더 좋은 것이 있을
수가 없다. 김훈 작가님 에세이집 〈밥벌이의 지겨움〉에 나오는 다
른 문장을 아래에 인용한다.

'모든 밥에는 낚싯바늘이 들어 있다. 밥을 삼킬 때 우리는 낚싯바늘을
함께 삼킨다. 그래서 아가미가 꿰어져서 밥 쪽으로 끌려간다. 저쪽 물가
에 낚싯대를 들고 앉아서 나를 건져 올리는 자는 대체 누구인가. 그자가
바로 나다. 이러니 빼도 박도 못 하고 오도 가도 못 한다. 밥 쪽으로 끌려
가야만 또다시 밥을 벌 수가 있다.'

상수는 영화의 첫 장면에서 앞만 보고 달리기에도 너무 벅차다
고 말했다. 하지만 나는, 아니 나처럼 아예 '내려놓고' 사는 또 다
른 어떤 중년은 앞만 보고 달리지 않고 걷기도 하고 때로는 쉬기
도 한다. 팔자 좋은 중년이 아니라 그냥 대열에서 이탈한 중년으
로 봐도 좋겠다. 군대로 치면 고문관이고, 야구로 치면 영원히 1군
에 콜업(call up) 받지 못할 2군 선수다. 그렇다고 낙오자는 결코 아
니다. 단지 진짜 내가 원하는 것이 무엇인지 아직 발견하지 못했
을 뿐이다. 내가 원하는 것을 바랄 때 나도 그 값어치에 해당하는

것을 내어놓아야 하므로 뭘 내어놓아야 할지 망설이고 있는 중이다. 상수처럼 앞만 보고 달리다가 이 나이에 배에 칼이라도 맞으면 어쩌란 말인가. 무언가 큰 것을 얻기 위해 그 대가로 내가 내어놓을 것은 많지 않다. 하지만, 하루하루 나도 모르게 무언가 잃어가고 있음을 나는 느낀다. 대신 내가 얻은 것은 무엇인지 지금으로서 나는 알 수가 없다. 사주 명리학의 원리대로 액땜하며 분명 그 잃은 값어치에 상당하는 무엇인가를 얻었을 것으로 나는 믿고 싶다. 그런데 아무리 생각해 봐도 내가 그 대가로 얻은 것이 무엇인지 아직도 나는 찾을 수가 없다. 김동인의 소설 〈발가락이 닮았다〉의 주인공 M처럼 내가 낳은 자식의 발가락까지 훑어보기 위해 이 나이에 양말이라도 벗어야 할까. 장고 끝에 최근 내가 내린 결론은 바로 이것이다. 밥벌이에 대해 김훈 작가님이 내린 결론처럼, 허탈하지만 이것밖에 나는 달리 해답을 찾지 못했다.

"큰 탈 없이 하루 세끼 밥 잘 먹고, 그런대로 먹고살고 있는 것, 밥벌이가 비록 지겹지만."

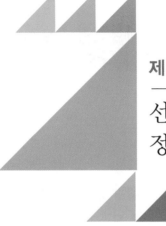

**제 7 장**

선택이 있을 뿐 인생에
정답은 없다

PART
07

"하찮은 바다낚시든 뭐든 세상일이 그렇게
 우리 마음대로 쉽게 되지 않는다"

내가 바다낚시를 처음 배울 때, 그러니까 약
이십 년 전쯤 이야기다. 친구 두 명과 같이 삼천포 앞바다로 낚시
를 하러 갔었다. 당시 우리 세 명은 모두 바다낚시에 이제 막 입문
한 완전 초보자였다. 당구를 처음 배울 때 잠자다가 네모난 천장
을 보면 당구대로 보인다고 하듯이, 당시 우리 세 명의 머릿속에
도 온통 바다낚시 생각뿐이었다. 서로 말은 안 하지만, 같이 출조
를 해서 셋 중 누군가가 그럴듯한 크기의 물고기를 잡으면 그 사
람은 못 잡은 나머지 두 명이 가지지 못할 은근한 우월감을 맛본
다. 당구장에서 그날의 승자가 가지는 느낌과 비슷하다. ('패자는 카
운터로')

부산에서 한밤중에 차를 몰고 무려 130여 킬로미터를 운전해서
삼천포항에 이른다. 거기서 또 배를 타고 인근 '딱섬'이라는 섬으

로 향한다. 딱섬 주위는 물살이 매우 센 곳이다. 과거 이순신 장군이 왜군과 해전을 벌였던 곳이기도 하다. 딱섬 주위에 인근 어촌계에서 뗏목을 띄우고 우리 같은 낚시꾼을 상대로 낚시 자리 임대 영업을 한다. 현지어로 '뗏마'라고 불리는 유료 좌대 낚시다. 뗏목 크기의 구조물을 바다 한가운데에 띄우고 그 위에서 선상낚시를 하듯 낚시인들이 낚시를 즐긴다. 물론 적지 않은 사용료를 지불해야 한다. 우리 셋은 부산에서 출발하여 해상 한가운데에 있는 딱섬 좌대에 이르기까지 차 기름값이며 항구에서 딱섬으로 가는 뱃삯과 좌대 이용료까지 지불한다. 낚시 미끼는 물론이고 고기들을 발 앞으로 모아야 하기 때문에 사람이 먹는 밥값보다 더 비싼 밑밥도 양껏 주문한다. 바다낚시는 이렇게 매번 돈이 많이 드는 악취미다. 아무튼 모든 준비를 마치고 우리 셋은 새벽 동이 트기 전에 삼천포 딱섬 인근 해상 좌대에 앉았다. 한 잔의 커피를 마시며 우리는 동이 틈과 동시에 오늘 우리에게 잡힐 씨알 좋은 감성돔을 위해 모든 열정을 불사르리라 다짐한다. 이순신 장군이 왜군을 맞서기 전의 비장함이 낚시를 시작하기 전 모든 낚시꾼의 마음에도 들어있다.

　하지만, 하찮은 바다낚시든 뭐든 세상일이 그렇게 우리 마음대로 쉽게 되지 않는다. 머릿속에 그려두었던 그날의 작전 계획은 모두 다 틀어진다. 원래 계획대로 되는 일은 없는 법이다. 동틀 무렵부터 시작한 우리 셋의 낚시는 정오를 훌쩍 넘어서도 전혀 진전이 없었다. 시냇물처럼 콸콸 흘러가는 거친 조류에 우리는 속수무책이었다. 그 시간까지 단 하나의 생명체를 구경하지도 못한 채 우리 셋은 좌대에 털썩 주저앉고 말았다. 패잔병처럼 낚싯대를 내려두고 친구가 코펠을 꺼내어 라면을 끓이기 시작했다. 좀 쉬면서 체력을 비축하고 상황을 지켜보기로 했다.

마침 그때, 멀리서 배 한 척이 우리 좌대로 다가왔다. 동네 주민으로 보이는 나이 칠순 가량의 어르신이 단신으로 낚싯대를 들고 우리가 있는 좌대에 내리셨다. 허술한 차림으로 보아 전문 낚시인이 아닌 삼천포 현지인인 것 같았다. 당시 우리는 취미 활동에 겉멋만 잔뜩 들어서 고가의 낚시 장비 구비에 집착했다. 고어텍스니 뭐니 하는 값비싼 낚시 의류며 미끄럼 방지 신발이며 폼나는 선글라스에 카본 소재의 낚싯대 등등은 대부분 일본산으로 꽤 값나가는 장비였다. 비록 바다낚시 초보자들이지만, 우리의 차림으로만 본다면, 낚시방송에 나오는 전문 꾼에 비해 전혀 손색이 없었다. 낚시 실력이 모자라니 돈으로 겉모습만이라도 허세를 부려보고 싶은 마음이 곧 초보의 마음이다. 그에 비해 상대 어르신은 낚시꾼으로서 행색은 보잘것없었다. 양손에 쥔 것은 케이스도 없이 가져온 낚싯대에 고기를 담는 바구니 하나가 전부였다. 그분은 우리와 인사를 나누자마자 바로 좌대에 설치된 벤치에 누워 잠부터 청했다. 우리는 의아했다. 여기 좌대 이용료에 뱃삯까지 적지 않은 돈을 들여왔건만, 낚시는 안 하고 잠을 자다니, 때로는 한심하게 생각하기도 했다. 주무시던 그 어르신은 오후 2시가 되자 벌떡 일어나 본격적으로 장비를 추스르고 낚시를 시작했다. 반면, 우리는 오전 내내 한 마리도 못 잡고 체력이 고갈되어 라면이나 끓여 먹으며 좀 쉬고 있었다. 그 어르신이 어떻게 낚시를 하나 뒤에서 우리는 호기심 가득 지켜보고 있었다.

그런데 이게 웬걸, 놀라운 반전이 시작되었다. 낚시를 시작하자마자 채 몇 분도 안 되어 그분이 팔뚝만 한 감성돔을 한 마리 잡아내셨다. 우리가 그렇게 잡고자 했던 오늘의 대상 어종 감성돔이었다. 물 밖으로 올라온 감성돔 특유의 은빛 비늘이 강한 햇살에 반짝거렸다. 우리가 감탄하고 있을 시간도 주지 않고 어르신은 곧바로 비슷한 크기의 감성돔을 또 한 마리 낚아내셨다. 우리는 입이 떡 벌어졌다. 아무리 바다낚시 초보라지만, 우리는 새벽 동틀 무렵부터 오전 내내 감성돔은커녕, 단 한 마리의 생명체도 구경을 못 한 터였다. 반면, 이 어르신은 단 한 시간도 안 되는 사이에 약 40cm 크기의 감성돔을 두 마리나 낚아내셨다. 그 이후 한 시간가량 더 낚시하시더니 어르신은 미련 없이 낚싯대를 접고 오는 배를 타고 유유히 떠나셨다. 우리는 완전히 산신령에게 홀린 기분이었다. 어르신이 잡아내시던 그 모습에 자극을 받아 우리도 본격적으로 낚시에 집중했건만, 역시 소득은 없었다. 그날 오후 삼천포 항으로 귀항하면서 나의 궁금증은 극에 달했다. 왠지 사기꾼에게 보기 좋게 당한 것 같은 억울한 심정도 있었다. 도저히 이대로 그냥 집으로 갈 수는 없을 것 같았다. 귀항 후 나는 인근 낚시점을 찾았다. 낚시점 주인에게 오늘 현장에서 있었던 일을 소상히 말했다. 긴 시간 낚시에도 우리가 못 잡은 이유와 짧은 시간 낚시에도 그 어르신이 감성돔을 두 마리나 잡았던 이유를 물어봤다. 내 이야기를 자세히 듣더니 낚시점 주인은 실망한 듯 특유의 경상도 사투리로 내게 툭 하고 답변을 내놓았다.

"젊은 사람이 그걸 모르나? 물때 아이가? 그 어르신은 고기가 잡히는 물때를 아시는기다."

# 01

—

## 나는 왜 항상 운이 나쁜 것일까?

◀◀◀

세상은 일견 불공평해 보인다. 나는 정말 열심히 노력하고 있는데 좀처럼 내 삶의 형편은 나아지지 않는다. 반면, 어떤 이는 부모 잘 만나서 내가 누릴 수 없는 호사를 누린다. 많은 사람이 이런 상대적 박탈감을 느끼는 것 같다. 내가 능력이 부족해서 그렇다면 누굴 탓하랴, 하지만, 우리 삶의 질 문제는 개인의 능력만으로 모든 부분을 설명할 수 없다. 위에서 말한 바다낚시 물때처럼 노력과 실력만으로 설명할 수 없는 부분에 운(運)의 영역이 존재한다. 필자는 그렇게 믿는다.

돌이켜보면 나는 직장인으로서 능력이 많이 부족했다. 진급 누락도 몇 번 겪었고 신입 시절엔 일을 제대로 못해서 감봉도 당해봤다. 하지만 운이 좋아서 그럭저럭 직장생활을 20년 넘게 유지해 왔다. 사업을 하거나 다른 일을 했다면 직장인보다 훨씬 더 나은 삶을 살 수도 있겠다. 하지만, 사주명리를 알면서 내 그릇은 그저 직장에서 월급이나 받으며 꾸역꾸역 살아가는 것이 최선이었다는 사실을 나는 스스로 알고 있었다. 청년이든 중년이든 취업하기가 정말 힘들다. 젊은 시절, 내가 첫 직장에 입사할 즈음엔 20세기에서 21세기로 바뀌는 Y2K(Year 2000) 바람이 불었다. 그 바람에 컴퓨터 하드웨어의 폭발적 수요가 있었다. 그 틈에 나처럼 능력이 부족한 영업사원도 관련 업계로 쉽게 취업할 수 있었다. 유통업계에서 컴퓨터를 열심히 팔던 중, 그 경력으로 내게 굴지의 다국적 기업에서 입사 제안이 왔다. 내가 간절히 바라고 원했던 것도 아니었다. IT업계의 활황과 김대중 정부의 소비 진작 정책 등과 맞물려 나 같은 사람도 시장에서 쓸모가 있었던 것 같다. 그 덕에 졸지에 나는 대기업과 굴지의 다국적 기업 출신이란 경력을 얻었고 그 배경으로 40대 명예퇴직을 할 때까지 그럭저럭 직장생활을 하며 먹고살 수 있었다.

내 직장 경력은 순전히 운이 좋아서 만들어졌다. 겸손이 아니다. 반추해 보면 중년까지 살아오면서 나는 내가 들였던 노력보다 소득이 더 많았던 것 같다. 로또복권에 당첨된 그런 일회성 행운이 아닌, 좋은 운의 긴 흐름, 그 흐름 언저리 어딘가에 내가 나도 모르게 붙어 있었다. 이런 것이 운이 좋은 사람이다. 이 현상은 운이 아니면 달리 표현할 방법이 없다. 승진도 제때 못하고 이래저래 눈치나 보며 직장에 빌붙어 입에 풀칠이나 했던 것도 가진 것 하나 없던 내겐 운 좋은 일이었다.

반면, 나와 반대의 사람이 있다. 본인은 정말 열심히 살고 있는데 투자 대비 결과물이 항상 부족했다면 그건 그 사람의 능력 탓이 아니라고 나는 생각한다. 단지 운이 없었을 뿐이라고 나는 말하고 싶다. 사연 많은 연예인이나 운동선수 등 잘 알려진 사람들을 보면 한때 구설에 오르고 엄청나게 고생하다가 결국 극단의 선택을 하는 경우가 있다. 대중에 알려진 사람들이라 그 사람의 사주팔자를 열어 운의 흐름을 보면 그 당시가 제일 안 좋은 운의 흐름이었던 것이 대부분이다. 안타깝다. 그 순간을 잘 넘기면 곧 호(好)시절이 올 텐데 말이다.

앞서 말했듯, 운의 흐름은 작게는 1년(歲運) 길게는 10년(大運) 주기로 바뀐다. 바다에서 하루나 보름 주기로 물때가 바뀌는 것과 마찬가지다. 운의 흐름도 바다의 물때처럼 일정한 주기가 있다. 바다에서 하루 중 물때가 바뀔 때는 징조가 있다. 조류의 상하좌우 흐름이 바뀌기도 하고 조류가 갑자기 호숫가의 물처럼 멈추는 경우도 있다. 그런 것이 물때가 바뀌는 전조다. 사주 명리학을 공부하지 않아도 나의 운의 물때가 바뀌고 있다는 징조 또한 아는 방법이 있다. 운이란 대체로 사람을 통해서 전해지는 경우가 많기 때문에 나의 주변 사람이 바뀌면서 좋은 운이 들어오기 시작한다. 그간 연락이 안 되던 사람과 우연히 접촉하는 일이 잦아지고, 평소 인연이 없었던 사람과 마주하게 되는 경우가 운이 바뀌는 징조 중 하나다. 큰일이 아닌 소소한 일부터 예상외로 잘 풀리기 시작한다. 적은 액수의 부수입들이 생긴다면 내게 좋은 운이 들어오는 징조다. 물론, 액땜이라는 원리로 좋은 운이 오기 전에 간혹 나쁜 일 한 두 가지도 같이 일어날 수 있다. 그러니 내게 지금 안 좋은 일이 닥쳐 우울하다면 가장 먼저 해야 할 일은 지금 순간을 잘 넘기는 것이다. 더 좋은 운이 오고 있다고 믿고 액땜으로 받아들이면 좋다. 해가 바뀌고 시간이 흐르면 바다에서 물때가 바뀌듯 또 운의 흐름이 바뀐다. 우리는 비가 올 때까지 기우제를 지내는 인디언들이 가진 믿음을 가져야 한다. 내가 운이 없다고 느껴지면 자중하고 겸손하고 덕을 쌓아보자. 뭘 해도 생각대로 잘 안 풀린다면 정말로 운이 안 좋은 것이다. 운이 안 좋을 때 어차피 발버둥을 쳐도 일의 효율은 떨어지게 마련이다. 그럴 때 힘이라도 비축하고 더 망가지지 않고 상황을 견디는 것, 그것이 곧 다가올 좋은 운의 흐름을 맞았을 때 한 발 더 앞서갈 수 있는 방법 중 하나라고 나는 생각한다.

# 02

고스톱과 인생살이의 공통점 :
앞패보다 뒷패가 좋아야...

▲▲▲

운 이야기를 하면서 반드시 언급해야 할 소
재가 있다. 바로 고스톱이다. 명절이면 당시 중학생이었던 아들과
함께 바둑돌을 판돈 삼아 필자는 고스톱을 즐기곤 했다. 기억하기
론 승부는 거의 5:5 비율이었다. 내가 절반을 이기면 아들도 비슷
하게 나를 이긴다. 내가 중학생 아들에게 양보한 것도 아니다. 매
번 나는 이기려고 최선을 다했다. 아들 역시 마찬가지리라. 중년
을 훌쩍 넘어서고 있는 어른과 아직 미성숙한 중학생 아이와의 머
리싸움, 그럼에도 이 둘 간의 승부를 예측하는 것은 섣부르다.

내가 못 치는 것도, 중학생 아들이 잘 치는 것도 아니다. 고스톱
을 잘 친다는 건 운일까 실력일까. 정답은 아마 운칠기삼(運七技三)
이란 말로 대신할 수 있을 것 같다. 고스톱에서 이기는 원리는 아
주 간단하다. 운칠기삼이란 단어대로 운과 확률에 의지하면 된다.

판에 깔린 패 중 어느 것을 먼저 먹을 것인가는 분명 본인의 선택이다. 확률이나 직감에 근거하여 판에 깔린 패 중 어떤 것을 먼저 취할 것인가 우선순위를 정한다. 나머지는 뒷패가 알아서 한다. 먼저 먹는 패를 정하는 순서가 운칠기삼의 기술 30%이고 뒷패가 어떻게 붙어주는가가 운의 영역 70%다. 이러하니 유독 고스톱에서는 '초심자의 행운(beginner's luck)'이 많이 작용한다. 멋모르고 치는 초심자도 가끔 고스톱 고수들을 이기기도 한다. 한마디로 운이 좋아서 그렇다. 더 정확하게 말하면 뒷패가 잘 붙어서다. 오광(五光)을 다 들고 있어도 피 껍데기만 들고 치는 상대에게 질 수 있는 게 바로 고스톱이다. 운과 고스톱 이야기를 하는 것은 이것들이 우리 인생살이와 닮은 점이 참 많아서다. 운칠기삼 말고도 우리 인생살이와 맞닿아 있는 고스톱 용어들을 한번 나열해 본다. 출처를 알 수 없는 어느 인터넷 사이트에서 퍼 온 글에 필자가 약간 살을 입혔다.

■고(go) : 인생은 결국 중요한 순간이 임박하면 스스로 진로를 결정해야 한다. 고스톱에서 '고(go)'는 인생은 결국 자기 자신과의 승부라는 것을 가르친다.

■스톱(stop) : '스톱'은 인생에서 우리가 나아가야 할 때와 자제해야 할 때를 가르친다. 스톱은 또한 신중한 판단력과 미래의

불안을 제거하는 방법을 우리에게 가르친다. 경솔한 판단은 인생에서 오히려 독이 되어 돌아온다.

■ 광박 : 위험한 순간에 최소한 광(光) 하나는 가지고 있어야 더 큰 화를 모면할 수 있다. 광박은 위험 보장으로써 보험의 중요성을 우리에게 일깨워 주고 있다.

■ 낙장불입(落張不入) : 낙장불입은 우리 인생에서 작은 실수가 얼마나 큰 화를 초래하는지 일깨워준다. 작은 일을 귀하게 여겨야 함을 고스톱은 우리 인생을 빌어 가르치고 있다.

■ 독박 : 인생은 남과 함께 더불어 사는 것이다. 혼자만의 아집이 상대방에게 얼마나 많이 민폐를 끼칠 수 있는지 우리에게 알려주고 있다. 자신의 아집으로 인한 나쁜 결과는 결국 본인 스스로 져야 할 몫임을 잊어서는 안 된다.

■ 비풍초똥팔삼 : 삶에서 무언가를 포기해야 할 때 우선순위가 있다. 우리는 인생에서 모든 것을 가질 수 없기에 고스톱은 우리에게 결정적인 순간에 포기하고 취해야 할 것에 관한 순서를 잘 정해주고 있다.

■ 쇼당 : 고스톱의 진수인 쇼당. 인생에서 양자택일의 중대한 갈림길에 섰을 때, 현명한 판단력만이 생존할 수 있음을 지적해준다.

■ 피박 : 인생에서 사소해 보이는 것도 때에 따라서 중용될 수

있음을 암시한다. 하찮은 것이라도 세상에 필요 없는 것은 없다는 점을 부각해 준다.

실력이 비슷한 사람끼리 고스톱을 치면 희한한 점을 발견할 수 있다. 운칠기삼이라는 말처럼, 상대와 서로 실력이 고만고만하면 최종 승부는 금세 갈리지 않는다. 엉덩이에 쥐가 날 정도로 고스톱을 쳤지만, 돈 딴 사람, 돈 잃은 사람이 명확하지 않다. 판에 낀 사람 모두 적당히 따고 또 적당히 잃는다. 웬만해선 그날의 뚜렷한 승자는 없다. 고스톱 판의 판세가 한 사람의 우월한 기술이나 실력 차이가 아닌 운에 의해 돌고 돌기 때문이다. 오랫동안 판에 남아서 계속 고스톱을 친다는 전제가 있다는 조건 아래에서 말이다. 주사위를 열 번 혹은 스무 번만 던지면 나오는 각 숫자의 빈도수가 차이가 날 수 있지만, 수백 수천 번을 던지면 1에서 6까지 나오는 수의 확률은 거의 비슷해진다. 고스톱의 원리도 이와 비슷하다. 판돈을 좀 잃었다고 금세 자리에서 일어나면 거기서 끝이다. 치다 보면 오광을 손에 들고 칠 때도 있고, 반대로 피 껍데기만 쥐고 치는 경우도 있다. 판이 돌고 돌면서 여러 가지 경우의 수를 맞는다. 그때마다 일희일비할 수 없듯이 우리 삶도 그와 같다. 결과는 문지방을 나서고 신발을 신는 순간에 가려진다. 순간순간 희로애락이야 있겠지만, 길게 보면 하나의 과정에 지나지 않음을 알게 된다. 오랫동안 자리에 남아 견디다 보면 몇 번의 좋은 운으로 잃은 판돈을 금세 만회하기도 한다. 운 총량의 법칙이라고나 할까.

고스톱 말고 실제 삶에서 내가 쥔 패를 한번 살펴보자. 금수저 흙수저 논란이 있듯이 우리 대부분은 가진 패가 영 마뜩잖다. 내가 가진 패에 실망하여 세상을 탓하며 실패와 좌절을 반복하는 사람이 있고, 긍정적인 마음을 가지고 열심히 노력하는 가운데 뒷패가 잘 맞아 성공하는 사람도 있다. 본인이 가진 패와 무관하게 긴 삶에서 성패를 나누는 건 누가 오랫동안 자리에 남아 버티느냐다. 한때의 성공에 자만하여 무리하게 판을 키우다가 망하는 사람을 우리는 수없이 보아왔다. 그 반대의 경우도 마찬가지다. 젊어서 고생한 사람이 불굴의 노력으로 중년이나 노후에 인생 주름이 펴지는 경우도 많다. 돈은 돌고 도는데, 우리가 맞이하는 운도 그렇다. 운(運)이라는 한자 안에 차(車) 자가 들어있다. 운은 바퀴 달린 자동차처럼 이리저리 옮겨 다닌다. 고스톱 판에서 돈을 따고 잃는 것처럼, 이럴 때도 있고 저럴 때도 있으니 우선은 길게 판에 남아 매사 최선을 다해야 훗날을 도모해 볼 수 있지 않을까. 뒷패가 제대로 붙을 때까지 말이다.

## 03

## 사주 명리로 풀어보는 중년 삶의
## 긍정적 원리

▲▲▲

'팔자(八字)대로 산다.'는 말이 있다. 소크라 테스나 공자, 맹자 같은 그 어떤 현자가 말한 명언보다 내가 더 신 뢰하는 말이다. 기독교인은 예수를 믿는 자만이 천국에 간다고 하 는데, 천국에 간 고인의 증언을 현생에서 들을 수 없으니 나는 그 말에 당최 믿음이 가지 않는다. 하지만, 사주팔자는 내세가 아닌 현세 삶의 길흉화복을 논하기에 어느 정도 증명할 길이 있다. 필 자는 오래전부터 사주명리를 스스로 공부해 왔다. 답답했던 내 인 생에 무언가 길이 있거나 해답이 있을 것이라는 소갈딱지만한 믿 음에서 나는 사주 명리학을 신봉하게 되었다.

팔자대로 산다는 말의 근본을 따지고 올라가면 과거 우리 어머 니 아버지가 말씀하셨던 '자기 먹을 복은 자기가 타고난다.'라는 말과 맥이 통한다. 가히 정곡을 찌르는 명언이다. 나는 내 주위 사람들의 사주를 많이 알고 있다. 그리고 그 사주대로 그분이 살고 있는지 관찰해 보면 대략 자신이 타고난 꼴(사주)대로 사는 모습을 나는 많이 관찰하곤 한다. 잘 타고난 사람은 역시 잘살고 있고, 지지리도 못 타고난 사람은 역시 궁색하게 살고 있었다. 객관적인 자료를 들이대며 남에게 설명할 수 없지만, 내가 직접 보고 경험한 이 장면이 곧 내가 사주팔자를 믿고 있는 증거다.

'MBTI(Myers-Briggs Type Indicator)' 라는 자기 보고식 성격유형 지필 검사가 학계에서 널리 인정받고 있는 이유는 수십 년에 걸쳐 수집한 객관적인 데이터 덕이었다. 마이어스(Myers)와 브릭스(Briggs)는 이 검사를 만든 연구자 이름인데 모녀 사이다. 모녀간 대를 이어 인간 성격에 관한 방대한 데이터를 수집하여 사람의 성격 유형을 큰 틀에서 열여섯 가지 유형으로 분류했다. 하지만, 사주팔자 분야에서 인간 삶의 객관적인 데이터를 수집하기는 현실적으로 힘들다. 생년월일과 태어난 시간의 조합으로 수십만 가지 경우의 수가 나온다. 이 많은 조합에 체계적인 데이터를 수집할 수 없으니 사주 명리학은 일부 사람의 경험에 의존하여 수면 아래에 잠자고 있을 뿐 학계의 수면 위로 잘 올라오지 못한다.

사주는 말 그대로 생년월일시 네(四) 개의 기둥(柱)과 여덟 개의 글자(八字)로 그 사람의 꼴(그릇)을 파악한다. 거기에 1년 혹은 10년

마다 돌아오는 운(運)의 흐름을 더하여 현세에서 그 사람의 길흉화복의 강약과 장단을 논하는 학문이다. 1년 주기로 돌아오는 운의 흐름을 세운(歲運)이라고 하고, 10년 주기로 돌고 도는 운의 흐름을 대운(大運)이라고 한다. 여기서는 대운 위주로 이야기하고자 한다. 10년 대운의 시작은 그 사람이 태어난 월(月令)을 기준으로 한다. 월령을 기준으로 누구나 육십갑자 앞뒤 순서대로 대운이 돌아온다. 달의 인력에 의해 보름 주기로 사리와 조금으로 바뀌는 바다 물때의 원리와 비슷하다. 바다 물때는 보름 주기로 바뀌지만, 하루 중에도 약 여섯 시간 주기로 밀물과 썰물이 있다. 이처럼 사주 명리학은 천문학을 기반으로 한다. 운의 흐름에 있어서 누구의 십 년 대운은 육십갑자 앞으로 돌고 누구의 대운은 그 뒤로 돈다. 순행과 역행이라고 하는데 그것은 여기서 자세히 설명하지 않는다. 물론 언제부터 운이 바뀌는지 정확한 해를 뽑는 방법에 대해서도 굳이 언급하지 않는다. 이것은 인터넷 만세력 사이트에서 쉽게 찾아볼 수 있다. 이 책은 사주 명리학 전문 서적이 아니니 여기서는 대략 큰 흐름만 말하고자 한다. 이런 원리를 설명한 사주 명리학 기본서는 시중에 널려있다.

각 개인에게 십 년 대운이 어떻게 돌고 도는지 예를 한번 들어본다.

가령, 갑자(甲子)월에 태어난 사람이 순행하여 대운을 맞는다면 태어난 월인 갑자운부터 을축(乙丑), 병인(丙寅), 정묘(丁卯), 무진(戊辰), 기사(己巳), 경오(庚午) 등의 육십갑자 순서대로 대운을 맞이한다. 10년 주기니까 이 사람이 5~60대 중년이 되면 경오(庚午) 대운을 맞이한다. 이 사람이 타고난 월간(月干) 갑(甲)과 운으로 오는 경(庚)은 도끼(庚)로 나무(甲)를 치는 극(剋)의 관계가 된다. 명리학에서 갑은 나무(木), 경은 쇠(金)에 해당한다. 같은 방식으로, 지지(地支)인 자(子)와 오(午)는 물(子)과 불(午)이 맞붙는 충(沖)의 관계가 된다. 백지에 동그랗게 시계 모양의 원을 그리고 그것을 지구라고 칭해 보자. 그러면 열두 시 방향인 맨 위 북극에서 자(子)가 시작한다. 초등학교 시절에나 그렸던 원 모양의 생활계획표에 그려 넣듯이 시계 방향으로 자, 축, 인, 묘, 진, 사, 오, 미, 신, 유, 술, 해의 십이지지를 시계처럼 그 원에 써넣으면 각각 지지는 여섯 번째에서 양극단에 서게 된다. 이를테면, 자가 북극이면 오는 남극이다. 시계로 말하면 각각 12시와 6시다. 양극단에서 마주하는 지지의 쌍을 사주 명리학에서 서로 충돌하는 관계, 즉 충(沖)의 관계라 부른다. 이런 원리로 쥐(子)는 말(午)과 사이가 좋지 않다. 소(丑)는 양(未)과 상충한다. 토끼(卯)는 닭(酉)과 한 사육장에서 같이 기르지 않는다. 양극단의 지지가 만났으니 서로 충돌하려는 강력한 에너지가 발생한다. 사주 명리학에서 충돌(沖)이란 것은 '나쁘다'가 아니고 무언가 변하게 하는 인자로써 작용한다. 달과 지구도 일직선 위에 있을 때 끌어당기는 인력이 최대가 된다. 12지지의 양 극단에 놓여 충의 관계에 있는 자오, 축미, 인신, 묘유, 진술, 사해 등은 아날로그시계 그림으로 보면 일직선으로 서로 마주 보고 있기 때문에 작용하는 힘이 가장 크게 작용한다는 충의 관계라 칭한다. 충이란 잠자는 사자의 코털을 무언가가 건드리는 격이다. 깨어난 사자는 다른 짐승을 잡아먹을 수도 있고 반대로 그 위엄만으로도 정글의 질서를 다시 바로잡는 역할도 할 수 있다. 이것을 부정도 긍정도 아닌 단지 변화라고 이해하면 좋다. 긍정인지 부정인지 월지(月支) 충(沖)에 의한 각 개인 인생사 변화의 좋고 나쁨은 각자 타고난 사주의 배합에 따라 결정한다.

중년의 삶에서 굴곡이 많은 것은 어쩌면 이런 원리일 수도 있다. 우리 달력은 십이 간지 체계고 순서대로 돌다 보면 누구나 중년을 맞이하게 될 즈음에 여지없이 충(沖) 대운을 맞는다. 앞서 말한 자신이 타고난 월령과 운에서 오는 지지가 양극단에 서게 되는 시점이 곧 중년이다. 이러니 모든 사람이 중년에 이르러 운이 바뀌는 변화의 시점에 놓이게 된다. 타고난 팔자의 배합에 따라 이 시기에 누구나 충극(沖剋)의 영향에 의해 좋은 쪽이든 나쁜 쪽이든 변화의 환경을 맞이한다. 그때 각자가 하는 상황에 대한 선택이 하나하나 모여 개인 인생사의 길(吉)과 흉(凶)을 가름한다. 이러한 사주팔자의 원리에 의해 필자가 결론 내린 삶의 원리는 대략 이런 것이다.

'중년에 다가오는 나에 관한 모든 변화에 맞서지 말고 순응하고 적응하기.'

사주팔자의 원리는 천문학이다. 삶은 계절의 순환과도 같다. 짧게는 1년 안에서 계절이 바뀌지만, 우리 인생 전체를 놓고 보면 그 안에서 계절이 바뀌는 것처럼 일정한 운의 주기가 있다. 뭘 해도 안 되는 사람이 있고, 별반 노력도 없이 잘 되는 사람도 있다. 일면 불공평해 보이지만, 후자의 경우는 운의 흐름에 잘 올라탄 경우다. 물론 사주팔자를 잘 타고난 소수의 사람은 운에 그렇게 크게 영향받지 않는다. 반면, 대부분의 평범한 사람에게 운(運)이란 삶에서 승패를 뒤집을 수 있는 조커와 같다. 인생에서 좋은 계절(환경)이 왔을 때 준비가 덜 된 사람이라면 크게 얻지 못한다. 반면, 젊어서 고생했지만, 그 시절을 불굴의 의지와 끈기로 버티며 미래를 위해 꾸준히 노력해 온 사람은 어떤 시점에 이르러 좋은 운(환경)을 맞아 크게 성공하기도 한다. 현재가 미래의 바로미터 아니었던가. 주변에 잘 된 사람이 반드시 그 사람이 가진 실력 때문만은 아니다. 그러니 가진 것 없고 능력 없음을 탓할 것이 아니라 내가 가진 간장 종지 크기의 그릇을 커다란 대야로 만드는 꾸준한 노력이 필요하다. 물 들어왔을 때 더 많이 담기 위해서 말이다.

어떤 것에도 혹하지 않는다는 불혹(不惑)을 넘어 이제 내가 타고난 하늘의 명령을 비로소 알게 된 지천명(知天命)에 이르게 되어 나는 기쁘다. 그간의 내 삶은 답지 없이 문제지만 열심히 풀었던 것과 같다. 내가 푼 해법이 맞는지 틀리는지 확인할 수 없어서 답답하기 그지없는 삶이었다. 중년이 된 후, 내가 그동안 풀었던 많은 문제가 정답이었는지 오답이었는지 이제는 알 필요가 없게 되었다. 정답이든 오답이든 이제는 그게 중요하지가 않다. 바야흐로 시험공부를 더 하지 않아도 되는 나이가 된 것이다. 이만해도 얼마나 좋은가. 나이 오십을 지천명(知天命)이라고 부른다. 중년이 되면 내가 왜 태어났는지, 굳이 종교인이 아니더라도 나의 소명이 무엇인지 스스로 깨닫게 되는 나이다. 계절이 바뀌는 자연의 순리를 거스르지 않고 적응하고 인정하면서 사는 것, 거기에 나의 그릇을 키우기 위해 평소에 많이도 아닌 조금의 노력을 더하는 것, 이것이 지금까지 죽지 않고 살아온 우리 중년이 앞으로 가야 할 방향이라고 나는 생각한다. 명리학의 이런 원리를 모르고 '계획하고 꿈을 가져라.', '노력해라.' 등등의 말은 어쩐지 좀 어색하다.

지금이라도 내가 타고난 운명을 알게 되어서 그나마 나는 괜찮은
운을 타고난 사람이다.

# 04

중년에 하지 말아야 할 것들 _
꿈꾸는 것과 계획하는 것

▲▲▲

나는 한때 인터넷 장기 게임에 몰두했던 적
이 있었다. 전체 게임 등록자 수 약 1,800,000명 중에서 순위로는
약 36,000등 정도까지 올랐으니 상위 2%다. 굳이 부의 서열로 말
하자면 서울 사대문 안에서 약 사십 평 대 자가 아파트에 살고 있
는 등급 정도나 될까. (쓰고 보니 부질없네.) 그 이상 올라가는 것에 나
는 한계를 느끼고 시간 낭비라 생각하여 인터넷 장기를 그만두었
다. 게임으로써 순위에 상관없이 그냥 즐기면 그만이지만, 눈에
보이는 부질없는 숫자 앞에서 나는 통제력을 잃었던 것 같다.

내가 인터넷 장기를 그만둔 이유는 더는 위로 올라갈 수 없다는
좌절감, 혹은 재능과 노력 부족이지만, 고단자로 갈수록 인공지능
프로그램을 쓰는 사람이 너무 많다는 사실을 알았기 때문이다. 일
정 순위 이상 고단자로 올라가면 그때부터는 상대 사람과의 대결

이 아닌 인공지능을 쓰는 기계 대리인과의 대결이다. 나는 그런 대결에서 이길 자신도 없거니와 나조차 인공지능 프로그램을 설치하여 대항하는 것을 스스로 인정할 수 없었다.

알파고를 위시한 바둑도 그렇지만, 장기나 체스도 바야흐로 인공지능의 시대다. 장기는 약 이십 년 전부터 일명 '장기도사'라는 인공지능 프로그램이 활개쳤다. 말하자면 장기도사의 장기 집권이다. 하지만, 요즘 장기판에서 인공지능 프로그램의 판도가 바뀌었다. 장기도사는 이제 하수가 되었다. 독일에서 체스를 다루는 인공지능인 '스톡피쉬(Stokfish)'라는 새로운 인공지능 프로그램이 우리나라 장기에도 얼마 전부터 도입되었다. 스톡피쉬는 '말린 대구' 또는 '말린 생선'을 의미한다. 말 그대로 상대를 말려 죽인다. 도무지 빈틈이라곤 찾아볼 수 없다. 스톡피쉬와 두는 인간 상대는 곧 그의 현란한 수읽기에 질리게 된다. 스톡피쉬 인공지능은 업계에서 이십 년간 군림해 온 장기도사 따위도 쉽게 이긴다.

구시대 인공지능인 장기도사가 장기를 두는 원리는 기물의 점수다. 차는 13점, 포는 7점, 마는 5점, 상은 3점 등등. 이런 기물 간 점수에 의해 장기도사는 5점짜리 마로 3점짜리 상과 기물을 바꾸지 않는다. 고수들 간의 경기에서 막판까지 승부가 나지 않는 경우가 많으니 두다 보면 결국 남아있는 기물 점수의 합으로 승부를 가르는 경우가 많다. 권투로 말하면 판정승 판정패다. 장기도

사는 기물 간 점수를 기계적으로 따져가며 두기 때문에 어지간한 실수만 하지 않으면 안정성에서 탁월하다. 물론 기계라서 실수는 전혀 하지 않는다.

반면, 새로운 인공지능인 스톡피쉬의 원리는 장기도사와 매우 다르다. 스톡피쉬는 기물의 점수는 아랑곳하지 않는다. 스톡피쉬는 장기는 결국 왕을 따먹는 게임이라고 인지하고 있다. 그런 기준으로 스톡피쉬는 왕을 따먹기 위한 수읽기를 한다. 기존 장기도사처럼 기물 점수에 아랑곳하지 않고 장기판 전체의 형세를 파악하여 추후 상대의 왕을 따먹는 데 유리하다고 판단하면 7점짜리 포로써 5점짜리 마와 바꾸기도 하고 때로는 3점짜리 상과 기물 교환을 하기도 한다. 0과 1의 디지털 숫자를 조합하여 계산하는 인공지능 특성상 장기판 전체의 형세를 파악하는 능력을 갖추었다는 것은 놀랍다. 게다가 그놈은 우리나라 장기 프로 기사들이 수십 년간 노하우로 축적해 온 '포진법'이라는 것을 깡그리 무시한다. 장기나 바둑에는 이른바 '정석(定石)'이란 것이 있게 마련이다. 스톡피쉬는 인간 프로 기사라면 두지 않을 그런 포진법을 구사한다. 스톡피쉬의 수를 연구하는 프로 기사는 그의 수에 머리를 기우뚱하지만, 수가 거듭될수록 스톡피쉬가 두는 수가 척척 아귀가 맞아 들어가는 것을 보면서 감탄의 혀를 내두른다. 바둑에서 이세돌 기사가 알파고에 단 한 번밖에 이기지 못했듯이, 스톡피쉬 앞에서 수십 년의 기력을 갖춘 장기 프로 기사들도 좀처럼 인공지능을 이기지 못한다. 인공지능 앞에서 이른바 정답도 없고 정석 포진이라는 것도 사라졌다. 장기 프로 기사들은 생존을 위해서 이제 포진법의 새로운 패러다임을 준비해야 한다. 아니면 숟가락 놓고 다른 일을 찾아야 할지도 모른다.

코로나바이러스 사태 이후 우리의 삶의 방식도 이제 정답이라는 것이 없어지고 있다. 공부 잘하고 좋은 대학을 졸업해서 우리가 흔히 원하는 돈 많이 버는 전문 직업을 가지는 그 전통적인 정답에 이제 의문을 가져야 할 시기가 시나브로 온 것이다. 대학에서 배우는 학문이 코로나 이후의 세계에서 살아가는 방식과 맞지 않을 수 있다. 그럼에도 우리는 아직 많은 시간과 돈을 투자하여 서열화 교육에 매여 있는 공교육 체계에서 어떻게든 좋은 대학에 입학하려고 노력한다. 정답이 아닌, 어쩌면 완벽한 오답을 위해 우리는 비효율적인 투자를 한다. 마땅한 대안도 없으니 우리 세대가 알고 있는 기존의 성공 공식을 자녀에게 주입할 수밖에 없다. 인공지능이 득세한 장기계(界)에서 새로운 포진법을 연구해야 하듯이, 코로나 이후 더욱 득세할 디지털 정보 기술 발달로 우리는 새로운 삶의 방식을 고민해야 한다. 패러다임을 바꿔야 한다. 이즈음에서 이 장(章)의 주제를 한 줄로 이렇게 요약하고자 한다.

'인생에 정답 따위란 없다. 단지 선택만 있을 뿐.'

앞서 언급했듯, 나는 바다낚시를 가끔 즐긴다. 낚시는 내게 그저 잔재미일 뿐이지만, 물고기에겐 생사가 걸린 문제다. 다이어트와 공부 결심은 오늘이 아닌 언제나 내일부터이듯, 올해까지만 하고 이제 낚시질을 그만해야겠다고 매년 마음먹지만, 쉽지가 않다. 그래도 언젠가 바다낚시를 그만두려 한다. 사실 출조할 때마다 들어야 하는 내무부 장관님 잔소리가 두렵기도 하다. (어휴~)

바다낚시에도 역시 정답은 없다. 어떤 채비와 미끼를 쓰든지 그날 입질을 많이 받고 물고기를 많이 잡으면 그게 곧 정답이다. 때로는 지렁이나 새우 같은 생미끼가 잘 먹히는 경우도 있고, 웜이나 미노우처럼 인조 미끼(루어)로 입질을 더 자주 받을 때도 있다. 구멍찌 혹은 막대찌에 따라서도 그날 잘 먹히는 찌가 따로 있다. 경남 삼천포부터 왼쪽으로 전남 고흥까지는 낚시인들이 유독 가늘고 기다란 막대찌를 많이 사용한다. 그 외 지역에서는 대부분 동그란 구멍찌를 사용한다. 낚시인들에게 그 이유를 물어도 아무도 제대로 답변해 주지 못한다. 그냥 관례로, 아니면 지역적 특성이라고만 말한다. 역시 정답은 없고 그날의 선택만 있을 뿐이다. 자신이 선택한 미끼와 채비를 믿고 우직하게 낚시에 임한다면 제대로 된 대상어를 잡을 수도 있다. 반면, 자신의 선택을 믿지 못하고 온종일 낚시채비와 미끼를 바꿔가며 변덕을 부리다 보면 시간만 흐르고 빈손 철수를 할 가능성이 크다. 이십 년 넘게 바다낚시를 해본 결과 경험적으로 그랬다.

우리 중년의 삶도 이와 유사하지 않을까. 어차피 정답은 없다. 단지 내가 선택한 것에 관하여 잘될 것이라는 신념을 가지고 우직하게 밀고 나가면 될 것 같다. 필자는 서울고용청 중장년일자리희망센터라는 기관에서 중년 구직자와 진로 문제에 관하여 개인 상담을 많이 했었다. 상담 테이블에 앉은 많은 중년 구직자의 공통적 질문 중 하나는 대략 이런 것이었다.

Q. 대기업 경력만 있는 내가 중소기업으로 이직하면 잘 적응할 수 있을까요?

Q. 그간 해왔던 직종을 그만두고 새로운 일을 시도하려는데 잘할 수 있을까요?

이런 질문을 하는 내담자는 이미 정답을 스스로 알고 있는 경우가 많다. 그렇게 하겠다는 것이다. 질문에 답이 있었다. 단지 타인으로부터 확신이나 확답을 얻고 싶은 마음이다. 이런 질문을 받을 때마다 나는 언제나 'OK, You can do it.' 으로 할 수 있다는 확신을 준다. 내담자는 그제야 안심한다.

고백건대, 나는 서른한 살 되던 해에 결혼을 앞두고 사주팔자 상담을 하시는 분을 찾아갔었다. 나는 그에게 '과연 이 여자하고 결혼해도 될까요?' 라고 우문을 던졌다. 이미 결혼 날짜까지 잡아둔 상황에서 어느 점쟁이인들 이 결혼 안 된다며 초를 칠 사람이 있겠는가. 그는 우리 둘의 궁합이 아주 좋다고 내게 말했다. 내가 점쟁이라도 그렇게 답변할 것이 분명하다. 결혼을 앞두고 나는 확신이 없어서 몹시 불안했던 것 같다. 그로부터 이십 년 후, 나는 그 점쟁이가 내게 새빨간 거짓말을 했다는 사실을 알게 되었다. 아니면, 점쟁이로서 궁합을 보는 능력이 부족했든지.

어차피 인생에 정답은 없으니 어떤 상황에 대하여 선택을 했으면 잘될 것이라고 믿고 그렇게 되도록 노력해야 한다. 이 지점에서 자신의 선택에 꿈을 심거나 계획 따위를 덧대는 것을 나는 경계한다. 흔한 자기 계발서는 말한다. 꿈을 가져라, 계획을 세우고 실행해 나가라, 만일 계획한 대로 꿈을 이루지 못했다면 그건 실행력이 부족한 당신 잘못이다 등등. 이런 말은 정말 사람을 피폐하게 한다. 그런 내용을 담은 자기 계발서가 잘 팔리는 이유는, 알다시피 독자를 불안하게 만드는 마케팅일 뿐이다. 청년층은 꿈을 가지거나 인생의 원대한 계획을 세우고 실천해 나가는 것이 유효할지 모른다. 하지만, 우리 중년은 다르다. 불혹(不惑)을 이미 지났으니 이제 그런 말에 현혹될 나이도 아니다. 꿈 따위 없어도 된다. 계획을 세우고 언제 그 계획대로 되었던 적이 있었던가. 안 그래도 내일 당장 어떤 일이 벌어질지 모르는 시대에 사는데 꿈이나 계획 따위는 사치를 떠나서 그냥 사족일 뿐이다. 그렇다고 아무렇게나 막살라는 말은 전혀 아니다. 요지를 조금 풀어서 말하자면,

'꿈을 갖고 계획을 세우기보다 미래를 위해서 지금 할 일은..... 현재에 충실할 것'

이는 어느 인생 교과서에 나오는 말이 아닌, 오십 년을 살아온 필자의 주관에 의한 통찰이다. 물론 정답이 아닐 수 있다. 하나의 선택으로 이해해 주길 바란다. 저런 삶의 방식도 있구나 정도면 좋겠다.

약 오십 년을 살아보니, 잘났든 못났든 지금의 내 모습은 과거 내가 해 왔던 선택의 총합이었다. 적성을 무시한 채 단지 수학보다 국어 점수가 더 잘 나와서 문과를 택했던 것, 나를 지극히 사랑했던 K양을 뿌리치고 그때 무슨 마음을 먹었는지 지금의 아내를 택한 것, 젊은 날 퇴직금으로 나를 위해 좀 더 유익한 곳에 쓰지 않고 음주가무에 탕진했던 것, 이런 과거의 행적이 모여서 지금 찌질(?)하게 살 수밖에 없는 나의 현재 모습을 대변한다. 반대로,

핸드폰 보는 시간만큼 독서도 많이 하는 습관, 아이디어가 생각날 때마다 기록해 두는 습관 등이 누적되어 몇 권의 책도 썼고 강단에 서서 강의도 하고 그것이 현재 필자의 호구지책 중 하나가 되었다.

현재에 충실하면서 한때의 운이 맞닿으면 누구든 성공할 수 있다. 본인이 평소 만들어 둔 그릇의 크기만큼 운을 담아낼 수 있는 법이다. 좋은 운이 상시 내게 오는 건 아니기 때문에 한 번 온 운을 오랫동안 붙잡기 위해서 평소 내 그릇의 크기를 간장 종지에서 커다란 세숫대야로 키우는 것밖에 달리 방법이 없다. 수영장 크기의 큰 그릇은 하늘이 주는 것으로 판단해야 한다. 작은 부자는 사람이 만들지만, 큰 부자는 하늘이 내려준다는 말이 그리 틀리지 않는다. 더구나 우리 중년이 돈 욕심낸다고 그렇게 될 일도 아니니 위에서 허락한 만큼만 취하는 것이 현명하다. 안 그러면 괜히 속만 쓰릴 뿐이다. 아니면 건강을 잃든지.

# 05

—

끝까지 버티는 놈이 결국 이긴다 _
영화 〈록키(Rocky)〉

◢◢◢

내가 중학생이었던 1987년으로 기억한다.
남녀 공학이 아직 없던 시절, 내가 다니던 중학교 교실은 그저 수
컷들의 생존 각축장이었다. 하루도 거르지 않고 치고받는 싸움으
로 각 교실은 거의 매일 아수라장이었다. 어떻게든 우리 짐승들은
교내에서 서열을 가려야만 했다. 공부든 주먹이든. 그건 이제 막
사춘기에 접어든 수컷 중학생들의 생존 본능과도 같았다. 주먹으
로 안 되는 나 같은 '찌질이'들은 교실 뒤 책상 한구석에 삼삼오
오 모여 '짤짤이(동전으로 하는 도박)'나 포커(poker) 따위로 서로의 주
머니를 털어 우열을 가려야 안심이 되었다. 학기가 시작하면 공부
든 주먹이든 도박이든 각 분야(?)에서 소위 짱이라 불리는 '대가
리'와 그 나머지 찌질이의 순위가 정해진다. 각자가 속한 분야에
서 서열을 가려야만 교실 안에서 암묵적인 질서가 잡힌다. 지금

생각해보면 짐승의 세계와 별반 다르지 않다. 사춘기 남학생이란 원래 이렇다. 사람이 아닌 짐승.

공부로는 결코 승자가 되지 못하는 결핍에 대한 갈망이랄까. 그 치명적 결핍과 욕망, 그리고 남아도는 시간이 우리를 각 분야의 예술가로 재탄생하게 했다. 우리 반 싸움 짱 '홍만이'의 유연한 발기술은 무서움을 초월하여 정말 아름다웠다. 온갖 속임수와 잡기술로 우리 호구들 주머니를 털었던 포커 기술자 '얍실이' 또한 그 방면에선 예술가였다. 야한 만화를 잘 그려 '환쟁이'란 별명을 얻었던 한 친구의 그림은 포르노를 넘어 가히 예술의 경지에까지 올랐다. 환쟁이가 야한 그림을 그리면 제일 먼저 홍만이가 그것을 빼앗아 갔다. 그 그림을 가지고 홍만이가 화장실에 먼저 한번 다녀온 후에야 우리에게 그 그림을 볼 기회가 주어졌다. 이것을 우리 모두는 '홍만이 우선의 법칙'이라고 불렀고 아무도 이것에 대해 이의를 제기하지 않았다. 서열이란 바로 이런 것이다. 그러던 중 그해 4월, 물 건너 미국에서 세기의 복싱 대결이 있었다. 보기만 해도 오줌을 지릴 것처럼 생긴 빡빡머리 챔피언 마빈 해글러(Marvin Hagler)와 당대 최고의 기교파(technician) 복서 슈거 레이 레너드(Sugar Ray Leonard) 간 WBC 미들급 챔피언 방어전 한 판이었다. 교실에서 주먹 각축전을 벌였던 그 당시 이 경기는 우리 짐승들의 관심을 끌기 충분했다. 경기 시작 며칠 전부터 우리는 모두 각자 코 묻은 돈을 걸기 시작했다. 주먹과 도박이 함께 걸려 있었으니 우리에게 이 경기에 대한 관심은 더 말할 나위도 없었다. 1987년은 핵주먹 마이크 타이슨(Mike Tyson)이 아직 떠오르기 전이었다. 헤비급의 마이크 타이슨이 세상 밖으로 나오기 전까지 빡빡이 마빈 해글러는 정말 적수가 없는 공포의 대상이었다. 슈거 레이 레너드도 물론 훌륭한 복서였지만, 우리 반 거의 모두는 마빈 해글러의 KO승에 돈을 걸었다. 나 역시 그랬다. 예상대로 이 경기는 당대 최고의 흥행을 기록했고 복싱계에서 전설적인 명승부로 기록될 만큼 내용 면에서 훌륭한 경기였다. 챔피언 해글러가 KO승을 거둘 것이라는 우리 모두의 예상을 깨고 경기는 12라운드 끝까지 간 후, 예상 밖으로 레너드의 2:1 판정승으로 끝났다. (레너드의 판정승에 관해 훗날 시비가 많았지만, 여기서는 언급하지 않기로 한다.)

그 경기에서 코너에 몰려도 결코 주눅 들지 않고 맞대응하는 슈거 레이 레너드의 기민한 움직임은 가히 예술이었다. 그의 상체와 하체는 그날 완전히 따로 놀았다. 해글러의 그 무시무시한 주먹을 고려한다면, 제아무리 아웃복서라도 레너드가 12라운드 끝까지 버틸 줄은 우리는 아무도 예상하지 못했다. 비록 판정승이지만, 레너드가 이기기까지 했다. 지금 중년의 권투 팬이라면 그 당시

이 경기는 모두가 엄지손가락을 치켜들 수밖에 없는 진정 아름다운 한판이었다. 그런데 지금 생각해 보면 우리 반 모두 단 한 명도 그 경기 결과를 맞힌 사람이 없었는데 내기에 걸었던 그 코 묻은 돈은 누가 다 가져갔을까? 아마 홍만이였을까? 잘 기억이 나지 않는다.

권투 영화 〈록키(Rocky)〉도 그즈음에 내가 봤던 영화다. 70년대 말에 나온 영화니까 정말 옛날 영화다. 이 영화는 빼놓을 수 없는 강렬한 배경 음악이 압권이다. 마빈 해글러와 슈거 레이 레너드의 경기처럼 이 영화가 그 자체로 아름답고 예술적인 권투 장면이 있는 것은 아니다. 이 영화에서 권투 장면이란 전체 영화 비중에서 채 5%도 안 되는 것 같다. 권투 장면이라곤 영화 마지막에나 좀 나올 뿐이다. 내가 보기에 이 영화는 인간 서열로 치면 한참 뒷줄에서 달랑거리고 있는 한 남자의 고뇌를 담은 영화였다. 중학교 시절 나는 주먹 한번 제대로 못 쓰던 안경잡이 찌질이였지만, 꿈속에서는 언제나 우리 반 싸움 짱 홍만이를 한주먹에 때려눕히고 반에서 영웅이 되는 망상에 젖어 있었다. 이 영화는 나 같은 찌질이 수컷들이 풀지 못했던 소싯적 영웅에 대한 갈망을 강렬한 카타르시스로 제공했다. 이것이 이 영화가 더욱 아름답게 보이는 이유다. 하지만 아름다움이란 눈에 보이는 것만이 전부가 아니다. 우리 중년이 보는 아름다움은 시청각 요소를 뛰어넘는다. 영화 속 주인공의 결핍에 대한 극복 과정에 우리는 초점을 맞춘다. 결핍을 메우려는 주인공의 지난한 극복과정을 거쳐 감동적인 결과가 나왔을 때 우리는 그것을 예술이라 부른다. 우리 중년만이 이 점을 잘 파악할 수 있는 심미안이 있다고 나는 생각한다.

# 06

## 승리가 목적이 아닌, 끝까지
## 버티는 자가 주는 감동적 스토리

▲▲▲

필라델피아의 한 슬럼가에서 무명 복서로 일하는 록키(Rocky), 그는 권투만으로 수입이 부족해서 한 고리대금업자 밑에서 수금 사원을 한다. 말이 수금 사원이지 채무자에게 공갈 협박이나 일삼는 불량배다. 그의 이름은 과거 이탈리아 출신의 전설적인 복서 '록키 마르시아노(Rocky Marciano)'와 같다. 이탈리아계지만, 전설의 복서였던 록키 마르시아노는 미국으로 건너온 후 헤비급 복싱계를 석권한 선수로 아메리칸 드림에 딱 걸맞은 선수였다. 우리의 주인공 록키도 그를 본받고자 그의 사진을 자신의 방 벽면에 걸어놓고 늘 자신도 그처럼 아메리칸 드림을 이룰 것을 꿈꾼다. 하지만, 현실의 그는 빈민가 골방에 홀로 처박혀 있는 무명 복서일 뿐이다.

그런 그에게 어느 날 일생일대의 기회가 온다. 유명 프로모터에 의해 세계 챔피언 '아폴로 크리드'와 한판 대결이 정해진 것이다. 세계 챔피언과 시골 무명 복서인 록키와의 대결이 가당치 않다. 챔피언 측에서 아메리칸 드림이라는 깜짝 이벤트를 위해 준비한 경기다. 대결이라기보다 이미 승부가 정해진 행사용 이벤트 정도라고나 할까. 주연 배우이자 이 영화의 각본까지 직접 썼던 실베스타 스탤론(Sylvester Stallone)이 언젠가 무하마드 알리(Muhammad Ali)와 무명의 반칙왕 복서 척 웨프너(Chuck Wepner)와의 경기를 보고 이 영화의 각본을 썼다고 한다. 당시 척 웨프너는 무명에 가까웠다. 누구나 무하마드 알리의 경기 초반 KO승을 예상했다. 하지만, 척 웨프너는 알리에게 다운(down)도 한 차례 빼앗는 등 기대 이상의 선전을 펼쳤다. 비록 척 웨프너는 패배했지만, 그는 라운드 끝까지 버텨냈다고 한다.

어쨌든 세계 챔피언과 시골 무명 복서와의 말도 안 되는 대전이지만, 록키는 고심 끝에 이 경기를 하기로 마음먹는다. 록키의 입장은 사뭇 진지하다. 록키에게 이 경기는 자신의 비루했던 인생을 자력으로 바꿀 수 있는 마지막 인생 승부처였다. 챔피언과 싸워 이길 확률이 없다는 건 록키도 이미 인지하고 있다. 패배를 이미 예상하고 대전을 준비하는 그는 그 지점에서 이기는 것이 목적이 아닌 나름의 전략적인 다른 목표를 세운다. 그 목표란 과거 척 웨프너의 사례처럼, 경기에 지더라도 우선 15라운드 종이 울릴 때까지 링 위에서 끝까지 버티는 것이었다. 챔피언인 상대와의 경기가 아니라 이른바 자기 자신과의 한판 승부다. 그는 자신과의 전쟁에서 승리한 후, 남은 삶에서 스스로 인생의 전환점을 마련하고자 했다.

좀 더 감동적인 영화적 결말을 위해 이 지점에서 적절한 양념이 필요하다. 그 양념이란 주재료인 권투가 아닌 부재료로써 주인공의 생활사 전반이다. 왜 그가 결과가 뻔히 예상되는 경기에 모든 것을 걸어야 하는지에 대한 당위성을 관객에게 제공해야 스토리를 담은 영화로써 요리가 더 맛깔스러워지는 법이다. 그 양념으로 몇몇 주변 인물이 등장한다. 록키의 비루한 삶 자체를 보여주는 고리대금업자, 자신을 밖으로 드러내지 않으려는 록키의 소극적인 여자 친구 아드리안, 일과 여동생 문제로 주인공 록키와 얽히고설켜 있는 아드리안의 친오빠, 그리고 자신이 운영하는 체육관에서 록키를 쫓아냈지만, 챔피언과의 대결을 앞두고 다시 그의 매니저를 자청하는 인생 사연 많은 노익장 체육관장이 그런 양념들이다.

이런 주변 인물과의 관계와 영화에서 록키의 삶을 실제 권투 경기와 비유하자면 대략 이런 느낌이다. 1라운드부터 주인공은 수세에 몰린다. 라운드를 거듭할수록 마찬가지다. 주인공의 코치이자 매니저는 라운드마다 링 안으로 수건을 던져서 경기 포기를 결정해야 하는 시기만 조율할 수밖에 없다. 주인공은 그럭저럭 버티지만, 좀처럼 반격의 기회를 얻지 못한다. 쓰러지고 다시 일어서는 것을 수차례 반복 후, 마침내 마지막 라운드까지 오게 된다. 주인공이 끝까지 버텨왔기에 관객은 마지막 라운드에서 드라마틱한 반전을 기대한다. 하지만, 그런 반전은 역시 없다. 관객은 뭔가 아쉽고 찜찜하다. 록키는 비록 판정패했지만, 결국 승자는 우리의 주인공이다. 반에서 1등만 하던 놈이 어느 달 시험에서 10등을 한다. 반면, 우리의 꼴찌 주인공은 무려 열 칸이나 등수가 오른다. 비록 절대 등수에서는 패자지만, 우리 주인공이 결국 승리한 것이나 다름없다. 〈록키(Rocky)〉 이 영화의 느낌이 대충 이렇다. 화려하게 피지만 금세 지는 꽃보다 거친 들판에 사철 내내 아무렇게나 피어있는 들꽃의 생명력이 더 강렬한 것이다. 마지막까지 남아 버티는 자가 주는 감동적 스토리가 우리 중년의 마음을 움직이게 한다.

앞선 1장에서 필자는 삶은 달걀을 언급했다. 우리네 삶은 무겁고 진중한 것이 아닌, 그냥 삶은 달걀일 뿐이라고 나는 말했다. 삶은 달걀처럼 그냥 두루뭉술하게 살면 된다고. 흔하디흔한 삶은 달걀이라도 여기에 스토리를 더하면 달걀이 우리에게 주는 무게는 크게 변하기도 한다.

과거 기차나 고속버스 안에서 먹었던 사이다와 삶은 달걀이 가지고 있는 스토리를 한번 생각해 보자. 도시락에 달걀부침 하나 쉽게 얹을 수 없었던 우리 중년들이 어렸던 그 시절, 달걀은 정말 귀한 음식이었다. 마당에 노닐던 암탉이 알이라도 낳으면 바로 먹지 못하고 장날 저잣거리에 나가 달걀을 다른 생필품과 바꿔야 했던 그런 시절이 있었다. 그만큼 귀했던 음식이기에 초등학교 소풍 때나 기차를 타고 어디 멀리라도 나갈 때만 엄마가 아빠 몰래 챙겨주셨던 음식 중 하나가 바로 삶은 달걀이었다. 언젠가부터 개발붐을 타고 돈을 벌기 위해 모두가 도시로 상경했던 시절, 기차 안에서 먹었던 삶은 달걀은 부모님의 사랑과 가족의 애틋한 석별의 정이 담긴 음식이었다. 지금 달걀의 조리 형태는 많이 바뀌었지만, 아직 그 스토리는 여전하다. 이제 기차 안이나 고속버스 안에서 삶은 달걀은 거의 먹지 않지만, 그것은 맥반석 달걀로 환생하여 찜질방을 주름잡는 간식거리로 변모하였다. 찜질방의 의미란 무엇일까? 그곳은 남자들이 사우나 가듯 단지 목욕을 하기 위한 장소만은 아니다. 찜질방은 가족이 모이는 장소다. 어디 멀리 가족 여행은 못 가더라도 도심 안에서 가족이 소풍 가듯 모일 수 있는 장소가 바로 찜질방이다. 그 자리 한가운데에 사이다와 삶은 달걀 대신 식혜와 맥반석 달걀이 대신한다. 요즘 차고 넘치는 달

갈이지만, 그 흔한 음식에 가족의 애틋한 정이 담겨 있기에 삶은 달걀은 오늘날까지도 단순한 간식거리 이상의 애틋한 정서를 담아낸다. 중년이 아니고서야 삶은 달걀이 가진 이런 애잔한 정서를 느낄 수 있을 리 만무하다. 스토리가 정서를 담아내는 것이고 우리 중년들의 말랑말랑한 감성이 그것을 감지해 내는 것이다.

중년에 들어서 나는 자꾸 구석에 몰리는 느낌이다. 어디 가서 말 한마디 잘못하면 '아재' 나 '꼰대' 라며 폄하받기 일쑤다. 그래서 중년이 되면 '입은 닫고 지갑은 열어라.' 라는 말이 생긴 것 같다. 하지만, 지갑을 열어도 빳빳한 배춧잎(돈)이 넉넉하지 못하면 슬프다. 물리적으로 더는 가질 수 없는 '빳빳한 아랫도리' 에 대한 노스탤지어(Nostalgia)가 아직 남아있건만, 나의 노력으로 가질 수 있었던 지갑 속 '빳빳함' 조차 온데간데없다. 빳빳함을 돈 주고 살 수도 없지만, 그 돈조차 없으니 더 슬플 수밖에.

록키의 인생은 전반적으로 슬펐지만, 그에겐 그만의 '한 방' 이 있었다. 그 한 방은 상대에게 날린 일격의 카운터펀치가 아니었다. 실제 삶에서 로또복권 말고 그런 드라마틱한 반전이 또 있을까? 록키의 한 방은 15라운드 끝까지 버티는 것이었다. 그것을 위해 자신의 삶을 다시 돌아보며 지루한 훈련 과정을 그는 견뎌야

했다. 불의의 사고나 병(病)을 피해 아직 이 나라에서 죽지 않고 살아남은 모든 중년에게 나는 경의를 표한다. 나를 포함한 우리 모두의 인생 자체가 하나의 예술이다. 삶은 달걀 하나에도 애잔한 스토리가 녹아있건만, 오십 년 육십 년을 살아온 우리네 인생이 어찌 아름답지 않다고 할 수 있는가. 그러기에 우리 중년은 모두가 고매한 예술가다. 100세 시대다. 아직 한참 많이 남아있는 우리네 삶을 위해서, 파이팅.

우리 중년의 삶을
각자의 인생 중 가장 행복했던 시기로
우리 모두 기억할 수 있기를
나는 간절히 바란다.

"우리 중년의 삶을 각자의 인생 중 가장 행복했던
 시기로 기억 되기를 간절히 바란다"

　　　　　　퇴사를 앞둔 2020년 1월 어느 날. 내가 일하는 서울고용노동청 취업지원과에서 연락이 왔다. 자기 부서가 작년 실적이 좋아서 상부로부터 약간의 보너스를 받았다고 했다. 그네들 좋은 실적은 같은 지붕 아래 내가 일했던 중장년일자리희망센터라는 부서의 공도 상당 부분 차지한다. 취업지원과도 그것을 알기에 우리 팀에게 고마움의 표시로 우리 팀원에게 직원에게 책을 한 권씩 선물해 주겠다고 말했다. 아무거나 읽고 싶은 책을 골라서 책 제목만 알려달라고 말했다. 같은 서울고용청 안에서 나는 작년 실적이 부진해서 책임을 지고 1월 말 시점으로 고용 계약 연장에 실패하는 처지였다. 그런 반면, 우리와 비슷한 일을 하는 취업지원과 지네들은 실적 우수 보너스를 받는 이 어처구니없는 상황을 어떻게 설명해야 할까. 아무튼 나는 어떤 책을 고를까 고민하다가 그 당시 나의 마음을 잘 대변해 줄 것 같은 책을 냉큼 골라 냈다. 그 이름도 유명한 〈그리스인 조르바〉. 책 제목과 내용은 대충 들어서 알고 있지만, 정작 읽어보지 않은 책, 이런 책을 우리는 고전이라고 부른다.

　주인공 알렉시스 조르바, 그리스 남쪽 크레타섬에 사는 나이 지긋한 중년 남자다. 주변 시선에 아랑곳하지 않고 자신의 방식 대로 삶을 살아가는 자유인이다. 조르바가 전 세계적인 고전이 된 이유가 조르바의 자유로운 삶의 방식을 우리 모두 동경해서 그런 것은 아닐까. 크레타섬이 어떤 곳인지 궁금해서 나는 EBS 세계테마기행 그리스 섬여행 편을 검색했다. 방송에서 한 여성 가이드가 크레타섬을 안내했다. 크레타섬을 소개하는 첫 편에서 그녀는 〈그리스인 조르바〉의 저자인 '니코스 카잔차키스(Nikos Kazantzakis)'의 무덤부터 소개했다. 약 50평쯤 될까. 널찍하고 푸릇푸릇한 잔디가 곱게 깔린 평평한 땅에 철재로 조악하게 만든 십자가가 덩그러니 서 있었다. 노벨상을 받은 작가의 명성에 비해서 그의 무덤은 꽤 초라해 보였다. 그가 생전에 쓴 자신의 묘비명이 유명하다.

'아무것도 바라지 않는다.

아무것도 두렵지 않다.

나는 자유다.'


니코스 카잔차키스는 소설 속 실존 인물이었던 조르바의 자유로운 삶을 나처럼 동경했던 것 같다. 우리 중년에게 '자유'란 말은 왠지 무겁게 다가온다. 조르바처럼 중년에 들어서 자유로운 삶을 살고 있다면 그는 이미 성공한 사람이다. 돈이 많든 적든.


조르바처럼 중년의 자유를 만끽하지 못하고 나는 지금 이따위 시시한 책이나 쓰고 있다. 내게 이번 집필은 자유를 위한 갈망이었다. 고매한 인격을 소유한 마누라님께서 아직 시퍼렇게 살아 있는 한, 아마 내가 죽어서 관 뚜껑이 닫힐 때까지 나는 자유를 얻지 못할 수도 있다. 이 책 다 쓰고 내일부터 또 뭐 하면서 살아야 하나, 앞으로 어떻게 먹고살아야 하나를 생각하니 걱정이 앞선다. 어차피 다니던 회사도 그만뒀으니 이참에 그리스 크레타 섬에라도 한번 가보려 했지만, 이놈이 코로나가 발목을 잡는다.

내가 영원히 자유를 얻을 수 없을 것처럼, 그리스 크레타섬도 영원히 못 가볼 것 같은 불길한 예감이 든다. 젠장.

2020년 6월 어느 날,

저자 이진서

## 참고 자료

- 2019년 장래 인구 특별 추계를 반영한 세계와 한국의 인구 현황 및 전망, 통계청
- 2019년 가을호, 고용조사 브리프, 한국고용정보원
- 2019년 5월 고령층 경제활동인구조사, 통계청
- 한국고용정보원, 고령화연구패널, 5~6차 자료 연계(2014-2016년)
- [네이버 지식백과] 컬러 배스 효과 [color bath effect] - 내 눈에 너만 보이는 이유 (SERICEO - 세상을 움직이는 법칙, 김민주)
- [논문 톺아보기] 한국의 청년실업 : 독일의 이행노동시장 관점에서, 사단법인 열린연구소 OPENLAB 네이버 블로그
- [네이버 지식백과] 광주형 일자리 (시사상식사전, pmg 지식엔진연구소)
- 〈제2의 직업〉 신상진 저, 한스미디어, 2019년 출간.
- "약한 연대의 힘(The Strength of Weak Ties)" (1983) 미국 스탠퍼드대학 마크 그라노베터(Mark Granovetter) 교수 논문
- [네이버 지식백과] 생애설계 (매일경제, 매경닷컴)
- '계획된 우연', Luck Is No Accident: Making the Most of Happenstance in Your Life and Career. Krumboltz, John D., Levin, Al S. 저 | ImpactPublishers | 2004.04.01.
- 37 Things You'll Regret When You're Old - Mike Spohr
- 〈창의적 커리어 패스 형성에 관한 기초 연구〉_한상근, 이지연, 김나라, 박서연 [저]. 한국직업능력개발원, 2009